D1704510

NARRATORI MODERNI

I libri di Andrea Vitali in edizione Garzanti:
Una finestra vistalago
La signorina Tecla Manzi
Un amore di zitella
La figlia del podestà
Il procuratore
Olive comprese
Il segreto di Ortelia
La modista
Dopo lunga e penosa malattia
Almeno il cappello
Pianoforte vendesi
La mamma del sole
Il meccanico Landru
La leggenda del morto contento
Zia Antonia sapeva di menta
Galeotto fu il collier
Regalo di nozze
Un bel sogno d'amore
Di Ilde ce n'è una sola
Quattro sberle benedette
Biglietto, signorina
La ruga del cretino (con Massimo Picozzi)
Le belle Cece
La verità della suora storta
Le mele di Kafka
Viva più che mai
A cantare fu il cane
Bello, elegante e con la fede al dito
Nome d'arte Doris Brilli. I casi del maresciallo Ernesto Maccadò
Gli ultimi passi del Sindacone
Certe fortune. I casi del maresciallo Ernesto Maccadò
Sotto un cielo sempre azzurro
Un uomo in mutande. I casi del maresciallo Ernesto Maccadò
Nessuno scrive al Federale. I casi del maresciallo Ernesto Maccadò
La Zia Ciabatta
Un bello scherzo. I casi del maresciallo Ernesto Maccadò
La gita in barchetta
Il maestro Bomboletti e altre storie
Cosa è mai una firmetta

Solo in ebook: *Furto di luna*; *Parola di cadavere*; *Il rumore del Natale*; *Seguendo la stella*; *Addio bocce*; *Il sapore del Natale*

ANDREA VITALI

SUA ECCELLENZA PERDE UN PEZZO

I casi del maresciallo Ernesto Maccadò

Garzanti

Prima edizione: ottobre 2023
Prima ristampa: dicembre 2023

Per essere informato sulle novità del Gruppo editoriale Mauri Spagnol visita:
www.illibraio.it

ISBN 978-88-11-00891-0

Printed in Italy

www.garzanti.it

SUA ECCELLENZA PERDE UN PEZZO

I personaggi e le situazioni raccontati in questo romanzo sono frutto di fantasia. I luoghi, invece, sono reali.

PROLOGO

La mattina del 7 aprile 1930, dopo essersi concesso qualche minuto sul molo per ammirare un idrovolante che in salita da Como stava ammarando quasi al centro del lago, il procaccia Erminio Fracacci entrò nel forno dei fratelli Scaccola tenendo alta una busta tra due dita. Era sobrio, ma dal sorriso che sembrava gli avessero stampato in viso sarebbe stato lecito sospettare il contrario, stante la fama che lo perseguitava. Tutto merito del suo stato d'animo invece, lieve come lo smorzato rumore dell'idrovolante che stava ripartendo: in una parola, era in pace col mondo. A domanda avrebbe risposto che si sentiva leggero e tanto doveva bastare, visto che ne aveva ottime ragioni e non disponeva di un vocabolario che gli permettesse di farla troppo lunga ricamandoci attorno. Veniva infatti da mesi tribolati. Dapprima c'erano state le vessazioni subite da parte del direttore delle Regie Poste Aneto Massamessi (che il Signore l'avesse in gloria e lo tenesse a Belluno, dove s'era trasferito, fino alla fine dei tempi!). A seguire s'erano aggiunti i ricatti dell'ormai ex segretario politico Caio Scafandro (e che il Signore tenesse alla larga pure lui, ovunque fosse andato!). Adesso invece, da inferno che era stato, il paese, la sua stessa vita erano diventati un piccolo paradiso in terra. L'ultimo direttore delle poste, Miriano Bagnarelli detto Gnègnè, s'era dimesso e stava per convolare a nozze con l'ex responsabile dei fasci femminili Fusagna Carpignati per poi occuparsi dell'amministrazione della ditta del futuro suocero, grossista di tutto un po'. Il suo posto, benché ad interim, era stato affidato a quel pancotto di Omario Consiglio, il cui carattere sembrava essere rivestito di bambagia. Ancora meglio riguardo alla sezione del Partito. Dopo la disfatta d'immagine causata dal disastro della Befana fascista, evento ancora fresco come la breva di luglio, il Federale Gariboldo Briga Funicolati aveva sospeso la sezione bellanese in attesa di capire se commissariarla, rifondarla oppure cancellarla del tutto dalla faccia della terra bollandola d'indegnità, visto che in quel diavolo di paese non ne andava dritta una. Evitare però, aveva deciso, decisioni affrettate, lasciar passare un po' di tempo, riflettere: provvedere insomma, ma a mente fredda. In fin dei conti non era che uno dei tanti problemi che gli toccava affrontare.

Meglio di così al Fracacci non poteva andare. Respirava a pieni polmoni, mangiava e beveva con più gusto, camminava con più lena. Pure il sangue sembrava essersi risvegliato, soprattutto alla sera quando gli avrebbe fatto comodo avere una donna a disposizione. Dalla vita tuttavia non si poteva avere proprio tutto. Ciononostante, ecco, pensava, cosa voleva intendere il signor prevosto quando a volte diceva che bisognava vivere in letizia.

Cosa che quei due musagnotti dei fratelli Scaccola parevano ben lontani dal conoscere. Peggio per loro, fu il pensiero del Fracacci una volta dentro il forno, la busta per aria e sorridendo, fermo a un metro dal bancone.

Il fornaio lo scrutò, corrugando la fronte, le labbra appena dischiuse.

«E be'?» fece poi.

Discorsone.

Voleva dire, se il Fracacci doveva consegnare una lettera perché s'era fermato a un metro dal banco sventolandola per aria e con quell'espressione da imbesuito?

Per tutta risposta il procaccia nascose la mano che reggeva la lettera dietro la schiena e si fece avanti.

«Ma tu sei il Gualtiero o il Venerando?» chiese celiando.
Quello rispose scuotendo il capo e incupendo lo sguardo.
Il Fracacci insisté.
«Cosa vuol dire, che sei il Gualtiero o suo fratello?»
Chiese tanto per chiedere, sapeva bene che non avrebbe ottenuto risposta. Infatti, sotto lo sguardo del fornaio, pure quello capace di trasmettere una sensazione di silenzio, depose la lettera sul banco e uscì allegro così com'era entrato nonostante l'insuccesso.

1.

I fratelli Scaccola Venerando e Gualtiero, fornai, a volte chiamati Timoteo ed Evasio, cosa che aumentava solo la confusione, non erano gemelli. Ma, nati a distanza di due anni l'uno dall'altro, erano talmente simili che lo sembravano. Nell'universo del paese erano un pianeta a sé stante, posizionato nell'orbitale più esterno. Nessuno li aveva mai visti in un'osteria, a una rappresentazione della filodrammatica, al campo di calcio in località Puncia per assistere agli epici scontri tra la squadra locale e quella di Dervio oppure a messa o prendere parte a un corteo o anche semplicemente in piazza la domenica mattina a fare due chiacchiere e godersi un po' l'aria. Men che meno in compagnia di una donna, tant'è che le malelingue mormoravano che se la cantassero tra di loro. Silenziosi perlopiù, come avessero fatto voto o obbedissero a una regola, risparmiare sulle parole.

Per rivolgersi alla clientela si limitavano al minimo, l'ammontare della spesa fatta. Buongiorno e buonasera erano a discrezione del cliente pur sapendo che raramente avrebbero avuto risposta. Del tutto inutile invece avviare discorsi, quali che fossero.

Tra loro avevano un consolidato codice fatto di gesti, qualche mugugno quando faticavano a intendersi, brevi scambi sottovoce. Tali e quali al genitore Bastiano Scaccola, pure lui fornaio e figlio di. Figli e nipoti d'arte quindi i due. E in quanto a figli anche tardivi poiché il Bastiano s'era sposato alla bella età di quarant'anni.

Suonata la campana degli anta lo Scaccola senior aveva preso in moglie Gesummaria Circolati, il cui singolare nome aveva due categorie di esegeti. Secondo una era il risultato di un concordato tra il padre, membro del consiglio parrocchiale dei Fabbriceri, e la madre, fedelissima della Madonna del santuario di Lezzeno. L'altra invece affermava che tanto nome fosse dovuto all'espressione scappata alla levatrice che l'aveva fatta nascere quando, prima fra tutti, ne aveva constatato la singolare bruttezza. Una bruttezza che s'era confermata col passare degli anni accompagnandosi a una dappocaggine d'intelletto che l'avrebbe condannata a una vita d'attesa di niente se non fosse saltato fuori il Bastiano. Lo Scaccola infatti l'aveva chiesta in moglie con un preciso scopo. Geloso della sua attività, convinto, anche, che la gelosia l'avrebbe tormentato pure nell'aldilà se non vi avesse posto rimedio, a quarant'anni aveva deciso che le sue michette dovevano continuare a portare il suo cognome, da cui la necessità di avere un erede che gli obbedisse senza discutere. La Gesummaria, che aveva la vitalità di una sedia e che come tale era passata dalla sua casa a quella dello Scaccola, gli aveva fornito lo stretto necessario per giungere allo scopo, niente di più. Tant'è che i soliti pettegoli amavano dire esagerando che i due erano stati concepiti senza che lei, addormentata, se ne avvedesse.

Raggiunta l'età di anni otto sia il Venerando sia il Gualtiero erano stati avviati all'arte della panificazione e da quel momento il forno era diventato il loro mondo. L'altro, quello che girava intorno al sole, era una terra incognita da guardare con sospetto e tenere, ove possibile, alla larga, visti gli esempi che avevano sotto gli occhi: una madre attonita, vivace come un'ombra, un padre padrone che dettava seccamente i ritmi delle giornate anche a suon di legnate o calci in culo e non tollerava distrazioni. La vita era quella, casa e bottega, altro non esisteva.

Una volta adulti e padroni del prestino oltre che del

proprio tempo, quelle regole si erano talmente incistate nel circadiano ritmo delle loro giornate che i due non erano nemmeno stati sfiorati dalla possibilità di modificarne lo stile, tant'è che avevano proseguito su quei binari. La notte, silenziosi, concentrati nel lavoro, impastavano e infornavano. Il dì era equamente ripartito, così che mentre uno dormiva, l'altro stava in bottega, e viceversa. Sul resto, come il mangiare, il mistero era fitto, ma di fatto in qualche modo facevano visto che erano entrambi belli ciccetti.

Gualtiero Scaccola, poiché era lui al bancone quella mattina, prese la lettera una volta uscito il Fracacci. Mittente, come da intestazione, il sindacato dei panettieri di Como, destinatari lui e il fratello. Un'occhiata alla busta, come se potesse intuirne il contenuto, e se la infilò in tasca. L'avrebbe aperta dopo, presente il Venerando.

2.

«Appuntato, chiuda la porta», aveva detto qualche settimana prima il maresciallo Maccadò al Misfatti dopo avergli chiesto di andare nel suo ufficio. Per esperienza l'appuntato sapeva che quando il maresciallo usava quel tono per convocarlo, lo stesso che metteva in campo per blandire il figlio nato da poco, e approfittava di quell'orario serale che a entrambi sarebbe costato un ritardo sull'ora di cena, era perché si trattava di, come l'appuntato li definiva, «affari interni». Ci scherzava anche sopra, mimando con la mano il gesto di chi fruga o mescola qualcosa.

«Affari interni?» aveva chiesto infatti sedendo davanti al Maccadò e sorridendo.

Bersaglio centrato.

«Affari interni, esatto», aveva confermato il maresciallo, serio invece. «Il nostro. Ci sono novità?»

Il nostro, come l'aveva indicato il Maccadò, era il carabiniere Beola, che da un po' di tempo era diventato, senza che ne sapesse niente, una specie di osservato speciale, affidato alle cure dell'appuntato con il supporto, ove fosse possibile, della signora appuntata, le cui orecchie erano sempre pronte a captare chiacchiere e novità che venivano poi puntualmente riferite al marito.

Un mese o poco più a occhio e croce, a partire da una precisa sera di febbraio quando Aurelio Beola aveva conosciuto certa Venturina Garbati, di venticinque anni, vedova, con un figlio di anni otto, Camillo, e un genitore, Elomeo Garbati, di settant'anni ma scassato come ne avesse cento.

Nonostante il freddo quella sera il Beola, fuori servizio, era uscito a fare due passi sul lungolago godendo del cielo che non finiva mai di stupirlo tant'era profondo e del silenzio che per i suoi pensieri era la compagnia più adatta: orgoglioso com'era di essere carabiniere, sognava che prima o poi avrebbe compiuto qualcosa di eroico come salvare un bambino dalle acque del lago o sventare una rapina. Silenzio rotto, quand'era circa a metà del lungolago, da quelli che sulle prime gli erano sembrati singhiozzi e che poco dopo aveva verificato essere tali, riportandolo alla realtà. Provenivano da una panchina, occupata ovviamente, e a emetterli era quella Venturina Garbati che il Beola mai prima di allora aveva visto e alla quale si era avvicinato per chiedere se potesse fare qualcosa. La donna sulle prime aveva negato, anzi, aveva pregato il giovane carabiniere di lasciarla stare ma infine, visto che il Beola aveva ribattuto che mai l'avrebbe lasciata in quello stato e al freddo per di più, aveva ceduto. Ma l'aveva avvisato che c'era ben poco da fare. Faceva la serva a villa Agugli, proprio lì, alle sue spalle, e per l'ennesima volta era stata maltrattata dalla padrona di casa. Una volta uscita si era seduta lì nonostante il freddo in attesa di calmarsi così da rientrare senza destare sospetti. Perché se da una parte la cosa più logica da fare sarebbe stata mandare a quel paese quell'arpia della padrona, dall'altra non se lo poteva permettere visto che i quattro soldi che guadagnava erano l'unica entrata che le consentiva di tenere in piedi la famigliola.

Impeccabile il Beola l'aveva consolata con frasi pacate ancorché banali, prospettandole la possibilità di un futuro migliore. Poi, rendendosi conto di quanto fossero vane le sue parole, aveva ben pensato di agire, invitando la donna ad alzarsi dalla panchina e a bere qualcosa di caldo che l'avrebbe confortata.

Un karkadè, al bar dell'Imbarcadero. E sotto gli occhi del proprietario Gnazio Termoli che aveva benedetto l'ingresso dei due visto che per il resto il locale era deserto.

Il diavolo ci aveva poi messo la coda. Due, anzi, per l'occasione.

La prima nella persona di un inconsapevole maresciallo Maccadò, che la mattina seguente aveva invitato Beola e Misfatti a bersi un caffè. La seconda, studiata invece, in quella del Gnazio stesso che alla vista del giovane carabiniere gli aveva schiacciato l'occhio e aveva chiesto: «Karkadè?».

Il Beola era arrossito fino alle orecchie, balbettando qualcosa di incomprensibile. Maresciallo e appuntato s'erano guardati ed era stato sufficiente. Quand'era uscito per andare a pranzare il Misfatti aveva fatto una sosta al caffè.

«Cos'è 'sta storia del karkadè?» aveva chiesto al Gnazio.

Quello non s'era mica fatto pregare. Anzi, ci aveva messo del suo nell'infiorettare il quadretto dei due che erano entrati la sera prima lì nel bar. Quanto avessero chiacchierato, purtroppo sottovoce, così che aveva potuto percepire solo sussurri. Ma c'erano state anche pause di silenzio...

«Non so se mi spiego», aveva sottolineato il Termoli.

...che l'avevano indotto a sospettare che tra i due ci fosse una certa confidenza.

«Due piccioncini», aveva sorriso il Gnazio, schiacciando l'occhio pure all'appuntato.

Il Misfatti aveva incassato senza fare commenti.

Quella stessa sera Misfatti e Maccadò s'erano ritrovati nell'ufficio di quest'ultimo. Il maresciallo conosceva il suo appuntato, sapeva che non era tipo di aspettare la pioggia per farsi passare la sete. Non aveva perso tempo, era subito entrato in argomento.

«Cos'è 'sta storia del karkadè?» aveva chiesto.

«Fuffa», aveva risposto il Misfatti che non voleva sbilanciarsi. Non aveva elementi per trarre conclusioni, men che meno poteva basarsi sulle chiacchiere e sulle deduzioni di uno come il Termoli.

«Per intanto», aveva però subito aggiunto.

Il che, nel gergo dell'appuntato, voleva dire che il Beola era finito sotto la sua lente di fine indagatore quale osservato speciale.

3.

Non era solo il Beola a essere un osservato speciale. Benché non lo immaginasse, in quel periodo lo era diventato pure il maresciallo Ernesto Maccadò, ma sotto la lente di sua moglie Maristella. Vuoi per la responsabilità di essere al primo incarico quale comandante di una caserma, vuoi per quella di essere finalmente padre, a Maristella era sembrato che a un certo momento il marito si fosse ritirato un po' in sé, tenesse stretti i suoi pensieri insomma, diversamente da come aveva sempre fatto, condividendo gioie e preoccupazioni.

Faceva così per non distrarla dal suo ruolo di novella madre?

Maristella se l'era chiesto più di una volta e s'era sempre data l'identica risposta: impossibile. Impossibile perché la conosceva troppo bene, sapeva che lei aveva le spalle larghe, era in grado di sopportare di tutto senza per questo venire meno ai suoi doveri di moglie e adesso di madre. Non aveva forse resistito con fermezza alla corte serrata che le aveva fatto quel vezzoso, giovane notaio che aveva tentato di tutto pur di strapparla al suo Maccadò? E poi, una volta giunta sulle rive del lago di Como, non aveva forse combattuto per lunghi mesi quotidiane battaglie contro la nostalgia, la solitudine domestica, scacciando i confronti con i colori di giù, il sole di giù rispetto a quello di lì (un sole sì e no, lo chiamava tra sé, un sole forse). Per non dire dell'acqua del mare, nemmeno parente di quella del lago che le pareva spesso di color piombo e sorniona nella sua oscurità, come nascondesse segreti profondi, tant'è che non ci aveva ancora fatto del tutto la pace. Così, appunto, aveva messo il marito nella condizione dell'osservato speciale, mantenendolo in tale stato per un tempo giusto, necessario a raccogliere prove sufficienti per apparecchiare ben bene la questione. E una sera, quand'erano ancora a tavola, appena finito di cenare, era andata dritta al punto.

«Maccadò, che c'è?»

Lessico familiare, il maresciallo lo conosceva bene: se sua moglie usava il nomignolo Né non c'era nulla di cui preoccuparsi, anzi...

Ma se lo appellava usando il cognome...

«Niente», aveva risposto lui, cosciente che era solo un modo per differire, ma di poco, l'intervista.

«Non è vero», aveva ribattuto lei.

Poteva ingannare chiunque con quella sua maschera pressoché impenetrabile, ma non lei, aveva osservato Maristella.

«E adesso dimmi cosa c'è», aveva proseguito.

Perché lei aveva sposato un uomo che chiacchierava, raccontava, rideva, commentava il cibo, il tempo e la sua bellezza e non quello che da qualche tempo entrava e usciva da casa come se fosse un'ombra e come tale impalpabile, senza lasciare quasi traccia.

«Anche il piccolo pare che si sia accorto che c'è qualcosa che non va», aveva osservato Maristella.

Ma sì, perché prima lui non perdeva occasione di prenderselo in braccio e bisognava strapparglielo via per metterlo a letto o farlo poppare, adesso invece era cosa di pochi minuti poi lo rimetteva giù o glielo restituiva.

«Puoi negarlo, Maccadò?»

«Non è facile comandare una caserma», aveva risposto lui, illudendosi di poter così chiudere la questione.

«Te ne accorgi solo adesso?» aveva chiesto lei senza la minima intenzione d'ironia.

«No, certo», aveva risposto lui.

Ma, aveva subito osservato, c'erano periodi buoni e periodi meno buoni.

«Se mi spiego.»

Maristella aveva fatto un cenno col capo, capiva. Capiva che quello non era un buon periodo e non pretendeva di sapere quali fossero i problemi che gli davano pensieri, rispettava il segreto che il suo incarico esigeva. Però se c'era qualcosa che lo preoccupava e che non aveva a che fare col lavoro ma con la famiglia era suo diritto saperlo.

Il Maccadò era entrato in allarme: non aveva preso in considerazione che sua moglie potesse sospettare qualcosa in grado di incrinare l'armonia familiare.

«Ma no, non metterti in testa cose strane», s'era premurato di dire.

Maristella s'era limitata a guardarlo. Uno sguardo che significava, Bene, allora ti ascolto, e basta menare il can per l'aia.

«Sono preoccupato», aveva detto il Maccadò.

«Questo l'ho capito», aveva risposto lei.

«Per il Beola», aveva sparato lui.

«Il tuo carabiniere?»

«Lui.»

«E cos'ha fatto?» aveva chiesto Maristella. «Sempre che si possa sapere.»

«Per adesso niente, ma...»

«Ma?» aveva insistito Maristella.

Ma, ma, ma...

E le aveva raccontato la storia alla fine della quale a Maristella era sfuggita una risata.

«Ridi?» aveva chiesto lui.

Maristella s'era stretta nelle spalle.

«Certo, perché ti vedo preoccupato per una cosa da niente», aveva detto.

«Ti sembra niente?»

«Cos'ha mai fatto, se non comportarsi come un galantuomo?»

Aveva offerto un sostegno morale a quella ragazza, s'era preso a cuore la sua situazione...

«Appunto, se l'è presa a cuore», aveva interloquito lui. E quando c'era di mezzo il cuore non si sapeva mai dove si sarebbe andati a finire.

«Tu dovresti saperlo, Né», s'era addolcita Maristella.

«Io non sono il Beola», aveva risposto lui, «ma il suo comandante.» E come tale responsabile delle sue azioni, soprattutto di quelle che avrebbero potuto deviare da ciò che prescriveva il regolamento dell'Arma.

«E responsabile in prima persona nel caso non applicassi le sanzioni previste. Siamo in un piccolo paese, le voci corrono, le chiacchiere a volte si sostituiscono alla verità. Ne conosco più d'uno che non aspetta che di mettermi in cattiva luce con il comando.»

«Non capisco se sei preoccupato per te o per il tuo carabiniere», aveva osservato Maristella.

L'osservazione, pungente, aveva toccato il Maccadò.

«Forse è meglio se ne parliamo un'altra volta», aveva chiuso.

E per il momento era finita lì.

4.

Osservando con attenzione la lettera, Venerando Scaccola ebbe un moto di insofferenza. Niente di che, un semplice, sfiancato sbuffare. La ragione stava nel fatto che quando il sindacato scriveva era per batter cassa. In primis per chiedere la quota di rinnovo della tessera. Ma per quell'anno erano già a posto. Quindi poteva significare che s'era inventato qualche bella iniziativa per finanziare la quale era alla ricerca di fondi. O, com'era successo un sei mesi prima, per chiedere un contributo onde raccogliere una somma da offrire alla fresca vedova di un collega di Cirimido che era finito sotto un camion rientrando a casa dal lavoro. Ma cosa potevano farci loro due, che tra l'altro neanche sapevano dove fosse quel Ciriqualcosa o come diavolo si chiamava quel posto!

Va be', rispose il Gualtiero allo sbuffo del fratello e stringendosi nelle spalle, quale che fosse la richiesta avrebbero fatto come già altre volte, vale a dire col silenzio che tanto bene praticavano. Così, come se la lettera fosse andata perduta.

Capitava, no?

Con l'unghia dell'indice destro, attrezzo del mestiere perché con quella tracciava solchi sulle michette prima di infornarle, Venerando Scaccola aprì la busta, estrasse il foglio e scorse la prima riga insieme col Gualtiero che gli stava alle spalle.

«Cari associati, come saprete...»

Pausa.

I due Scaccola si guardarono.

Come saprete... un bel dire!

Ma cosa credevano giù a Como, che loro avessero tempo di stare dietro a tutte le balle del sindacato?

Allo stato loro sapevano un cazzo.

Pochi minuti più tardi però, una volta giunti in fondo alla lettera, seppero. Fatto scontato per il firmatario della missiva, segretario Soave Inticchi. Molto meno per i destinatari della stessa mai stati usi a leggere giornali e, stante lo stile di vita, estranei alle notizie che si potevano cogliere frequentando locali pubblici o anche semplicemente facendo due passi in piazza. Ciò che appresero fu novità assoluta, e disarmante. Terminata la lettura i due si scambiarono uno sguardo che la diceva lunga: cioè che per quella volta sarebbe stato meglio ricevere una richiesta di contributo piuttosto che trovarsi in mano quella patata.

Il tono della lettera era confidenziale, la richiesta volta a tastare il terreno. Ma l'Inticchi non metteva in dubbio che avrebbe trovato nei due iscritti una valida sponda per realizzare il suo progetto in obbedienza a una precisa direttiva del segretario nazionale del Partito Augusto Turati per celebrare degnamente la ricorrenza del Natale di Roma nonché Festa del lavoro.

5.

«Come saprete...»

Come avrebbero dovuto sapere, come adesso sapevano.

Come tutta la nazione sapeva, tranne forse loro due fino al giorno prima, Sua Eccellenza il segretario generale Augusto Turati aveva stabilito che la giornata dell'anniversario della fondazione di Roma, 21 aprile, nonché Festa del lavoro, fosse dedicata a gite d'istruzione e divertimento.

«Ed eccoci al punto», scriveva l'Inticchi.

Dovendo, quale segretario del sindacato panettieri, dare corso alla direttiva, aveva pensato a Bellano, visitata anni prima, e che gli era sembrata una degna sintesi delle indicazioni date dal segretario nazionale. A parte Como, e forse anche Lecco, non vedeva altra meta migliore per istruire i gitanti. Bellano, singolare meta, con l'aspra bellezza del suo Orrido, ottocentesca meta di pittori e poeti, ma anche patria di illustri letterati quali Tommaso Grossi e Sigismondo Boldoni. Senza dimenticare la deliziosa ex chiesa di San Nicolao e i suoi preziosi affreschi, che raccontavano la storia di quell'antico convento appartenuto ai frati Umiliati, e il parco della Rimembranza dove si sarebbe potuto celebrare l'amor patrio. Ce n'era d'avanzo per soddisfare l'obiettivo di un po' di istruzione. Circa il divertimento, l'Inticchi non aveva dubbi sul fatto che, stante il numero di osterie presenti in paese, «nemmeno ricordo più quante sono», aveva scritto, i gitanti avrebbero avuto solo l'imbarazzo della scelta.

Venendo al punto, al fine di ottenere il consenso delle gerarchie locali e quello, ambitissimo, del Federale Gariboldo Briga Funicolati, era necessario contare su una perfetta organizzazione atta a ricevere i gitanti che si presumevano numerosi. L'intenzione dell'Inticchi infatti era quella di estendere l'invito agli iscritti al sindacato panettieri non solo di Como, ma anche di Erba e Cantù. Vedevano bene quindi i due Scaccola che il loro intervento presso la locale sezione del Partito, quali latori e sostenitori della proposta, diveniva necessario per ottenere una regia dell'evento che non avrebbe tradito le aspettative. Il tempo a disposizione non era molto, se ne rendeva conto lo stesso Inticchi. Ma, di contro, non dubitava che «i camerati bellanesi riusciranno a predisporre con scrupolo ogni dettaglio, così da rendere indimenticabile la giornata del 21 aprile prossimo venturo».

Confidando in una rapida e positiva risposta, l'Inticchi salutava romanamente eccetera eccetera.

Con una scossa del capo rivolta al fratello, Gualtiero Scaccola mimò la domanda.

Che fare?

6.

Quale invisibile polvere di farina, la domanda aleggiava nella bottega degli Scaccola. Entrambi, nel silenzio che era loro solito, stavano rimuginando lo stesso pensiero. Cosa ci potevano fare se l'Inticchi ignorava che in quel periodo il paese non disponeva di una sezione vera e propria? E poi, ci fosse anche stata, cosa c'entravano loro due che di sezione e Partito non s'erano mai impicciati?

La tessera?

L'avevano, certo.

Ma l'avevano presa tanto per starne fuori.

Sembrava strano?

Tutt'altro.

Infatti s'erano iscritti quando stava per iniziare la gestione Tartina e a quello servivano nomi per fare numero. Da lì in avanti nessuno aveva più rotto le balle. Anche dopo, quando a comandare era arrivato Caio Scafandro. In quel periodo il Partito s'era fatto vivo quando aveva avuto bisogno di un chilo o due di michette in occasione di mangiate che i fedelissimi si inventavano per il compleanno di questo o l'onomastico di quello. Pane gratis e i morti di fame sparivano fino all'occasione successiva. Certo, erano cose che quelli del sindacato, quell'Inticchi lì, non se le potevano immaginare. Anzi, magari pensavano che l'essere destinati a fare da raccordo con i camerati bellanesi dovesse ritenersi un alto onore. Una rottura di coglioni invece, anche se ci fosse stata una sezione come qualche mese prima.

Completato, ognuno per conto proprio, il ragionamento, la domanda di partenza si ripresentò: che fare?

Quella lettera non poteva, com'era successo in più di un'occasione, essere ignorata. Esigeva una risposta, e che spiegasse coi dovuti modi come, stante la situazione attuale, risultava impossibile aderire alla richiesta. Che la gita insomma i panettieri andassero a farla da un'altra parte, il lago era pieno di paesi dove non mancavano chiese, orridi e osterie.

La necessità di rispondere però poneva un bel problema.

Né il Venerando né il Gualtiero avevano una gran confidenza con la letteratura. Anzi, a dirla tutta, con la penna in mano sembrava a entrambi che un invisibile paio d'occhi li osservasse cronometrando il tempo che impiegavano anche solo a mettere una firma, lingua tra i denti e respiro trattenuto fino a conclusione dell'operazione. Figurarsi mettersi a scrivere una lettera dove spiegare il perché e il percome.

Venerando Scaccola non aveva fatto altro che ragionare su come uscire dall'inghippo dopo che suo fratello era salito in casa per il suo turno in branda. E dai e dai, era arrivato alla conclusione che l'unico modo per sfangarla fosse quello di infrangere una delle tante regole di vita che il genitore aveva loro insegnato rafforzando la spiegazione con più di un calcio in culo: cioè che per non avere debiti con qualcuno era meglio non chiedere favori a nessuno. Ma il povero Bastiano non era nemmeno capace di leggere e quando gli toccava farlo doveva rivolgersi alla Gesummaria che almeno in quello, pur seguendo lo scritto con dito puntato e compitando ogni parola con fatica asmatica, un po' se la cavava.

Spiacente, decise il Venerando rivolgendosi alla buonanima del genitore, ma per quella volta avrebbe dovuto violare i sacri principi di casa Scaccola e rivolgersi a qualcuno che comprendesse la situazione e li aiutasse a sbrogliarla.

Quando salì in casa il Gualtiero dormiva ancora. Lo svegliò perché bisognava agire, e in fretta.

«Dobbiamo parlare», gli disse.

A quella uscita Gualtiero Scaccola credette di essere ancora immerso in un sogno.

«Davvero?» balbettò.

Il Venerando rispose con una smorfia.

Davvero, sì, purtroppo.

7.

Si erano seduti a un tavolino sul fondo del locale, e avevano parlato a lungo e sottovoce, lei soprattutto, mentre lui aveva sottolineato alcuni passaggi con movimenti del capo che esprimevano meraviglia o forse incredulità. Di tanto in tanto erano anche rimasti in silenzio, guardando il fondo delle tazze. Sta di fatto che erano stati lì una bella mezz'ora, forse qualcosa di più.

La Venturina, confortata dalle buone maniere del carabiniere, s'era aperta come mai le era capitato. Gli aveva descritto la superbia della padrona di casa, dall'igiene precaria tra l'altro poiché affermava che il lavarsi troppo faceva danni alla pelle e cose così; una donna che la teneva in conto di oggetto, ricordandole a ogni piè sospinto come non fosse indispensabile, visto che in quanto a serve in paese c'era solo l'imbarazzo della scelta.

Purtroppo, aveva confessato la giovane, da quel cappio non poteva liberarsi perché era grazie all'orario concordato che poteva badare al figlio e al genitore e tenere insieme una casa che aveva rischiato di sfasciarsi quando suo marito era morto di peritonite. A quel punto lei aveva dovuto mollare il posto alla filanda per l'impossibilità di aderire alla rotazione dei turni e non le ci era voluto molto per capire come mai in quella villa ben poche resistevano a lungo.

La padrona ci metteva del suo con la superbia e il disprezzo con cui la trattava. Ma anche il marito le dava i brividi con certi sguardi lascivi quando era sicuro che la moglie non fosse presente. Mai per intanto le aveva messo le mani addosso, ma stare sul filo di quel pericolo era un continuo motivo di ansia.

La colpa, se di colpa si poteva parlare, era del suo stato, quello di giovane vedova, che aveva fatto nascere chissà quali fantasie anche in paese, tant'è che alcuni commercianti le avevano fatto intendere che le avrebbero volentieri abbuonato la spesa in cambio di...

«Facile immaginare, no?» s'era interrotta la Garbati.

Il Beola aveva inteso ed era arrossito di conseguenza. Ma ce n'era ancora. Perché in un paio di occasioni in cui i signori avevano avuto ospiti e lei aveva dovuto servire a tavola e poi riordinare, tornando a casa a notte fonda aveva dovuto darsela a gambe per sfuggire a un tentativo di aggressione.

«Ma cosa ve le dico a fare queste cose?» aveva poi sospirato la giovane.

Tra l'altro s'era fatto un po' tardi, doveva mettere a letto il genitore e controllare che il figlio avesse fatto i compiti.

«Scusate se vi ho trattenuto», se n'era uscito a dire il Beola.

«Ma no», aveva ribattuto lei, «almeno mi sono sfogata un po'.»

Una volta usciti dal locale il carabiniere, quasi senza pensarci, l'aveva accompagnata fino alla porta di casa. Poi, rientrato in caserma, si era sentito quasi allocchito. Alla luce del caffè dell'Imbarcadero non aveva potuto fare a meno di notare quanto fosse graziosa la Venturina. E la sua storia ne aveva aumentato il fascino deponendovi un velo di tenerezza.

Così, dal giorno seguente, quando era libero dal servizio, aveva preso l'abitudine di percorrere il lungolago a orari ben precisi, incrociando spesso la giovane e offrendosi di accompagnarla per un tratto, a volte arrivando addirittura fin sotto casa. Un fatto che non era sfuggito neanche a occhi poco curiosi e che aveva alimentato più di una chiacchiera.

In sintesi, il parere di molti, come la signora Misfatti aveva riferito al marito, era che la bella vedovina aveva trovato il merlo.

8.

Parlò il Venerando, Gualtiero ascoltò.

«Ecco... insomma...» esordì. Poi la sua loquacità dispiegò due ali inaspettate per migrare dentro un altrettanto inaspettato vocabolario.

Per farla breve, loro due con una penna in mano avrebbero fatto Natale prima di mettere insieme una risposta che chiarisse la situazione e la conseguente impossibilità di far fronte alla richiesta. Senza considerare il rischio; c'era di mezzo la politica infatti e quindi la possibilità di finire in qualche gabola. Era necessario andarci coi piedi di piombo. Naturalmente non si poteva dimenticare che bisognava anche esprimere il profondo dispiacere...

Il Gualtiero sollevò un sopracciglio.

«Falso ovviamente», precisò il Venerando.

Ma non si poteva mica dire a quell'Inticchi lì di andare a rompere le balle a qualcun altro con le sue gite! Dispiacere quindi, per non poter essere di alcun aiuto tenendo però presente che non era colpa loro.

«Siamo d'accordo?»

«Sì», rispose il Gualtiero, un po' in all'erta stante il fiume che era uscito dalla bocca del fratello. «Quindi?»

«Tocca rivolgerci a qualcuno che sappia spiegare per bene le cose», rispose il Venerando, staccando bene una parola dall'altra.

«Chi?» chiese il Gualtiero, passando dallo stato di all'erta a un principio di sospetto.

«Tu hai in mente qualcuno?» ribatté il fratello, temendo la risposta.

L'altro rispose senza parlare, con la sola mimica facciale, quella di una michetta mal riuscita: voleva dire no.

Bene, pensò il Venerando reprimendo un sospiro di sollievo.

«Io invece sì», sparò e spiegandosi senza indugi. «Credo che sia il caso di cercare aiuto in municipio.»

Lì dentro erano abituati a carta e penna, sapevano anche trattare certe cose, qualcuno che si facesse carico della faccenda l'avrebbero sicuramente trovato.

Gualtiero Scaccola a quel punto sentì crescere il sospetto, il Venerando non gli stava dicendo tutto.

«Certo che però bisogna andarci», buttò lì con l'intenzione di fargli scoprire le carte.

«Dove?» fece il Venerando fingendo di non aver capito.

«In municipio», puntualizzò il Gualtiero.

Il Venerando fece un cenno di assenso. Leggeva nella mente del fratello. Andare in municipio: un viaggio, un'avventura, forse piena di insidie! A proposito della quale però aveva già pianificato le cose.

Insomma erano o no abituati a dividersi equamente tutto, le ore di riposo e quelle di lavoro, metodo che aveva loro permesso di andare sempre d'accordo? Era venuto il momento di estendere la pratica all'eccezionale situazione che la lettera del sindacato aveva creato.

«Stringendo?» chiese il Gualtiero che ormai presagiva la mossa successiva.

Stringendo, rispose il Venerando, siccome l'idea di chiedere assistenza in municipio era stata sua, al Gualtiero spettava il compito di realizzarla nella pratica.

«A me?» sussurrò il Gualtiero.

Il Venerando si strinse nelle spalle.

«A meno che tu ne abbia una migliore...» fece allargando le braccia.

Ma, ce l'aveva?

Se sì, era il momento di palesarla.
Il Gualtiero tacque.
Chi tace acconsente, fu il pensiero del Venerando.

9.

Chi tace non dice niente, era una delle convinzioni dell'appuntato Misfatti; per quella ragione era solito fare spesso domande, cosa che oltretutto si addiceva alla perfezione al suo ruolo.

«Qualche altro karkadè?» era tornato a chiedere al Gnazio passata una decina di giorni.

Sulle prime il Termoli aveva fatto finta di non capire. Così facendo pensava che magari avrebbe spinto l'appuntato a dire qualcosa di più, rivelargli il perché di tutto quell'interesse. Era bastato uno sguardo in tralice del Misfatti per metterlo in riga.

«Nessuno», era stata la risposta.

«Sicuro?»

«Sicuro.»

Quei due, se era a quelli che l'appuntato si riferiva, non erano più entrati nel suo locale.

«Però...» aveva lasciato in sospeso il Termoli.

«Sputa il rospo», aveva ingiunto il Misfatti.

«Tirano dritto», aveva chiarito quello, indicando con un cenno del capo la piazza, fuori.

Il Misfatti aveva soppesato le parole del Gnazio: voleva dire che li aveva ancora visti assieme?

«Ne sei certo, potresti giurarlo?» aveva indagato con una certa asprezza.

Il Termoli s'era stretto nelle spalle. O porca l'oca, gli sembrava di essere sotto interrogatorio. Li aveva visti, sì, mica poteva fingere di non vedere quello che succedeva!

«Appuntato, io sto qui dalla mattina alla sera», s'era giustificato. E doveva starci con gli occhi aperti. Comunque, se non gli credeva, poteva chiedere anche alla Damina, sua moglie. Dopodiché, senza nemmeno attendere una risposta dall'appuntato, gliel'aveva chiamata e la donna aveva confermato. Era vero, li aveva visti pure lei un paio di volte.

«Però...» anche lei.

«Però cosa?» aveva chiesto il Misfatti cui tutto quell'indugiare aveva cominciato a dare sui nervi.

«Dico, cosa c'è di male?» aveva ribattuto la Damina.

Non ci vedeva scandali in due che camminavano chiacchierando come buoni amici. A meno di voler vedere il male là dove non c'era, spettegolare tanto per il gusto di farlo.

«E non sono solo le donne a farlo», aveva sentenziato la Damina.

Perché certe piccole malignità le aveva sentite sussurrare da bocche maschili, e proprio lì, ai tavolini del suo caffè. Un paio di costoro, tipi che avrebbero fatto bene a preoccuparsi delle rogne che avevano in casa, quando avevano oltrepassati i limiti della decenza, li aveva messi a posto lei.

«Appuntato, datemi retta», aveva proseguito la donna, «a quella povera disgraziata fa solo del bene avere per amico un bravo ragazzo come il vostro carabiniere.»

«Certo, non lo metto in dubbio», aveva confermato il Misfatti.

A meno che non si mettesse in qualche guaio però, aveva pensato.

Cosa che il Beola stava appunto per fare, infilandosi in una situazione dalla quale avrebbe fatto sempre più fatica a tirarsi indietro.

10.

Conscio di non potersi sottrarre, Gualtiero Scaccola pregò il Venerando di non lasciarlo solo davanti all'improbo compito. Che gli desse almeno una mano, qualche suggerimento...

«Magari...»

Ecco, magari immaginando di essere lui a dover andare in municipio. In quel caso che cosa avrebbe detto?

Il Venerando, però: «Di cosa ti preoccupi?» gli rispose.

Una volta dentro quegli uffici qualcosa gli sarebbe venuto in mente. Se era vero che amavano il silenzio, era altrettanto vero che non erano muti, no?

E con quello se l'era cavata, lasciando il fratello a contare le ore del giorno e poi quelle della notte finché l'alba di martedì sorse e Gualtiero Scaccola, attorno alle otto, uscì da casa, guardingo come se si preparasse a fare qualcosa di male.

Camminò occhi a terra, la mente a inseguire parole che non si facevano prendere e con le quali avrebbe dovuto mettere insieme il discorsetto. Davanti al portone del municipio era ancora fermo al solo «Buongiorno».

Salito lo scalone ed entrato negli uffici si appressò al bancone sotto gli occhi dell'impiegata Arzilla Memore, donna dalla lingua sciolta che però sbrigliava solo quando le persone si comportavano con educazione. Nella fattispecie, visto che lo Scaccola era un uomo, si aspettava che fosse lui a salutare per primo e poi lei avrebbe risposto chiedendo in cosa potesse essergli utile.

Il Gualtiero, ricordando le parole del fratello, stava in attesa che qualcosa nascesse nella sua mente per uscire dallo stallo. Ma era come pretendere che uscisse vino da una botte vuota. Pure il saluto d'esordio era svanito. Inoltre gli occhi dell'impiegata fissi su di lui stavano cominciando a metterlo in agitazione. Forse era il caso di fare dietro front e andarsene.

Fu il messo comunale Vitaliano Fizzolati, che stava osservando la scena, a rompere il silenzio.

«Uei Scaccola, ti sei incantato?» proruppe schioccando le dita.

Poteva permettersi una tale confidenza, di tanto in tanto passava dalla loro bottega per consegnare avvisi e, conoscendoli entrambi, li leggeva anche giungendo a spiegare i passaggi più oscuri.

Arzilla Memore distolse lo sguardo. Visto che s'era messo di mezzo il Fizzolati, che se la sbrigasse lui.

«Ma cos'hai bisogno?» insisté quello visto che il Gualtiero era ancora impalato.

Gualtiero Scaccola sbatté gli occhi, come richiamato alla realtà dalle parole del messo e levò dalla tasca la lettera.

«Abbiamo ricevuto questa», disse quasi ripetesse una frase imparata a memoria.

«E cos'è?» chiese il Fizzolati.

Domanda che per fortuna non richiedeva risposta. Bastava allungare la busta al messo, cosa che lo Scaccola fece ottenendo poco dopo uno sguardo interrogativo.

«Scusa neh, Scaccola», fece quello, «ma se è del vostro sindacato perché l'hai portata in municipio?»

Il Gualtiero ormai sudava, non si aspettava un interrogatorio così serrato.

«Per quello che c'è scritto dentro», articolò, la bocca secca.

«E cosa c'è scritto?» insisté il messo.

Ma, ciao!

Pretesa assurda chiedere al fornaio un riassunto della lettera. Troppe cose, troppe parole! E poi, in fin della fiera, se era andato lì era perché aveva bisogno di aiuto. Che il Fizzolati se la leggesse, cosa che nel frattempo il messo aveva cominciato a fare, incuriosito dall'espressione tribolata che lo Scaccola aveva messo su.

Cosa diavolo poteva essere?

«Orco due», sbottò una volta arrivato in fondo.

L'impiegata Memore a quel punto tornò a farsi viva. Aveva finto di disinteressarsi del bisogno del fornaio, rimettendosi a passare certe carte guardandole senza vederle per davvero. Una certa dose di curiosità l'aveva tenuta in all'erta e, richiamando i suoi principi morali in cima ai quali stava la buona educazione, approfittò dell'esclamazione del Fizzolati per rientrare in campo.

«Queste parolacce!» lo rimproverò.

Il Vitaliano sbuffò.

Se quelle erano parolacce...

In ogni caso che desse un'occhiata anche lei a quella lettera e gli dicesse poi cosa ne pensava.

L'Arzilla non se lo fece ripetere. La prese e dapprima le diede solo uno sguardo d'insieme, pura degnazione, tanto per non palesare la curiosità di cui era preda. Poi s'avviò a leggere compitando le parole una per una mentre allo Scaccola sembrava di stare per lievitare, proprio come una delle michette che infornava, e delle quali già sentiva mancare la confortante presenza. Fissò lo sguardo sulle labbra dell'impiegata che a volte si stiravano e altre si disponevano a culo di gallina.

Anche gli occhi dell'Arzilla si muovevano in sintonia con quelle, a tratti sgranandosi, a tratti socchiudendosi così che sulla fronte della donna comparivano rughe. Ci fu un momento in cui l'impiegata si portò la mano alla bocca. Il Gualtiero immaginò che fosse incappata in qualcosa di sconveniente e tremò al pensiero che gliene potesse chiedere ragione. Non poteva sapere invece che così facendo la Memore aveva coperto un rutto dovuto all'acidità di stomaco di cui da tempo soffriva, per la qual ragione il dottor Lesti le aveva dato una serie di consigli, tra cui quello di fare colazione col solo latte e non, come aveva fatto quella mattina, con una fondina di minestrone riscaldato.

Quando la Memore giunse ai saluti fascisti dell'Inticchi, al Gualtiero sembrò che fosse passata un'ora, invece erano trascorsi solo un paio di minuti, un tempo durante il quale in lui era maturata l'impressione che i piedi avessero perso contatto col pavimento e la testa stesse per staccarsi dal resto del corpo. Ragione per la quale non comprese subito ciò che su suggerimento dell'impiegata Memore il messo gli disse.

«Hai capito Scaccola?»

No, suggerì la Memore al Fizzolati scuotendo il capo, non aveva capito: guarda che faccia persa che c'ha!

Opportuno ripetere quindi, e anche alzando un po' la voce.

Era meglio, ribadì il messo, se quella lettera la faceva vedere al segretario comunale.

Le parole del Fizzolati giunsero alle orecchie del Gualtiero in forma di eco.

Il segretario?, compitarono poi le sue labbra.

«Sì», confermò il Fizzolati, divertito dallo straniamento dello Scaccola. C'era niente di strano, aggiunse, un segretario stava al municipio come un fornaio al forno!

Era lì, nel suo ufficio. E, aggiunse sempre sorridendo, non era sua abitudine mangiare carne umana.

«Dai che ti accompagno», propose.

Per tutta risposta il Gualtiero aprì la bocca ma emise solo un fiato di stupore come di fronte a un panorama mai visto prima, nemmeno immaginato.

11.

Le parole gli erano uscite di bocca così, manco se n'era accorto. Forse era stata colpa della bella serata, di quella punta di primavera che si avvertiva nell'aria, dell'umore della ragazza insolitamente allegra visto che per una settimana sarebbe stata alla larga dalla villa: i signori infatti partivano il giorno dopo, destinazione Andeer nel canton Grigioni dove avrebbero passato le acque ritornando a Bellano solo a Quaresima iniziata. Perché quella appunto era la settimana grassa, e la Venturina l'aveva messo al corrente che per il sabato la Società di Mutuo Soccorso aveva organizzato una serata danzante presso il Circolo dei lavoratori alla quale le sarebbe piaciuto prendere parte vista la libertà di cui poteva godere in quei giorni.

«Qualcosa ve lo impedisce?» s'era informato il Beola.

«Sono senza cavaliere», aveva risposto lei.

E non avrebbe certo fatto un bel vedere se si fosse presentata sola. Anzi, avrebbe alimentato chiacchiere se non peggio.

Che la Garbati avesse lanciato un'esca oppure avesse parlato senza intenzione alcuna, non aveva fatto differenza.

Il Beola aveva abboccato.

«Se non vi spiace potrei accompagnarvi io.»

Era libero infatti. Già da un paio di giorni in caserma avevano stabilito i turni del sabato grasso. Il brigadiere Mannu si era offerto di sua sponte per il servizio notturno affermando che, per quanto lo riguardava, il piacere che gli dava il Carnevale era pari a quello che si poteva provare davanti a un piatto vuoto. Altrettanto spontaneo l'appuntato Misfatti s'era offerto di presenziare alla festa, così da evitare una piccola riunione familiare («'Na camurria, in verità», aveva specificato) che la moglie aveva organizzato con un paio di amiche, Ciceri Vestina e Logamba Modiana, due delle volontarie che davano una mano alle suore dell'asilo e a quelle del brefotrofio di San Rocco: brave persone, ma noiossse come mosche, forse un po' di più. Meglio, aveva preferito il Misfatti, godersi il movimento della festa anche se da semplice spettatore. Così organizzati i turni, il maresciallo ne avrebbe approfittato per stare a casa con Maristella e il figlioletto e rilassarsi un po', e il Beola altrettanto di fare quello che gli pareva.

Come avrebbe impiegato la serata?

La domanda gliel'aveva buttata lì, enpassan, l'appuntato Misfatti. Il carabiniere aveva risposto che non ne aveva la minima idea.

Problema risolto invece nel momento in cui quella frase gli era scappata di bocca senza che quasi se ne fosse accorto.

Alla sua uscita, la Venturina aveva emesso un gorgheggio di gioia: andare alla serata danzante, e con un giovanotto così ammodo...

«Vedrete quanto ci divertiremo», aveva poi commentato.

Parole pesanti, che solo poche ore più tardi, quando si era trovato solo soletto nella sua branda, avevano cominciato a girare nella mente del Beola, tormentandolo e togliendogli il sonno.

Come aveva potuto dimenticare di essere un carabiniere? Come aveva potuto non considerare che fare da cavaliere a una ragazza, accompagnarla a una serata danzante, magari ballarci, l'avrebbe esposto a chiacchiere che sarebbero arrivate in un battibaleno alle orecchie del maresciallo Maccadò?

Dopodiché?

Gli aveva risposto il regolamento.

«Gli amoreggiamenti e le relazioni intime con donne nelle sedi di servizio devono essere sempre troncati col trasferimento del militare.»

E per quella sera era stato il sonno a trasferirsi chissà dove.

12.

Da oltre un quarto d'ora, venti minuti ormai, a essere precisi, il podestà Mongatti stava percorrendo il corridoio di casa, su e giù, avanti e indré, senza sosta e senza dare a vedere di decidersi a uscire benché fossero ormai le nove del mattino.

La moglie Autrice Bigorelli era seduta in cucina, in vestaglia, picchiettava le dita sul tavolo, era sulle spine.

E che diavolo!, cosa stava aspettando suo marito?

Di solito, massimo alle otto e un quarto era già fuori casa e lei, sola soletta, poteva ritornare sotto le lenzuola per godersi in santa pace i romanzi della «Biblioteca delle signorine» e quelli di più recente scoperta dei «Romanzi della rosa»: massimamente le affascinanti storie del ciclo della «Primula Rossa» della baronessa Orczy. Erano libri che ordinava da sé alla libreria dei fratelli Stroppa a Como, in via Croce di Quadra, e che giungevano a Bellano in battello impacchettati come si deve. Dopodiché, una volta ritirati, il battellotto correva a casa Mongatti per deporli nelle mani ansiose della signora ricevendo in cambio una mancia. Solo una volta la buona mano era saltata ed era stato quando l'uomo, invero alticcio, si era permesso di chiedere che gusto ci fosse a leggere, cosa mai ci trovasse nei libri.

«Quello che uno come te non potrà mai capire», aveva risposto la Bigorelli chiudendogli la porta in faccia.

Non era facile infatti spiegare come adorava quel paio d'ore in cui si immergeva in un mondo di pura estasi che solo l'arrivo della serva di casa, mai prima delle dieci come da ordine espresso, interrompeva riportandola alla brutalità di un vivere assai poco avventuroso: la vita vera Autrice Bigorelli la percepiva quando se ne stava sola soletta in casa, fantasticando, con o senza un libro in mano. Ciò che accadeva fuori era solo un banale riflesso del suo immaginario e non ne voleva essere contaminata, ragione per la quale spesso, più che spesso, sempre in verità, evitava di accompagnare il marito a manifestazioni, pranzi, cene e manfrine siffatte.

Quella mattina aveva già sacrificato quasi un'ora a un'abitudine che riteneva indispensabile al suo spirito sognante e al benessere quotidiano, così che a un certo punto prese l'iniziativa.

Per caso non si sentiva bene?, chiese al marito.

«Perché, cosa dovrei avere?» rispose lui nervoso.

«E io cosa ne so!» fu la piccata replica della donna.

Visto che però era rimasto venti minuti chiuso in bagno poteva supporre che qualcosa di storto ci fosse. E, a seguire, intuiva anche che tutto quell'andare su e giù per il corridoio senza decidersi a uscire poteva significare che lui stesse cercando di capire se il suo intestino si fosse quietato oppure no.

«Considerata la quantità di pasta e fagioli con cui hai cenato ieri sera», specificò la moglie, sottolineando anche le turbolenze che ne avevano accompagnato il sonno.

«Pasta e fagioli eh?» ribatté il Mongatti, il quale, senza altro aggiungere, prese la via del cesso.

Ma, contrariamente a ciò che la moglie pensava, ne uscì subito con in mano la copia de «La Provincia-Il Gagliardetto» che tutte le mattine la Gnagnolina, l'edicolante di piazza Grossi, alle otto precise, lasciava sulla porta di casa Mongatti.

Con la pagina delle «Cronache cittadine» squadernata sotto gli occhi della moglie, l'indice puntato, ripeté: «Pasta e fagioli eh?».

La donna non capiva, lo fece intendere al marito col solo sguardo.

«Ti dice niente questo titolo?» chiese il Mongatti.

Autrice Bigorelli rilesse.

«Dovrebbe?» chiese poi.

Il podestà scosse la testa, sbuffò, strapazzò il giornale.

Cazzo capivano le donne di politica!

13.

«Fizzolati, per favore, spiegatevi meglio», aveva appena detto il segretario Menabrino.

In effetti il messo l'aveva presa un po' larga, esordendo col dire che quella mattina, nella persona del fornaio Gualtiero Scaccola, s'era presentato un caso che probabilmente era estraneo alle competenze della municipalità ma che lui, preso atto anche del parere dell'impiegata Memore, aveva pensato di sottoporre alla sua attenzione al fine di averne un parere grazie al quale lo stesso Scaccola avrebbe potuto orientarsi...

Prima di tutto: «Questo Scaccola è quello che si tiene nascosto dietro di voi?» chiese il segretario.

In effetti il Gualtiero, la cui fantasia, indomabile quel mattino, gli aveva disegnato la persona del segretario come uomo potente, anche pericoloso e dal quale era meglio stare alla larga, da che era entrato in segreteria cercava di farsi scudo del messo.

«Sì», rispose il Fizzolati.

«Bene. Venendo al sodo?» riprese il segretario.

«In sostanza, crediamo che sia importante che voi diate un'occhiata a questa lettera», rispose il messo deponendo il foglio sulla scrivania del segretario.

Dopodiché: «Posso andare?» chiese il messo.

«Certo», rispose il segretario.

E, uscito il messo, Gualtiero Scaccola, privo di difese, si irrigidì suscitando un sorrisetto del segretario.

«Guardate che qui non siamo in una caserma», disse,

subito intuendo che quello non aveva però compreso l'allusione.

«Voglio dire che non è necessario che vi mettiate sull'attenti», spiegò. «Accomodatevi su», lo invitò poi.

Il Gualtiero esitò.

Sedersi davanti a un segretario? Era cosa? E se fosse stato un tranello?

Tuttavia, visto che il tono era stato gentile, sarebbe stato indelicato non obbedire. Lo Scaccola eseguì avvicinandosi alla sedia con due passi felpati.

«Bene», approvò il segretario una volta che lo vide seduto, benché in pizzo e le mani appoggiate sulle ginocchia come uno scolaretto. «E adesso leggiamo per bene questa lettera.»

Ma gli furono sufficienti le prime due righe per capire dove volesse andare a parare.

14.

Il titolo a tutta pagina recitava: *Riunione a Lecco dei Segretari politici della provincia chiamati a rapporto dal Segretario Federale.* A seguire un ampio resoconto della stessa.

Si era trattato di un imponente raduno cui avevano presenziato anche il vicesegretario federale, il segretario amministrativo, i componenti del direttorio federale, la corte di disciplina nonché i capigruppo.

Nei venti minuti in cui il Mongatti era rimasto chiuso dentro il cesso aveva letto e riletto l'articolo, tanto che ne poteva ripetere quasi a memoria i passaggi che più l'avevano fatto sudare.

C'erano tutti tutti insomma, tranne ovviamente il segretario bellanese per la semplice ragione che al momento il paese che lui amministrava ne era sprovvisto.

L'articolo occupava quattro colonne fitte dando un puntuale resoconto di ciò che era stato detto da parte del Federale, parole che al Mongatti erano sembrate alludere senza ombra di dubbio alla vergognosa situazione in cui il suo paese versava. A parte l'elogio a tutte le sezioni per aver degnamente celebrato l'annuale di fondazione dei Fasci di combattimento, passato a Bellano sotto silenzio, il Federale Gariboldo Briga Funicolati aveva invitato a guardare a ciò che attendeva per non tradire la fiducia che il Duce aveva concesso a ciascuno di loro. L'onore e la responsabilità di rappresentare la causa fascista, aveva proseguito il Funicolati, imponevano il dovere di uniformare lo stile di vita a quella dirittura morale che era insita nella santità della causa. Ragione per la quale chiedeva a tutti i presenti che se, nel caso e per le più varie ragioni, si fossero rivelati motivi in contrasto con lo stile suddetto era primo dovere di ogni segretario politico quello di ritenersi inadatto alla carica ricoperta e ritirarsi in buon ordine nei semplici ranghi gregari. Né, a questa attività di vigilanza, si dovevano sottrarre coloro che occupavano cariche ufficiali, dalle più alte alle più umili, e non per questo meno importanti. Sottinteso che, al bisogno, sarebbe intervenuto con la sua autorità, così come era successo a Bellano. Non mancava, riportato fedelmente, il saluto di Sua Eccellenza il Prefetto, presente in spirito e che come tale tutto sapeva anche perché tutto gli veniva puntualmente riferito e agiva in perfetta sintonia con la segreteria provinciale dei Fasci di combattimento.

Ed era proprio quella la cosa che più preoccupava il Mongatti: di lì a pochi mesi il suo quinquennale mandato sarebbe scaduto. Sua Eccellenza il Prefetto glielo avrebbe rinnovato oppure, ritenendolo comunque parte di un paese quantomeno maldestro, una pecora nera nel gregge lacustre, avrebbe deciso per altri?

«Capisci o no adesso perché sono preoccupato?» chiese alla moglie finita la tirata.

La donna capiva, sì, ma fino a un certo punto.

«In fondo», disse Autrice, «non ci manca niente, non è certo con quello che guadagni facendo il podestà che campiamo!»

Dio, ma le donne, le donne, possibile che...

«Non è una questione di soldi», si irritò il Mongatti, perché era vero che non intascava il becco di un quattrino. Dignità piuttosto, l'onore del paese, la sua storia e il suo futuro. E naturalmente anche la sua dignità, il suo onore, la sua storia, il ricordo che di lui sarebbe rimasto, e vai col tango.

«Capisco», fece lei regalmente indifferente, «tutte cose che non ti fanno fare indigestione.»

Il Mongatti scosse la testa.
Ma cos'è che impediva alle donne di capire certe cose?
Qualcuno glielo poteva spiegare?
Il silenzio, giudicò, era la risposta migliore per il momento a tanta grettezza.

15.

Il silenzio non era pratica comune in casa Maccadò, sia che le cose filassero lisce o che ci fosse qualcosa da mettere a posto. Tra i due esisteva una precisa gerarchia ed era Maristella che portava i gradi più alti: significava che perlopiù era lei ad avviare discorsi, fare domande, invitare il marito a confidarsi. E siccome era dotata di un'arte tanto spontanea quanto raffinata nel mettere a proprio agio il marito, costui non si negava mai al rispondere, confrontando le proprie opinioni con quelle della moglie, che spesso collimavano. Era, questo, un equilibrio d'intenti e sostenuto da un amore profondo, che non aveva mai provocato discussioni di sorta. Qualche battibecco semmai, roba di poco conto. Come quello che aveva riguardato la situazione del carabiniere Beola, chiuso dal Maccadò la sera in cui ne avevano parlato e poi mai più, o non ancora, riaperto. Era rimasto lì comunque, aleggiava a mezz'aria sopra il tavolo di cucina, sorta di memento per il maresciallo che quando ci ripensava capiva di essere stato un po' troppo brusco e di conseguenza avvertiva la necessità di fare un gesto di pace.

Ritornare sull'argomento?

E per dire cosa, visto che allo stato le indagini del Misfatti erano a un punto morto o quasi?

Meglio inventarsi qualcosa per scusarsi con Maristella se aveva permesso ai problemi della caserma di entrare in casa loro.

Ma cosa?

Nell'attesa che gli venisse l'idea buona, il Maccadò aveva preso a fare la guardia su di sé, tornando a essere quello che era stato fino a pochi giorni prima: spupazzarsi il figlioletto, ammirare l'ordine che regnava in casa, elogiare i piatti che sua moglie preparava. Disposto, anche, a rispondere sull'affaire Beola se Maristella fosse tornata sull'argomento.

Però Maristella taceva. Beninteso, anche lei vedeva la faccenda aleggiare nell'aria della cucina, ma non la riteneva tale da poter alterare l'armonia della casa. L'aveva lasciata lì, notando che svaniva un giorno dopo l'altro. A differenza del Maccadò che invece se la sentiva pesare sul capo e aspettava l'idea buona per farsi perdonare.

Ci voleva qualcosa... qualcosa...

Qualcosa, cosa?

Una domanda che continuava a rimanere senza risposta.

16.

«Per la risposta affidatevi a me», disse il segretario comunale sollevando gli occhi dai saluti fascisti dell'Inticchi.

L'aveva già bella e pronta in testa ed era del tutto in linea col suo carattere di uomo tranquillo che aveva fatto la guerra e aveva riportato a casa non solo la pelle ma anche la convinzione che farsi gli affari propri fosse, tra le filosofie di vita, la migliore. Nel suo caso, occuparsi di ciò che i doveri d'ufficio gli richiedevano e non andarsi a cercare rogne. In ragione di ciò aveva salutato con sommo gaudio quella sorta di purgatorio in cui il paese era stato messo dal Federale Funicolati con la sospensione temporanea di ogni tipo di attività del Partito, quelle ufficiali soprattutto, ricorrenze e celebrazioni, alle quali in quanto esponente della pubblica amministrazione doveva presenziare accanto al podestà. Leggendo una riga dopo l'altra aveva compitato mentalmente la risposta da dare a quell'Inticchi e al sindacato tutto: con i dovuti modi, dire che il paese allo stato non poteva evadere una simile richiesta essendo sprovvisto dell'apparato organizzativo atto a supportarla. Quindi, con un certo godimento interiore, aveva dato quella garanzia allo Scaccola: non se ne preoccupasse, avrebbe pensato lui a sistemare la faccenda.

Il Gualtiero rimase come stordito dalle parole del Menabrino, tant'è che il segretario dovette semplificare il concetto parlando di patate bollenti che passavano da una mano, quella del fornaio, a un'altra, quella del segretario lì presente, e solo una volta fuori dal municipio riprese coscienza del tempo, considerando che in fin dei conti dal momento in cui era uscito da casa non era passata che mezz'ora. E, due passi oltre il portone d'ingresso, ricominciò a respirare a pieni polmoni, percependo un sapore, un profumo di cui poco prima, mai anzi!, s'era avveduto, tant'è che si perse ad assaporare l'uno e l'altro, guardando per aria, casomai gli riuscisse a individuarne l'origine e senza accorgersi degli sguardi curiosi, quasi increduli, di alcuni meravigliati di vederlo lì, all'esterno del municipio come se qualcosa l'avesse paralizzato e non nella solita cornice della bottega.

Ma il tempo non è uguale per tutti.

Non vedendolo ancora comparire, il Venerando aveva cominciato a temere per il fratello, guai in sostanza.

Poteva essere altrimenti?

Tra sé aveva calcolato che un quarto d'ora sarebbe stato più che sufficiente per andare in municipio, consegnare la lettera, spiegare e tornare. Passato quello, ogni minuto che era caduto verso la mezza fu per il Venerando una tortura cinese, quella della goccia della quale, nemmeno lui sapeva dire come e perché, aveva notizia.

Tuttavia cos'altro poteva fare se non aspettare?

17.

Non aveva avuto scelta. A meno di non voler oltrepassare quella linea di confine sulla quale si era sentito da quando s'era offerto alla Venturina come cavaliere per la serata danzante.

Dall'accompagnarla il Beola non aveva potuto esimersi, parola era parola. Ma aveva deciso di attenersi al più stretto significato del verbo. Tuttavia la cosa non si era rivelata così facile. La serata infatti era cominciata nel peggiore dei modi. Lui s'era presentato alle otto spaccate, come da promessa. La Venturina era scesa quasi di corsa.

«Eccomi, sono pronta. Possiamo andare», aveva detto sulla soglia di casa, con un tono di voce un poco sopra le righe, frizzante come l'aria che tirava. E, zac!, aveva infilato il braccio sotto il suo, avvolgendo il giovanotto in una nuvoletta di profumo. Un gesto, a giudizio del Beola, che già poteva far sospettare il deprecato amoreggiamento. Così, fatti due passi s'era fermato, aveva chiesto scusa e s'era chinato per allacciarsi una scarpa che non ne aveva alcun bisogno. Dopodiché, ritornato in posizione eretta, aveva ripreso la marcia tenendosi a una distanza tale da impedire alla ragazza di arpionarlo di nuovo.

La Garbati non sembrava aver colto la recondita intenzione del suo accompagnatore oppure non vi aveva dato peso. Il tono del suo umore non aveva avuto cali, anzi. Imboccata via Manzoni, quando note di fisarmonica della festa che aveva già preso il via erano giunte alle sue orecchie, aveva avuto un'impennata.

«Credo proprio che questa sera ci divertiremo noi due», aveva esclamato.

E un secondo campanello d'allarme, ben più squillante, era suonato alle orecchie del Beola.

Noi due?

Troppa intimità!

A quel punto il testo dell'articolo relativo agli amoreggiamenti compreso nella sezione «Mancanze caratteristiche» del regolamento dell'Arma gli era apparso sotto gli occhi, parola per parola, come ad avvisarlo che ci stava cadendo in pieno. Era ancora in tempo per evitare disastri, ma non poteva esitare oltre.

Aveva rallentato il passo di concerto con l'aumentare del volume della musica nella quale si inserivano anche voci e grida.

La Venturina si era adeguata anche se era evidente che fremeva per entrare.

Il Beola si sentiva ormai sull'orlo della disfatta non sapendo cosa inventarsi quando, imboccato l'atrio che portava al salone del Circolo, aveva visto l'appuntato Misfatti, imponente come mai gli era sembrato; né più né meno, incarnava l'articolo di regolamento relativo all'assistenza agli spettacoli e ai trattenimenti pubblici: stava ritto ai lati della porta d'ingresso, in piedi, a capo coperto, in silenzio e in atteggiamento dignitoso.

Una salvifica visione che aveva fatto scattare l'idea.

L'appuntato dava loro le spalle, l'occhio a controllare la sala.

Il Beola aveva agito rapido e richiamato l'attenzione della Garbati.

«Entrate pure, io vi raggiungo. Devo dire due parole all'appuntato», s'era inventato lì per lì.

«Vi aspetto dentro», aveva risposto la giovane senza alcun sospetto. Era partita mentre il Beola aveva atteso che lei entrasse nel salone, dopodiché aveva fatto un rapido dietro front conscio di agire come un vero vigliacco, ma anche di fare l'unica cosa che gli avrebbe evitato di andare a sbattere, facendosi male, contro le dure regole dell'Arma.

Solo che, un quarto d'ora più tardi...

18.

«Era ora», esclamò Venerando Scaccola quando infine comparve il fratello.

Gli era sfuggito che il Gualtiero era rientrato zufolando e con le mani in tasca, un atteggiamento rilassato, ben distante da quello ingessato con il quale era uscito più o meno un'oretta prima.

«Be'», rispose il Gualtiero, «sai com'è, ci vuole il suo tempo per sistemare certe cose.»

A quel punto il Venerando entrò in sospetto. Frasi così lunghe uscivano dalla bocca di suo fratello sì e no quattro volte all'anno, quasi contemporanee ai cambi di stagione.

«Come?» chiese tanto per avere la prova di aver sentito bene.

«Era una questione delicata», fece il Gualtiero, la fronte increspata, «c'è voluto del tempo ma con il segretario l'abbiamo sistemata.»

Di quella seconda, altrettanto lunga frase pronunciata dal fratello, al Venerando restò impresso il riferimento al segretario.

«Il segretario?» si stupì.

Voleva dire che aveva dovuto parlare addirittura col segretario comunale?

«Cosa c'è di strano?» ribatté il Gualtiero.

Persona gradevolissima, aggiunse. Che l'aveva invitato a sedere nel suo ufficio osservando, come si usava dire per celia, che se anche fosse rimasto in piedi non sarebbe diventato più grande di quello che era. E che poi, mentre leggeva la lettera, s'era più volte interrotto per ridacchiare o fare alcuni commenti, uno soprattutto, cioè che quelli...

«Quelli di Como per intenderci», precisò il Gualtiero.

...ecco, pur di voler sembrare qualcosa di più degli altri non perdevano occasione di rompere i coglioni alla gente e se ne inventavano una al giorno. Alla fine poi gli aveva chiesto, «Cosa vogliamo fare?» ma s'era dato lui stesso la risposta, «Niente», vista l'impossibilità di aderire alla richiesta del sindacato. Rispondere, sicuro, la cortesia prima di tutto. Ma non era certo cosa che competeva, parole dello stesso segretario, a, con tutto il rispetto, due fornai. L'autorità doveva prendersi quella responsabilità. La massima autorità del paese.

«Il signor podestà, no?» precisò Gualtiero Scaccola visto che il fratello lo stava guardando con una faccia bollita, stordito da tutto quel parlare.

Dopodiché quel buon diavolo del Menabrino...

«Chi?» lo interruppe il Venerando.

«Ma il segretario, no, chi altri?» chiarì il Gualtiero. Si chiamava così, ragioniere Cirico Menabrino.

Quindi, riprendendo, quel buon diavolo del Menabrino l'aveva congedato, dicendogli di non pensarci più.

Venerando Scaccola era basito: per quanti minuti di fila aveva parlato suo fratello?

E non aveva ancora finito.

«Basta», concluse infatti il Gualtiero fregandosi le mani, «è fatta, non pensiamoci più.»

E zufolando era filato di sopra, in casa, a cambiarsi, seguito dallo sguardo inquieto dello Scaccola maior.

19.

Lo sguardo fisso all'ingresso del Circolo dei lavoratori, Venturina Garbati era rimasta lì, nei pressi del bancone di mescita, ad aspettare che il suo accompagnatore si facesse vivo.

Nel frattempo aveva rifiutato l'invito a farsi un balletto da parte dell'orologiaio Dentici, un azzimato marello che viveva con due sorelle maggiori, trattato come se ancora fosse in fasce, e poi dell'aiuto magazziniere del locale cotonificio, Bigio Pertugi, che l'aveva guardata con occhio assassino, rispondendo ancora «No, grazie, sono già accompagnata».

Il terzo invito era stato motivo d'allarme per l'appuntato Misfatti. Al bancone, con la stessa intenzione dei primi due, s'era avvicinato certo Mignoletti Severo, pure lui dipendente del cotonificio, ma di Dervio. Il suo tentativo di agganciare la Garbati non era sfuggito a un gruppetto di giovinastri già su di giri e pronti ad attaccare chiunque importunasse la fauna locale. C'era il rischio insomma che cominciassero a volare sganassoni, l'occhio lungo del Misfatti l'aveva capito, ma l'allarme era rientrato quando, per parte sua, Venturina Garbati aveva risposto «No, grazie, sono già accompagnata», mentre al Mignoletti non erano sfuggite le intenzioni minacciose dei giovinastri.

Subito dopo, però, la Venturina s'era chiesta che fine avesse fatto il suo accompagnatore. E con tutta l'innocenza del caso era andata a chiederne notizie all'appuntato Misfatti.

Che fine aveva fatto il giovanotto, il carabiniere che poco prima si era fermato a parlare con lui?

Il Misfatti era caduto dalle nuvole, ma non s'era fatto male. Vecchia volpe, gli era bastato il tempo di quel volo immaginario per intuire la situazione e prendere adeguate misure.

«Scusate signorina», aveva risposto, «mi dispiace sinceramente ma per ragioni di servizio che come comprenderete non posso rivelare, sono stato costretto a rimandarlo in caserma.»

La Garbati c'era rimasta secca, aveva sbattuto un po' gli occhi e s'era imporporata, «Un visino da bambola davvero affascinante», aveva constatato il Misfatti, e aveva sospirato.

«Poteva almeno avvisarmi», aveva mormorato la Garbati.

«L'avrei fatto io stesso, a breve», aveva mentito l'appuntato.

«Va be'», aveva concluso lei.

Di stare lì senza nessuno al fianco e la certezza che sarebbe stata tampinata di continuo da questo o da quello non aveva nessuna voglia. Aveva abbandonato la festa quando ancora non erano suonate le nove di sera, camminando con lentezza verso casa in sintonia con il Beola che, altrettanto lentamente, ancora rosso in viso, girava solitario per i giardini di Puncia riflettendo su cosa dovesse fare per riparare a quello che a tutti gli effetti sembrava, anzi era, un gesto privo di scusanti.

20.

Gli atti ufficiali erano una specialità del segretario comunale, una vera gioia per il cuore e lo spirito quando si accingeva a dare forma, tanto nel linguaggio quanto nella sostanza, alle delibere della giunta amministrativa. Le compilava mentalmente già mentre erano in corso le sedute poi le scriveva, correggeva e riscriveva, e non mancava di raccomandare all'impiegata addetta a ricopiarle di non tralasciare nemmeno una virgola. Non soddisfatto, prendeva anche visione del lavoro una volta compiuto e solo allora sentiva di aver archiviato con piena soddisfazione l'ennesimo dovere che il suo ruolo chiedeva. Conoscendo da tempo la sua mania di perfezionismo non solo formale, il Mongatti non osava metterci il becco in virtù di una fiducia che non era mai stata tradita, tant'è che era abituato a firmare le delibere senza nemmeno leggerle.

«Quando c'è sintonia tra coloro che si occupano della cosa pubblica...» aveva più volte commentato il podestà.

Bon, quindi, anche in quel caso, una firmetta e via, che i panettieri se ne andassero altrove a fare la loro gitarella, stava pensando il segretario rileggendo la brutta copia della lettera che aveva appena terminato di scrivere destinata alla segreteria provinciale del sindacato panettieri. Nella quale aveva dapprima ringraziato «per l'onore di cui il paese era fatto oggetto quale luogo in cui cultura e sano divertimento potevano andare a braccetto offrendo completo alimento allo spirito di chiunque lo visitasse», proseguendo poi col chiarire che «fosse capitata in altro momento, la pregevole iniziativa avrebbe incontrato il favore non solo della giunta amministrativa ma del paese tutto, che si sarebbe stretto attorno ai valorosi panettieri il cui diuturno impegno garantiva alle tavole degli italiani l'alimento più prezioso, insostituibile in una sana dieta», giungendo poi a concludere che però «stante una contingente situazione, transitoria, è vero, ma con la quale tocca fare i conti, non è possibile garantire l'organizzazione necessaria e sufficiente a che i gitanti possano venire accolti secondo quanto meritano».

Col che si invitava la segreteria del sindacato panettieri a non leggere quelle righe come fossero un rifiuto ma, al contrario, un atto che pur con dispiacere si riteneva necessario proprio per l'alta considerazione in cui gli iscritti erano tenuti.

Concludere con i soliti saluti fascisti?, si chiese il Menabrino dopo aver riletto. Per quanto lo riguardava i saluti erano saluti e basta, ma per l'occasione decise di fare un'eccezione.

«Cordiali saluti, va'!»

Dopodiché si alzò e si fece sulla porta dell'ufficio di segreteria.

«Fizzolati», disse al messo, «non appena arriva il signor podestà avvisatemi.»

21.

Parlarne col maresciallo?

O direttamente col Beola?

Il Misfatti, prima di ogni altro, l'aveva fatto con sua moglie, anche perché non aveva potuto evitarlo. In quanto a naso la signora appuntata non era inferiore al marito: col matrimonio l'olfatto dell'una aveva trovato di che completarsi con quello dell'altro, e viceversa.

Una volta partite le pie donne la padrona di casa non era mica andata a letto. Aveva atteso il marito invece, golosa di ciò che aveva da raccontare. E subito aveva fiutato che nella testa di lui qualcosa ballava. Non era però una delle tante coppie che gli erano sfilate sotto gli occhi fino alle undici, ora alla quale come da disposizione la serata danzante aveva dovuto chiudere i battenti.

«Tutto bene?» aveva chiesto lei.

Lui aveva risposto con un mugugno.

Era stanco, aveva detto, aveva sonno.

Molto, molto strano, la Misfatti era entrata in allarme. Di solito quelle erano le occasioni in cui l'occhio lungo del marito coglieva spunti per qualche bel pettegolezzo domestico: occhiate d'intesa, parole sussurrate all'orecchio, chi s'era infrattato con chi eccetera. Un'occasione come la serata danzante non poteva mancare di gustosi siparietti e soprattutto non poteva stancare uno come lui, anzi.

Bugia quindi.

Tant'è che, per quanto si fosse detto stanco e assonnato, il Misfatti aveva faticato a prendere sonno.

Ci voleva pazienza per risolvere l'enigma, e lei ne aveva.
«Dormito bene?» gli aveva chiesto l'indomani.
«Sì», aveva risposto l'appuntato, un po' asciutto.
Mica vero, altra bugia. S'era girato e rigirato. E poi aveva un bel paio di occhiaie.
«Si direbbe di no», aveva osservato lei.
Lui s'era guardato allo specchio.
«Non ho più l'età per questi servizi», aveva sospirato, un po' teatrale.
E tre, terza bugia, la più grossa di tutte!
Come poteva pretendere che lei gli credesse se in genere era lui a offrirsi per quelle occasioni!
Strategica, la Misfatti sul momento aveva lasciato perdere, col marito a casa per il turno di riposo aveva tutta la giornata per riprendere l'attacco. A pranzo l'aveva lasciato ancora tranquillo. Pure, gli aveva concesso di andare a farsi un riposino che era durato fin quasi a sera. Le era toccato svegliarlo quando ormai erano le sei.
«Tutto bene?» aveva chiesto.
Si erano guardati occhi negli occhi, un eloquente incrocio di sguardi. L'appuntato sapeva che lei sospettava e sapeva di non poter fuggire ancora a lungo alle sue inquisizioni.
«Cosa c'è che non va?» aveva insistito l'appuntata, con un po' di vaselina sulle parole.
Lui aveva ceduto.
«Il Beola.»
Le aveva riassunto la faccenda. Infine: «Non so cosa sia meglio fare», aveva confessato.
Lui invece, il Beola, sì.

22.

«No!»

No, no e ancora no!

«No?» fece il Menabrino.

«No», ribadì il Mongatti.

Uscito da casa il podestà aveva passeggiato a lungo in piena solitudine, giungendo fin quasi ai confini del paese, presso la galleria delle Tre Madonne.

Così facendo aveva voluto ritrovare la calma interiore e il nobile pallore del viso che tanto aveva intrigato un pittore milanese, certo Perdinci, che aveva passato un mese di vacanza a Bellano l'estate precedente, al punto da chiedergli di potergli fare un ritratto che adesso stava appeso nel suo studio, sulla parete a lato della scrivania. Aveva posato lì, in quello stesso studio, per una settimana, tre ore tutti i pomeriggi, cosa che l'aveva estenuato portandolo infine a pentirsi di aver ceduto alla vanità. Per sovrapprezzo, cosa che il Mongatti non aveva mai detto ad alcuno, aveva dovuto sborsare cinquanta lire per avere il ritratto mentre a chi gliene aveva chiesto notizie aveva sempre mentito dicendo che il Perdinci glielo aveva donato, pago dell'onore che gli aveva fatto posando.

Nel quadro lui era di profilo e guardava lontano, così come lontano, sotto la sua guida, pensava sarebbe andato il paese, lasciando ai posteri immortale memoria di sé. Ma da qualche tempo a quella parte pareva che una maledizione si fosse abbattuta sui tetti dello stesso facendone quasi una barzelletta e più d'una frecciatina di colleghi confinanti l'aveva indispettito oltre misura, spingendolo a riflettere su cosa potesse fare lui, «Podestà!», affinché il paese potesse tornare a essere primus inter pares, come gli piaceva dire ricordando ancora qualcosa degli studi classici.

Era da poco entrato nel suo studio quando il segretario, avvisato dal Fizzolati, aveva bussato.

Poteva?

«Buongiorno segretario, entrate», aveva salutato composto il Mongatti. «Ditemi. Ci sono novità?»

Il Menabrino aveva assunto l'espressione «affari correnti».

«Niente di che, una firmetta e siamo a posto», aveva infatti ribattuto.

Al Mongatti non era sfuggito però che il segretario non aveva con sé il solito faldone che raccoglieva le delibere.

«Cos'è», aveva chiesto, «una lettera?»

«Sì», aveva confermato il segretario, «mi sono preso la briga di rispondere.»

«E a chi di bello?»

«A un sindacato, quello dei panettieri.»

Al Mongatti era scappato un sorriso.

«E cosa vogliono da noi?»

Aveva sorriso a sua volta il segretario, riassumendo la storia in poche parole. Dopodiché gli aveva messo sotto il naso la risposta.

Per la firmetta.

Il podestà aveva voluto leggere sotto lo sguardo stupito del Menabrino. Una volta giunto ai cordiali saluti: «No!» era sbottato.

E no, e ancora no!

«No?» si stupì il segretario.

«No», confermò il podestà.

Il segretario rimase secco, senza parole.

Il Mongatti, dopo un rapido sguardo al suo ritratto, si alzò in piedi.

Avanti di quel passo dove si voleva arrivare?

«Vogliamo diventare davvero la barzelletta dell'intero lago di Como?» chiese.

Secondo il segretario era cosa già fatta, ma tacque.

Il Mongatti, sempre in piedi, i pugni chiusi poggiati sulla scrivania, rifletté.

Poi: «Segretario», principiò a dire. A lui che si occupava di sole faccende amministrative, impeccabile, questo glielo riconosceva ormai da tempo, ma che in fondo erano solo atti burocratici, era sfuggita forse la posizione assai delicata agli occhi dell'opinione pubblica in cui le recenti traversie avevano messo il paese. Per colpa di qualche incapace l'onore del paese era soggetto all'ironia di molti.

«Da mesi, purtroppo!»

E di tanta vergogna pagava dazio anche chi non aveva colpe.

«Come questa amministrazione», affermò il podestà.

«Appunto», si accodò il segretario.

«Appunto?» chiese il Mongatti. «Siete d'accordo con me?»

«Dipende», fece il segretario.

«Questa incolpevole amministrazione...» riprese il Mongatti.

...non poteva permettere altri danni all'immagine del paese. Doveva reagire invece per dimostrare...

«Cosa?» si permise di interloquire il segretario già un po' preoccupato.

«Che il bene trionfa sul male», rispose il podestà un po' esaltato. «Che c'è qualcuno in grado di tenere in conto il senso dell'onore, della dignità...»

«Sarebbe a dire?» chiese il segretario presagendo ciò che stava per sentire.

«Sarebbe a dire che questa amministrazione si farà carico dell'organizzazione della gita dei panettieri, dando così uno schiaffo morale a chi ci sbeffeggia oltre che un esempio di salde intenzioni e integrità a chi ci guarda dall'alto.»

Cioè Prefetto e Federale.

«Siete d'accordo con me?» chiese il Mongatti.

«Mica tanto», rispose il segretario.

Nessuna legge vigente obbligava podestà e giunta amministrativa a sostituirsi al Partito laddove questo risultava inefficiente.

«Voi dite?» fece il Mongatti.

«E... dico, dico...» si limitò il segretario.

Forse, sussurrò il Mongatti, il segretario dimenticava che il podestà, quale amministratore del comune, oltre che deliberare intorno alle più varie faccende aveva la facoltà di farlo «Su tutti gli affari che sono propri del comune!» citò. E in quanto a quello, riteneva la gita in oggetto un affare che lo riguardava visto che il suddetto sindacato aveva scelto il comune di Bellano e non quello di Varenna, di Bellagio o di altro paese del lago per celebrare degnamente il Natale di Roma e la Festa del lavoro.

«Siamo d'accordo adesso?» chiese infine.

No, il segretario riteneva l'interpretazione del Mongatti una forzatura del testo unico della legge comunale e provinciale.

Tacque però, ben sapendo che non sarebbe riuscito a farlo retrocedere.

«Ottimo», fece il Mongatti, stante il silenzio del Menabrino.

Dopodiché appallottolò la lettera che aveva sotto gli occhi.

«Serve una rapida risposta adesso nella quale dare ogni garanzia al sindacato», disse.

Voleva essere così gentile il segretario di stenderla nel più breve tempo possibile così da poterla firmare e farla partire altrettanto lestamente?

Il Menabrino rispose con un cenno del capo.

Solo poco dopo, quand'era in corridoio, cominciò a smadonnare, ma sottovoce per non urtare la sensibilità dell'impiegata Memore.

23.

Erano all'incirca le due pomeridiane, ora del cambio in casa Scaccola. Toccava al Venerando occupare la bottega, al Gualtiero il riposo in branda. E così era stato.

Verso le tre Venerando Scaccola cominciò a sentire rumore di passi provenire dalla cucina, che stava proprio sopra la rivendita.

Passi, mica il grattare di topi e ghiri, al quale era abituato. Passi da uomo, quindi suo fratello. Che stesse poco bene? Venerando attese qualche minuto prima di decidere se fosse il caso di salire a dare un'occhiata, ma la risposta gli giunse alcuni istanti dopo: stupefacente quantomeno, nei panni del Gualtiero che scese le scale entrando dritto nel prestino. E zufolando, come al mattino quando, dopo essere tornato dal municipio, era salito in casa.

Cosa stesse fischiettando il fratello, Venerando Scaccola non avrebbe saputo dirlo, e in verità nemmeno il Gualtiero. Quel fischio infatti gli era salito alle labbra spontaneo una volta uscito dal municipio, dopo aver inspirato sapori e profumi ineffabili: un fiu fiu così, del quale quasi non se n'era accorto e che era tornato dopo che s'era messo in branda senza però riuscire a prendere sonno. Era rimasto un po' con le mani incrociate dietro la nuca in attesa. Ma, invece del sonno, dietro gli occhi chiusi erano tornate le immagini del mattino. S'era rivisto poco oltre il portone del municipio e s'era sentito leggero come in quel momento. Il fiu fiu era tornato e aveva scacciato il sonno, un'impresa di nessun conto perché la verità era che non ne aveva neanche un filo. Quindi, visto che di dormire non se ne parlava, s'era alzato e aveva cominciato a camminare in cucina, avanti e indietro. Certo che camminare come se fosse in galera... perché allora... ecco, se proprio non poteva fare altro che camminare per ingannare il tempo...

Insomma, s'era detto il Gualtiero, camminare per camminare...

Perché no?

Se proprio doveva poteva ben farlo fuori da quella cucina semibuia, riassaporare profumi e sapori, magari tornare a dare un'occhiata al lago come aveva fatto poche ore prima, strizzando gli occhi per via della luce che poi, in fondo, non era così fastidiosa, tant'è che ci si era abituato in fretta. In più nessuno gli aveva rotto le balle...

Quando il Venerando se lo vide comparire in bottega fece tanto d'occhi.

«Cosa c'è?» chiese.

«Niente», rispose il Gualtiero, «vado a fare due passi.»

«Cioè?» insisté il fratello, incredulo.

«Due passi», ribadì il Gualtiero, cos'era mai?

Il Venerando era disorientato, sentiva di dover dire qualcosa. Gli sfuggì una sciocchezza.

«Ma... torni?»

Il fratello si infilò le mani in tasca.

«Ma dove vuoi che vada?» rispose, uscendo poi e riprendendo a zufolare.

24.

Doveva andare a scusarsi, e senza perdere tempo: ecco quello che doveva fare, aveva pensato il Beola.

Il Misfatti invece aveva concordato con la moglie una tattica di attesa. In fin dei conti non c'erano ancora elementi che potessero giustificare un intervento ufficiale per il quale era necessario mettere al corrente il maresciallo Maccadò: tenere d'occhio la situazione, ma senza intervenire per il momento. Così facendo però aveva perso l'occasione di evitare un mezzo scandalo.

Perché il Beola aveva passato la domenica confermandosi nel proposito di doversi scusare, e magari spiegarsi, con la Garbati. E visto che i signori della villa erano ancora a pucciarsi in acqua da qualche parte in Svizzera, non aveva potuto fare altro che cercarla a casa.

Di sera, dopo il servizio.

Pessima, grama idea, perché il rione della Pradegiana dove la Venturina abitava a quell'ora si ripopolava come un formicaio di uomini a fine giornata e donne che, dopo la cena, si scambiavano chiacchiere da terrazzini e finestre.

Se almeno si fosse presentato in borghese... Ma si era lasciato guidare dalla fretta di agire, così che appena entrato nella corte dove abitava la Garbati, un cortilaccio malmesso, ricovero di gatti senza padrone e a volte letto per ubriachi che avevano perduto la via di casa, chi stava alle finestre o sui terrazzini s'era zittito. Però mica s'era mosso.

Ue', quel carabiniere lì e a quell'ora di sera!

Cosa ci faceva?

Era lì da vedere, stava suonando al campanello di casa della Venturina.

Il Beola aveva suonato una volta senza ottenere risposta ma non s'era dato per vinto, aveva risuonato e infine dalla finestra che stava sopra l'ingresso era spuntata, appena appena, la testa di un bambino che aveva chiesto: «Chi è?».

Piuttosto che qualificarsi il Beola aveva ritenuto di dover chiarire il motivo della visita.

«Cerco la signorina Garbati.»

«La mamma sta mettendo a letto il nonno», aveva risposto il bambino.

«Puoi dirle che ho bisogno di parlarle? Aspetto qui», aveva chiesto il Beola.

Aveva atteso, lui come tutti gli occhi che s'erano incollati alla sua figura impettita davanti alla porta della Garbati, le orecchie all'erta. Questione di pochi minuti e la figura della Venturina aveva occupato lo spazio della finestra. Già sospettava, un colpo d'occhio in basso e: «Cosa vuoi?».

La Venturina aveva usato il tu!

Erano già un bel passo avanti.

E magari erano anche andati oltre...

«Devo scusarmi...» il Beola.

Scusarsi?

Eh, ce n'erano di buone ragioni per cui uno si doveva scusare. Ma ce n'erano altrettante di cattive!

«Ah sì, e come mai?» la Venturina, ironica.

«Io, l'altra sera...» il Beola già un po' impacciato.

L'altra sera? L'altra sera cosa? Cosa avevano combinato la santarellina che non parlava d'altro che di suo figlio e di suo padre, e il signor carabiniere tutto d'un pezzo?

«Quale altra sera?» beffarda la Garbati.

«Posso spiegare...» il Beola quasi implorante.

«Spiegare eh?»

La miccia aveva ormai raggiunto l'esplosivo, la Venturina era sbottata.

C'era qualcosa da spiegare forse?

Non era già abbastanza chiaro così?

Chiaro forse per i due litiganti. Ma le orecchie che erano in tensione per la curiosità volevano di più.

Servite, o quasi.

Perché a quel punto la Garbati s'era sporta dalla finestra.

«Io non mi faccio prendere per il naso da nessuno», aveva detto ad alta voce.

«Ma io...» aveva tentato di interloquire il Beola.

«Tu niente», l'aveva interrotto lei, «torna in caserma va', e lasciami in pace.»

E aveva chiuso la finestra.

Un'altra voce sola, e anonima, s'era levata poi.

«Ti è andata male eh, carabiniere!»

Il Beola s'era guardato in giro ma finestre e terrazzini s'erano svuotati, la notte aveva chiuso occhi e tappato bocche. Ma alla luce dell'alba l'accaduto s'era ripresentato fresco come l'aria e della scenata era corsa voce fin dal mattino.

«Se ne parla», aveva detto a pranzo la Misfatti all'appuntato, «manco avessero tappezzato il paese di manifesti.»

E chi ancora lo ignorava, c'era da scommettere che entro sera ne sarebbe stato al corrente, parola di appuntata.

25.

Maristella Maccadò quella sera aveva fatto in modo che il piccolo Rocco si addormentasse prima del solito. Una bella ninna nanna…

Dormi dormi picciriddu
Ndi li brazza di la mamma…

Be', una sola non era bastata, ce n'era voluta una seconda, più lunga.

E ninna ninna e ninna ninna nonna
La vera mamma toia è la Madonna…

E alla fine, quando gli aveva cantato le due ultime strofe,

E suonnu suonnu non me dimorare
Ca l'ora è tarda e la mamma à da hare

il piccolo era crollato.

Aveva pensato di fare così in modo da poter parlare con tranquillità col marito, blandendolo con una cenetta per la quale aveva avuto bisogno di un po' di tempo: una bella carbonara con un avanzo del guanciale che poco prima di Natale era arrivato da giù e a seguire le patate 'mpacchiuse che al maresciallo facevano quasi venire le lacrime agli occhi per la felicità. Tutto ciò perché aveva immaginato con che faccia suo marito sarebbe rientrato. Non ci voleva mica 'sta gran fantasia.

Le era bastato uscire una mezz'oretta la mattina, giusto un salto dal fornaio e dal fruttivendolo per le patate, perché le chiacchiere che giravano attorno al Beola la raggiungessero.

E se, gira e gira, quel cicaleccio era riuscito a beccare pure lei, che in genere faceva in modo di sfuggire al pettegolezzo, si allontanava dai capannelli che sussurravano, si estraniava quand'era in attesa nei negozi, figurarsi se invece non si era stampato a lettere maiuscole sul timpano della signora Misfatti, le cui orecchie si ampliavano in quelle occasioni, fameliche di novità. Dopodiché il passo era breve, da lei a lui, all'appuntato Misfatti cioè. E il cerchio si chiudeva con suo marito, il maresciallo Ernesto Maccadò. Che infatti era rientrato poco dopo le sette sbuffando con energia, prima ancora di chiedere del figlio e di annusare l'aria di cucina. Un brutto avvio di serata che Maristella aveva deciso di affrontare prendendo l'argomento di petto.

«Ho sentito anch'io», aveva esordito.

Il Maccadò era stato lì per chiedere cosa, ma si era limitato a scuotere la testa.

«Mettiti a tavola intanto, Né», l'aveva invitato lei.

Lui aveva protestato di non avere una gran fame.

«Siediti», aveva insistito Maristella.

E dopo un quarto d'ora, quando aveva liberato la tavola dalla zuppiera orfana di carbonara per sostituirla con un vassoio carico di patate, la lingua del maresciallo si era sciolta.

«È un guaio», aveva detto.

«Così sembra», aveva insinuato Maristella notando che con ritmo implacabile il marito aveva cominciato a infilzare una patata dopo l'altra.

«L'appuntato...» aveva principiato a dire.

Ma Maristella l'aveva fermato.

«Con tutto il rispetto, il tuo appuntato riferisce ciò che sua moglie ha sentito, chiacchiere cioè», aveva detto.

Impedito da una patata il Maccadò non era riuscito a replicare.

«A ru cavallu jestimatu luce ru pilu», aveva citato lei sorridendo.

Era un proverbio, aveva detto poi, che sua madre recitava spesso e che le era tornato in mente proprio quella mattina a proposito di malelingue e pettegolezzi: al cavallo che riceve imprecazioni luccica il pelo.

«Vorresti dire che...»

«Voglio dire solo che forse è arrivato il momento che ci parli tu col Beola e ti fai dare la sua versione dei fatti», aveva proseguito Maristella.

Dopodiché, se riteneva che non fosse il caso di agire a termini di regolamento, c'era una sola cosa da fare per calmare le acque.

«E cosa?» aveva chiesto lui.

Maristella aveva guardato il vassoio, c'erano le due ultime patate.

«Mangia dai, Maccadò», ma sorridendo.

Poi glielo avrebbe detto.

26.

Un manifesto, certo.

«Bellanesi, il 21 aprile prossimo venturo, fausta ricorrenza del Natale di Roma e Festa del lavoro, il paese avrà l'onore di ospitare una gita di panettieri provenienti da Como, Erba e Cantù, promossa dal sindacato degli stessi...»

«Ci vuole, no, segretario?» chiese il Mongatti.

Il Menabrino era appena tornato nello studio del podestà per la firmetta da apporre alla lettera che garantiva ai panettieri il pieno appoggio dell'amministrazione.

Senza rispondere si strinse nelle spalle.

Il podestà insisté.

«Non è una bella idea? Cosa mi dite?»

Il Menabrino perseverava nel silenzio, il Mongatti ribadì il concetto.

Un «Bel manifesto!» che invitasse la popolazione tutta a far sentire il calore del paese ai gitanti, nel quale si doveva anche ricordare che per l'occasione, come prescritto, case e balconi dovevano esporre la bandiera.

«Bisogna che tutti comprendano l'importanza dell'evento per cui mi affido a voi per la stesura di un appello che non lasci indifferenti.»

«Come no», incassò stancamente il Menabrino.

«Segnalate anche che seguirà un programma più dettagliato», aggiunse il Mongatti.

«Non mancherò.»

«Poi», riprese il podestà.

Il segretario si paralizzò.

Poi cosa? Ma quante rotture di coglioni si doveva ancora aspettare?

Parecchie, perché nelle ore trascorse da che era uscito dal municipio fino alle tre quando vi era tornato, il Mongatti aveva riflettuto assai, cosa che gli aveva permesso di immaginare nei particolari la giornata del 21 aprile.

«Poi?» fece il Menabrino.

«Sarà necessario convocare urgentemente una giunta straordinaria per i relativi impegni di spesa», chiarì il Mongatti.

«Sarà fatto», miagolò il Menabrino.

«Quindi...»

«Quindi?» sfuggì al segretario.

Il Mongatti si lasciò andare a un sorriso.

«Non vi stupite ragioniere, ho pensato a tutto affinché la giornata resti nella storia del paese e abbia il dovuto rilievo sulla stampa locale.»

Quindi bisognava prendere contatti con:

a) il maestro Ottavino Parpuetti del corpo musicale che avrebbe accolto i gitanti al momento dell'arrivo;

b) il direttore del cotonificio per chiedere l'uso del salone del convitto dove gli stessi avrebbero consumato il pranzo.

«Sarà mia personale cura farlo, siamo amici, sono certo che non solleverà obiezioni», garantì il Mongatti.

«Me ne compiaccio», commentò il segretario.

«Ma non distraiamoci», ammonì il Mongatti.

Riprendendo: «A, bi, ci...» e quindi

c) il presidente della Pro loco Carolingio Sfezzati che disponeva della forza lavoro necessaria per preparare e servire a tavola il pranzo.

«La cui spesa sarà ovviamente a carico di questa amministrazione», precisò il podestà.

Poi...

d) il custode dell'Orrido Guercio Nativo che avrebbe

accompagnato i visitatori illustrando storia e caratteristiche di quella meraviglia.

«Se posso...» interloquì il Menabrino.

«Dite», concesse il Mongatti.

Ecco, il custode in oggetto era ignorante come una scarpa, inoltre nessuno l'aveva mai sentito usare altra lingua al di fuori del dialetto.

«Dite?» chiese il podestà.

«Dico», confermò il Menabrino.

«Mi fido. Provvedete allora a trovarmi un soggetto utile allo scopo. Avanti adesso», continuò il Mongatti:

e) il maestro Fiorentino Crispini che invece, davanti alle rispettive case natali, avrebbe illustrato vita morte e miracoli degli illustri bellanesi Tommaso Grossi e Sigismondo Boldoni;

f) il segretario della sezione Combattenti e Reduci Vario Ostico i cui membri avrebbero presenziato al passaggio dei gitanti presso il parco della Rimembranza.

«A tal proposito...» si interruppe il podestà.

Se il segretario, disse, avesse voluto fargli la cortesia di preparargli un fervorino...

«Cosa breve», concesse.

...che tenesse presente l'alto valore simbolico della giornata e del luogo in modo tale da permettergli di sottolineare l'importanza dell'amor di patria davanti alla stele che ricordava i caduti bellanesi, ecco, gliene sarebbe stato profondamente grato.

«Intesi?» fece il Mongatti.

«Come no», rispose il segretario. «C'è altro?»

«C'era, c'era...» mormorò il podestà rivolgendosi al soffitto come cercasse lì l'ennesima pensata. Pure il Menabrino, sebbene con altra intenzione, guardò in su.

«Ecco!» lo richiamò il Mongatti.

Quella giornata doveva essere un cerchio perfetto, un viso senza rughe, lo specchio di un'amministrazione che non lasciava nulla al caso.

«Mi spiego?» chiese il Mongatti.

«No», ammise il Menabrino.

«Ascoltatemi.»

Sistemato l'aspetto culturale della gita, bisognava pensare allo svago dei partecipanti.

«La filodrammatica?» scappò al Menabrino.

La filodrammatica?

«Secondo voi riuscirebbe a svagare coi suoi drammoni strappalacrime?» chiese il podestà.

Musica ci voleva.

«Musica, e lì nel salone del convitto, onde impedire che per divertirsi i nostri panettieri si vadano magari ad abbrutire in una delle tante osterie con il bel risultato di tornare a casa senza alcun ricordo della giornata trascorsa.»

E per la musica il Mongatti aveva pensato all'orchestrina che aveva allietato la festicciola del sabato grasso.

«Mi è stato riferito che hanno un discreto repertorio di valzer, mazurche, cose così.»

«E chi li conosce?» obiettò il Menabrino.

«Ragione di più per non perdere altro tempo. Non vi pare, ragioniere?»

27.

Pareva quasi che si fossero messi d'accordo. Invece, ciascuno per conto proprio, avevano preso la stessa decisione.

Martedì mattina l'appuntato Misfatti s'era presentato nell'ufficio del maresciallo dicendo che gli sembrava giunta l'ora di avere un confronto aperto con il carabiniere Beola. E il Maccadò: «Stavo giusto per chiamarla e dirle di accompagnarlo qui», aveva risposto.

Quindi erano rimasti in silenzio per un po', guardandosi e condividendo gli stessi pensieri.

Al Maccadò e al Misfatti quel giovane carabiniere piaceva, avevano già avuto modo di apprezzarne l'affidabilità, il fiuto e massimamente l'orgoglio, la passione con la quale vestiva la divisa. Sarebbe quindi dispiaciuto a entrambi perderlo, obbligandosi a farlo trasferire. Ma il regolamento parlava chiaro e il maresciallo, in qualità di comandante della stazione, non poteva certo fingere di non saperlo. Quindi, con tutta la calma che la situazione richiedeva, il Maccadò era entrato subito nel merito della questione.

«Beola, mi hanno riferito certe cose sul tuo conto e quello di una certa signorina...»

«Signora», aveva corretto il Misfatti. «Vedova per la precisione.»

Il Beola a quel punto aveva già preso fuoco.

«No», aveva sparato.

«No, cosa?» aveva chiesto il Maccadò.

«Non è così come le hanno riferito, maresciallo.»

«E tu cosa ne sai di quello che mi hanno riferito?» aveva chiesto il maresciallo.

Come se l'avessero concertato, a quel punto era intervenuto il Misfatti.

«Chiacchiere.»

Che peraltro non partivano mai da niente ma rischiavano di gonfiarsi: si sapeva come andava, una parola qui, una parola là, un pizzico di fantasia e la reputazione di una persona ne restava segnata per sempre. Trattandosi di un carabiniere poi...

«No», aveva ribadito il Beola.

«Direi», aveva interloquito il maresciallo, «che se oltre a dire no volessi aggiungere qualcos'altro che... che ci permetta di capire, fare chiarezza...»

«Be'», aveva risposto il Beola tirando su la voce dallo stomaco, «sì.»

«Sì?» aveva chiesto il Maccadò.

«Sì o no?» era intervenuto l'appuntato.

«Un po' sì e un po' no. Insomma...» aveva soffiato il Beola.

«Alt», l'aveva interrotto il maresciallo. Gli stava quasi venendo da ridere notando lo stato di confusione in cui nuotava il suo carabiniere. Da buon padre di famiglia quale ormai era aveva deciso di intervenire: «Innanzitutto siediti», aveva detto visto che fino a quel momento il Beola era rimasto in piedi quasi fosse a rapporto. E poi all'appuntato: «Ci lasci soli, per favore».

Il Misfatti non aveva fatto una piega. Anzi, alla richiesta aveva risposto schiacciando l'occhio al Maccadò. Gli affari interni andavano trattati così, senza troppi testimoni.

Una volta soli: «Nessuno ti sta processando», aveva puntualizzato il maresciallo.

Il Beola aveva annuito.

«Però adesso raccontami, cosa sta succedendo?» aveva chiesto poi.

28.

Se lo stava chiedendo anche lo Scaccola maior. Ne avesse avuto il coraggio avrebbe già rivolto la domanda al fratello, ma qualcosa lo frenava. La paura, forse, che il loro solido connubio fosse sul punto di spezzarsi. Motivi per sospettarlo ce n'era più d'uno. Per esempio, quei giretti che il Gualtiero aveva preso a fare nell'ora morta e rinunciando a un paio d'ore di sonno e che il Venerando sentiva essere ormai già diventati un'abitudine. Il fiu fiu anche, un tormentone che accompagnava il lavoro notturno. Ma ciò che più lo inquietava era il radicale cambiamento del fratello quando stava in bottega. Non aveva avuto bisogno di spiarlo, gli era bastato tenere aperte le orecchie mentre tentava a sua volta di dormire.

Buongiorno di qua, buonasera di là!

Ma quando mai!

E non era mica finita, perché giusto il giorno prima, cosa che l'aveva fatto scattare a sedere sul letto, l'aveva sentito dire: «Cosa desidera questa bella signora?».

Era stata la goccia che aveva fatto traboccare il vaso, convincendolo che nella testa del fratello qualcosa aveva smesso di funzionare.

Non era bastata però a vincere la paura di dover affrontare una scomoda verità.

Il coraggio che gli serviva aveva bisogno di maturare al punto giusto e solo quando il velenoso dubbio aveva cominciato a procurargli sonni e sogni inquieti allora si era deciso.

Fu tuttavia il Gualtiero, giocando d'anticipo, ad avviare il discorso.

Accadde di primo pomeriggio quando, rientrato dall'ormai usuale passeggiatina, gli disse: «Sentita la novità?».

29.

Bellanesi!

Nella fausta ricorrenza del 21 aprile, Natale di Roma e Festa del lavoro, il nostro paese avrà l'alto onore di ricevere in visita un gruppo di panettieri provenienti da Como, Erba e Cantù, in osservanza alle direttive di S.E. il Capo del Governo che vuole la giornata della Festa del lavoro sia dedicata tanto all'istruzione quanto a un lecito svago. La scelta del Sindacato Panettieri che ha individuato in noi, nel nostro paese, la meta per realizzare questi due alti obiettivi ci riempie di legittimo orgoglio di contro impegnandoci al fine di non tradire le aspettative dei valorosi lavoratori che ogni giorno ci permettono di avere pane sulle nostre tavole.
Questa amministrazione è già fortemente impegnata allo scopo di dare alla giornata suddetta un marchio che resterà impresso nell'animo di tutti, a maggior gloria del nostro paese, un impegno che anche ogni cittadino deve sentire come dovere nell'accogliere i gitanti, manifestando con calore in un simbolico abbraccio di fraterna solidarietà. Siete tutti chiamati a addobbare finestre e balconi con la bandiera della nostra amata Patria e a partecipare massicciamente alle iniziative di cui sarà dato conto nel programma che verrà quanto prima enunciato tramite altro manifesto.

Il Podestà

Il Gualtiero aveva letto e riletto il manifesto così da poterlo riferire puntuale al fratello. Che lo ascoltò perdendosi ogni tanto a osservarne la mimica. Non esprimeva stupore per una faccenda che fino a poco tempo prima li aveva messi in ambascia. Anzi, adesso pareva quasi contento.

Era arrivato, rifletté il Venerando, il momento di osare, rompere gli indugi.

«E a noi cosa interessa?» buttò lì.

«Be', non mi sembra una brutta cosa», rispose il Gualtiero. «E poi tutto sommato sono colleghi, no?»

Al Venerando sfuggì un sospiro. Quando mai era importato loro dei colleghi?

«Si può sapere cosa ti succede?» chiese.

Mica così facile spiegarlo, pensò il Gualtiero. Volle provarci però, cercando di esprimere quello che sentiva quando andava a fare i suoi giretti, la luce, i colori, i profumi sempre diversi perché il tempo passava e le cose cambiavano, niente sembrava mai uguale.

«Tranne noi due», affermò il Gualtiero.

«Sarebbe a dire?» chiese il Venerando.

Il Gualtiero decise di affondare il colpo, dare fiato a un pensiero perché una cosa gli sembrava di averla capita, rispose: impastare michette faceva parte della vita ma come diceva la parola stessa ne era solo una parte. Importante neh!, perché di quello campavano. Però, fino a quel momento...

«Io, anche tu...»

Loro due insomma non avevano mai considerato tutto il resto.

«Il resto?» sbottò lo Scaccola maior.

«Venerando, ma ti rendi conto che non abbiamo fatto altro che lavorare, mangiare e dormire?» chiese il Gualtiero.

A ogni scoccar di verbo il fratello aveva approvato.

«E cosa c'è d'altro?» chiese allora il Venerando.

Il Gualtiero scosse la testa, difficile spiegarsi meglio di così, bisognava provare per credere.
Ma lo pensò soltanto.

30.

«C'è altro?» aveva chiesto il maresciallo Maccadò passata una ventina di minuti in cui aveva parlato quasi solo il Beola.

Gli aveva chiesto di essere sincero, senza imbarazzi, come se si stesse confidando con un amico, non tenendo conto dei gradi. E il Beola aveva ubbidito anche se non aveva dimenticato di trovarsi pur sempre di fronte al suo maresciallo. Così aveva raccontato del primo incontro con quella giovane, uno shock vero e proprio per le condizioni in cui era avvenuto, il freddo, lei seduta su una panchina e in lacrime, lui che non se l'era sentita di tirare dritto, chiunque si sarebbe fermato per vedere, fare qualcosa.

«No?»

«Va' avanti», l'aveva invitato il Maccadò.

Aveva cercato di consolarla dopo che gli aveva confessato le proprie angustie e, sì, quella prima sera le aveva offerto da bere, un karkadè, lì al bar dell'Imbarcadero, poi...

«Poi?»

...poi... ecco, forse non avrebbe dovuto ma, insomma, gli aveva fatto davvero pena e allora qualche sera, quand'era libero dal servizio, aveva fatto in modo di incrociarla, così, tanto per fare due chiacchiere, sentire come andava, ma nei locali pubblici non era mai più entrato, l'aveva solo accompagnata per un tratto, talvolta fino alla porta di casa ma senza venir meno alla regola di un irreprensibile comportamento, sennonché...

«Ti ascolto», aveva detto il Maccadò.

...ecco, pensando alla vita che faceva, maltrattata dalla padrona, con quel padrone un po'... un po'...

«Capisco», l'aveva aiutato il maresciallo.

...e poi una volta fuori da quella villa, a casa con un genitore da accudire e un figlio di otto anni cui stare dietro, ecco, con sotto gli occhi un quadro in cui non si vedeva nemmeno il lume di una gioia, quando lei gli aveva detto della festa danzante cui avrebbe partecipato solo se avesse avuto un accompagnatore lui s'era offerto.

«Ho sbagliato», aveva detto il Beola.

«Sì», aveva confermato il Maccadò facendolo arrossire.

«Due volte», aveva ripreso il Beola.

La prima appunto quando s'era offerto di accompagnarla, la seconda quando se l'era data a gambe rendendosi conto che s'era messo in un bel guaio perché il suo atteggiamento contrastava con un articolo del regolamento dell'Arma.

«E il terzo?» aveva chiesto il Maccadò.

«Il terzo?» aveva chiesto il Beola.

«Il terzo errore», aveva specificato il maresciallo.

Perché ne aveva commesso un terzo, anche se gli sfuggiva, quello di andare nottetempo sotto la casa della donna...

«Volevo solo scusarmi per come mi ero comportato, spiegare il motivo», aveva interloquito il Beola.

«Scatenando un putiferio e conseguenti chiacchiere», aveva concluso il Maccadò.

A quel punto al Beola erano mancate le parole.

«C'è altro?» aveva chiesto il maresciallo.

Il giovanotto aveva scosso la testa, no.

«Invece sì», aveva obiettato il Maccadò.

Il Beola s'era afflosciato, i gradi adesso ricominciavano a contare.

«Rispondimi, sincero eh!» l'aveva ammonito il maresciallo.

Che intenzioni aveva?

«Cioè», aveva chiarito il Maccadò, «intendo dire, sei innamorato, hai intenzione di frequentarla ancora?»

«Ma no», era sbottato il Beola, «come le ho detto, maresciallo...»

«Fermati.»

Gli credeva sulla parola. E allora, stando così le cose, non c'era altro da fare che soffocare sul nascere i pettegolezzi. A quel punto il Maccadò s'era fermato ma non tanto per tenere sulla corda il Beola che fremeva. Rivedeva piuttosto la scena della sera prima, sua moglie che parlava, in primo piano il vassoio con le ultime due patate, Maristella che gli diceva sorridendo «Mangia dai, Maccadò» e poi quello che avrebbe fatto se fosse stata nei suoi panni. Doveva proprio inventarsi qualcosa per ringraziarla di avergli dato quel suggerimento, e non solo, anche per averlo sposato!

Infine aveva espresso il suo pensiero, che poi era quello della moglie.

«Ti prendi qualche giorno di permesso, vai a casa, stai lontano per un po'», aveva detto.

Certi fuochi si spegnevano all'istante se nessuno ci soffiava sopra.

«Per il resto lasciamo fare al tempo», aveva concluso. «Siamo d'accordo?»

Il Beola s'era messo sull'attenti.

«Comandi, maresciallo!»

31.

Di tempo non ne perse il segretario Inticchi, quello del sindacato. Ricevuta la risposta dell'amministrazione bellanese non volle quasi credere ai suoi occhi.

Tutto gratis, i suoi iscritti non avrebbero dovuto sborsare nemmeno un ghello, pagava il Comune di Bellano, considerando anche che l'affitto del battello era a carico delle casse del sindacato!

Ma dove cazzo andavano a trovarlo un altro segretario come lui, pensò euforico, visto che avrebbe fatto passare la notizia come una vittoria dovuta alla sua particolare abilità. Adesso però era il caso di capire come quello stesso Comune volesse organizzare la giornata. Non c'era, appunto, tempo da perdere.

Basta lettere, troppo lente. Ci voleva una bella telefonata per stabilire un primo contatto, cosa che fece il giorno dopo aver ricevuto la lettera del Mongatti podestà.

Toccò al segretario Menabrino rispondere, anche perché l'unico apparecchio telefonico in dotazione al municipio stava sulla sua scrivania.

«Pronto?» rispose con voce stanca. L'usare quel tono, lo sapeva per esperienza, scoraggiava gli impiccioni e i rompiballe e spesso lo metteva su apposta. Non quella mattina, perché era davvero stanco. Tuttavia non funzionò.

In risposta, infatti, più che una voce umana gli parve di udire uno squillo di tromba.

32.

Non solo la voce, tutto l'essere del segretario Menabrino, spirito compreso, era afflitto da una perniciosa stanchezza. Da due sere infatti riusciva a beccare il letto ben oltre le nove, canonico orario di ritirata che rispettava al pari di un comandamento, fosse Natale, Pasqua o Ferragosto. La prima sera l'aveva dovuta sacrificare sull'altare dell'inutile giunta straordinaria voluta dal Mongatti: inutile per due precisi motivi. Il primo perché la decisione era già presa, eventuali pareri contrari non avrebbero cambiato la volontà del Mongatti, il secondo perché non era possibile deliberare un impegno di spesa quando ancora non si conosceva l'ammontare della stessa. La faccenda avrebbe potuto chiudersi alla svelta se i tre consultori convocati, Arciacchi Armando, ragioniere presso la Banca del mandamento di Bellano, Piciarelli Oreste, orafo, Defanteschi Gerina, casalinga e vedova di guerra, non avessero voluto prendersela comoda discutendo dapprima su una velenosa proposta avanzata dall'Arciacchi.

Perché non invitare un paio di podestà confinanti, segnatamente quelli di Dervio e Varenna, che non avevano mancato di far giungere irritanti frecciatine in riferimento alle recenti traversie? La Defanteschi aveva obiettato osservando che una simile iniziativa poteva nascondere un tranello: se qualcosa fosse andato storto avrebbero avuto eccellenti testimoni, sarebbe toccato loro subire ulteriori dileggi, e non le sembrava il caso.

Perché mai qualcosa avrebbe dovuto andare storto?, aveva obiettato il Mongatti.

La Defanteschi aveva guardato il soffitto e s'era zittita mentre l'orafo Piciarelli aveva preso la parola asserendo che, a suo giudizio, migliore vendetta sarebbe stata lasciar correre la voce sulla gran giornata in arrivo e che poi se ne leggesse il resoconto sul giornale. Il Menabrino, già sbadigliando e convinto che non ci fosse altro da dire, aveva interloquito dicendo che quella dell'orafo gli sembrava la soluzione migliore. La Defanteschi però, come se fosse a scuola, aveva alzato la mano per chiedere la parola.

«La questione è chiusa, andrà tutto bene», l'aveva anticipata il Mongatti.

«D'accordo», aveva risposto quella.

Ma, riflettendo, aveva notato che nel programma illustrato dal signor podestà...

«Programma di massima», aveva puntualizzato il Mongatti.

«Va bene.»

Ma mancava una cosa, una messa. Quando mai celebrazioni siffatte non prendevano in considerazione il coinvolgimento del signor prevosto?

«Vedremo cosa si può fare», aveva risposto il podestà. Ma aveva taciuto che in un programma già così corposo la messa proprio non ci stava, dove l'avrebbe infilata? E inoltre avrebbe inquinato l'integrale laicità della giornata.

A quel punto l'Arciacchi era di nuovo intervenuto.

«È una questione di tempi», aveva osservato come avesse letto il pensiero del podestà. E proprio a tal proposito: «A che ora arriveranno i panettieri? Con che mezzi si muoveranno?» aveva chiesto sempre lui.

«Segretario?» aveva interrogato il Mongatti.

Che ne so, che me ne frega, avrebbe voluto rispondere il Menabrino che aveva già sentito suonare le dieci.

«Come da richiesta inoltrata per lettera, siamo in attesa delle informazioni relative alla trasferta», aveva risposto.

«L'importante è che le attese informazioni arrivino prima degli stessi panettieri», aveva scherzato il Piciarelli.

Il podestà l'aveva fulminato con un'occhiata e, temendo altre ironie, aveva chiuso la serata congedando i consultori. Ma non il segretario.

«Se non vi spiace vi tratterrei ancora qualche minuto.»

Al Menabrino spiaceva eccome e all'uscita del Mongatti gli era sbottata una profonda malinconia: del suo letto, del silenzio della sua camera, degli infantili pensieri con i quali entrava nel sonno.

«Tutto a posto», aveva chiesto il podestà, «per domani sera?»

«Sì», gli era toccato rispondere pur controvoglia.

E se quella prima sera era stata un'agonia, la successiva s'era rivelata un vero e proprio calvario.

Per evitare confusione o incomprensioni i soggetti cui affidare la gestione dei vari momenti della giornata erano entrati nello studio del podestà uno alla volta.

Il primo era stato il maestro direttore del corpo musicale Ottavino Parpuetti che aveva subito posto una questione: la banda nella sua interezza oppure una formazione ridotta?

«Non capisco», aveva detto il Mongatti.

«E io mi spiego», aveva risposto quello.

C'erano ricorrenze, dal Corpus Domini alla celebrazione della Vittoria, tanto per fare un esempio, in cui il corpo musicale si esibiva al gran completo. Ce n'erano altre, come per esempio durante il corteo dei Re Magi o quando qualche famiglia chiedeva la marcia funebre per accompagnare un defunto al cimitero, in cui l'organico si riduceva per ragioni ovvie. Il caso esposto dal signor podestà come doveva essere considerato?

«Pensavo a un saluto d'accoglienza e poi basta», aveva risposto il Mongatti.

«Una decina di elementi, non di più allora», aveva proposto il maestro.
«Siete voi l'esperto», aveva concesso il podestà.
«Ne consegue che si debba escludere l'esecuzione sia di *Giovinezza* sia della *Marcia reale*», aveva osservato il maestro.
Era questione sulla quale il Mongatti non aveva fatto riflessioni. Tuttavia: «Perché mai?» gli era sfuggito.
«Ma perché per entrambi gli inni serve un organico al gran completo, con una decina di elementi invece...»
«Invece?» aveva interloquito il Mongatti.
Con una decina di elementi, aveva proseguito il maestro, si poteva pensare a una cosuccia allegra, una marcetta come *Azzurro è il cielo...*
«Quella che fa la la la la laa laaa...» aveva canticchiato il maestro.
Oppure si poteva pensare alla tradizionale *Làsa pur ch'el mond al disa...* una specie di inno che celebrava la grandezza e le bellezze del paese.
«Direi che la decisione di scegliere debba essere vostra», era intervenuto il Menabrino considerando che quello stava parlando già da un quarto d'ora.
«Sono d'accordo», s'era accodato il podestà.
Ma c'era un'ultima cosa da chiarire, aveva osservato il Parpuetti.
Ancora?
«Certo», aveva assicurato il maestro.
Come doveva essere considerato quel tipo di servizio?
«In che senso?» aveva chiesto il podestà.
Nelle occasioni ufficiali il corpo musicale si prestava gratuitamente, chiedendo al massimo l'offerta di una bicchierata.
«E sia», aveva concesso il Mongatti.
«E no», aveva obiettato il maestro.
No perché, per come gli era stato prospettato, il servizio aveva le caratteristiche di una prestazione privata. Altra co-

sa sarebbe stata se il corpo musicale avesse dovuto partecipare alla celebrazione del Natale di Roma, ma trattandosi solo di un momento di accoglienza, ecco, in quel caso i musicanti esigevano, anzi, avevano diritto a un compenso, secondo un tariffario concordato con corpi musicali di altri paesi onde evitare dannose concorrenze.

«È tutto?» aveva chiesto il Mongatti.

«Sì.»

«Bene allora. Voi tenetevi pronti, per il resto provvederà questa amministrazione. A breve, definito il programma, verrete informati. Avanti il prossimo», aveva disposto il podestà.

Cioè Vario Ostico, segretario fondatore della sezione Combattenti e Reduci, guercio di fatto, marziale, pelato. Alla richiesta del podestà aveva risposto con una specie di silenzioso attenti, cui era seguito un dietro front molto apprezzato dal Menabrino poiché il tutto s'era svolto in non più di due minuti. Quando stava per afferrare la maniglia della porta l'Ostico s'era fermato e girandosi aveva detto.

«Però...»

«Però cosa?» aveva chiesto il podestà.

Al Menabrino s'era oscurata la vista. Perché l'Ostico aveva esposto l'idea che l'aveva fulminato mentre si avviava per uscire.

Cosa ne diceva il signor podestà se lui e i suoi adepti avessero recitato la preghiera dei combattenti? E allo sguardo interrogativo del Mongatti: «Quella che fa...».

Un colpetto di tosse, poi aveva cominciato, lagnoso.

Eterno Iddio, cui danno gloria i cieli, magnificenza la terra
Obbediscono i venti e i mari, benedici noi, soldati di terra,
di mare e di cielo...

A metà circa il podestà l'aveva interrotto.

«Voi segretario cosa ne dite?»

«Cosa volete che dica?» s'era limitato a rispondere il Menabrino. Non poteva esprimere a voce quello che gli stava passando per la testa.

«Va bene, vedremo, vi farò sapere», aveva concluso il Mongatti. E: «Fate entrare il prossimo per favore», aveva chiesto all'Ostico.

Che si era rivelata essere la prossima: cioè, la maestra elementare Santa Ciavarini Gobetti, dal viso piatto come tutto il resto, il tono della voce sonnifero, la cui presenza era stata giustificata dal segretario poiché era l'unica persona in grado di poter sostituire quella bestia che era il custode dell'Orrido.

D'abitudine infatti, allo scattare della primavera, quale che fosse il tempo, portava i suoi alunni in gita all'Orrido illustrandone storia e bellezze e pretendendo poi una relazione scritta della visita.

Accettava di accompagnare i baldi panettieri?

«Non mancherò», aveva risposto.

Ma...

«Ma?» aveva chiesto il Mongatti.

Voleva solo sapere quanto tempo aveva a disposizione.

«In che senso?» il podestà.

Era semplice, aveva spiegato la Ciavarini. Di solito quando accompagnava i suoi alunni per dare loro un minimo di nozioni di petrologia, cioè lo studio delle rocce e relativo processo sedimentario, di idrologia, cioè lo studio delle acque, rendendoli edotti di come l'opera dell'uomo possa sfruttarle onde ricavarne energia elettrica, per poi elencare i nomi dei personaggi più o meno famosi che erano passati per quel luogo traendone ispirazione per dipinti o scritti di varia natura, citando anche ciò che il bellanese Antonio Balbiani aveva scritto dell'Orrido nella sua famosa guida, per infine...

La Ciavarini s'era fermata un istante per tirare il fiato poi aveva ripreso.

...per infine esortarli ad ascoltare le emozioni che

l'imponenza del posto e il costante turbinio delle acque evocavano in loro affinché potessero apprezzare quell'inarrivabile artefice che è madre natura, ecco, ci voleva un'ora buona.

«È troppo», aveva affermato il podestà. «Direi che la visita non può durare più di quindici minuti, venti al massimo.»

La Ciavarini aveva corrugato la fronte, fatto conti.

«Ditemi voi allora se preferite che illustri le caratteristiche fisiche del luogo o le tralasci dando preferenza alla storia.»

«Vi lascio libera di scegliere», aveva risposto il Mongatti che all'Orrido era entrato una sola volta in vita sua, trovandolo posto tutt'altro che accogliente.

«Non ve ne pentirete», aveva assicurato la Ciavarini. E: «Un'ultima cosa», aveva sussurrato.

Lì, fuori, in attesa c'era il suo collega, maestro Fiorentino Crispini che, come dire?, aveva già dato segni di essere prossimo al sonno, la testa che ciondolava, le palpebre cascanti... Ecco, lei aveva tentato di farlo passare ma lui, da quel gentiluomo qual era, aveva rifiutato l'offerta. Adesso però, onde evitare il rischio che crollasse dalla sedia, le pareva il caso di farlo entrare anche se in effetti s'era presentato per ultimo, giunto appena dopo il presidente della Pro loco Carolingio Sfezzati.

«Che entri allora», aveva risposto il Mongatti.

Al sentir parlare di sonno il Menabrino aveva chiuso un momento gli occhi, riaprendoli all'ingresso del Crispini e confidando in una rapida soluzione dell'incontro.

Il maestro aveva in effetti le palpebre cascanti, come fosse lì per cadere in letargo benché fosse in piedi. Era convinto che il podestà l'avesse convocato per affidargli il compito di stendere uno dei soliti discorsi d'occasione che avrebbe pronunciato nella fausta ricorrenza alle viste. Quando però aveva udito ciò che il Mongatti desiderava, in lui si era operata una metamorfosi.

«Ma certo, ma certo», aveva risposto manco avesse ricevuto una scossa.

Però...

Però anche lui?, aveva maledetto il Menabrino.

«Però, cosa?» gli era scappato di bocca.

Il Crispini non aveva colto il ringhio che musicava la domanda perché ormai stava volando alto.

«Magnifica idea, però...» aveva ripreso il Crispini.

Perché limitarsi a una piatta enunciazione di date, titoli, eventi? Perché, invece, non dare voce a quegli illustri bellanesi?

«Ma se sono morti!» aveva invelenito il Menabrino.

Come non avesse parlato.

«Per esempio...» aveva proseguito il Crispini.

Perché non far volare nell'aere, aveva proprio detto così, aere, le rime di una poesia del Grossi, e proprio dal balcone della sua casa natale?

La rondinella!

Rondinella pellegrina
Che ti posi sul verone
Ricantando ogni mattina
Quella flebile canzone...

Conosceva anche chi, recitandola, avrebbe fatto tremare i cuori degli astanti.

«Asturia Spinarola!» che istruiva all'esatta dizione quelle bestie della filodrammatica. E del povero Boldoni avrebbe potuto declamare lui stesso i passi lasciati ai posteri in cui aveva descritto il passaggio dei lanzichenecchi con la loro pestifera coda. Senza dimenticare, come troppo spesso accadeva, un omaggio alla casa dove Antonio Balbiani era nato e forse morto...

«Dico forse», aveva sottolineato.

...forse morto, visto che del suo cadavere non s'era trovata traccia, e magari citando...

«Maestro, maestro, calma, vi prego», era intervenuto il Mongatti.

Non si poteva mettere troppa carne al fuoco perché il programma, ancorché non definito nei particolari, era già abbastanza fitto. Comunque anche a lui avrebbero fatto sapere.

E sotto a chi toccava adesso, l'ultimo, il presidente della Pro loco Carolingio Sfezzati che il Menabrino aveva visto entrare contornato da un alone come di foschia stante il velo di sonno che ormai lo stava per vincere. Era stato il più rapido di tutti. Da commerciante di vini che era, pratico. Nessun problema per quanto riguardava le forze da mettere in campo, cucinieri e serventi al tavolo. Ancora meno problemi stante la libertà di poter spendere e spandere pur di offrire un menu di eccellenza. L'unica questione che aveva posto era stata quanti.

«Quanti commensali devo prevedere?»

Non era, aveva aggiunto, una questione di secondo piano.

Il Mongatti era rimasto a bocca aperta, chi lo sapeva?

«Segretario...» era sbottato.

«Sì, ho capito», aveva risposto il Menabrino, si affidava a lui.

«Quanto prima lo saprò, tanto meglio», aveva detto lo Sfezzati a mo' di saluto.

Era finita.

«Bene», aveva sospirato il Menabrino facendo la mossa di andarsene.

Ma il Mongatti l'aveva fermato. C'era ancora qualcosa in ballo, o si sbagliava?

«Non mi pare», aveva risposto il segretario.

Invece, una sberletta sulla fronte, invece sì, aveva sorriso il Mongatti.

L'orchestrina!

«L'abbiamo reperita?»

Senza rispondere il segretario Menabrino s'era infilato

una mano in tasca e ne aveva tratto un foglietto: «Marberto Venegatti e Aido Canfora, fisarmoniche, Bortolo Corco, di Dervio, violino, Sisto Fischio, clarinetto soprano e Vitaliano Fizzolati, clarinetto piccolo o sestino», aveva elencato.

«Fizzolati? Quel Fizzolati, il nostro messo?» s'era meravigliato il podestà.

Sì, proprio lui che, a nome degli altri e a fronte di un'offerta libera, s'era preso l'impegno.

Che ore fossero quand'era riuscito a beccare il letto, il segretario Menabrino non aveva voluto saperlo. Né avrebbe voluto svegliarsi, come invece era accaduto secondo abitudine, alle sette del mattino, stanco nel corpo come nello spirito e con un credito di sonno che s'era portato in ufficio. Credito che quella voce al telefono pari a uno squillo di tromba aveva sul momento cancellato.

33.

«Segretario Inticchi, del sindacato panettieri!»

Era il caso di gridare così?

«Vi sento, eh», rispose il Menabrino.

Niente da fare.

«Da Como!»

Forse pensava che il telefono andasse aiutato per coprire la distanza tra il municipio e il capoluogo.

«Ditemi», fece il segretario allontanando la cornetta dall'orecchio di una mezza spanna.

«Abbiamo ricevuto», partì l'Inticchi e bla bla bla.

Era entusiasta che l'intera amministrazione bellanese bla bla bla.

Desiderava sapere se c'era già un'ipotesi di programma perché bla bla bla e nel caso ci fosse avrebbe gradito bla bla bla al fine di bla bla bla.

«Quindi ditemi!» concluse l'Inticchi.

Quella frase pronunciata con tono di pretesa irritò il Menabrino. Gli ordini in vita sua li aveva ricevuti, e maldigeriti, solo e sempre quand'era stato al fronte, dopodiché basta, solo richieste, e precedute da un graditissimo «Per favore». Gli ordini, semmai, adesso li dava lui.

«Sentite un po' In...» principiò a rispondere e fermandosi, fingendo di averne dimenticato il cognome.

«Inticchi!» trillò quello.

«Ecco, non vi pare che prima di pensare a un programma serva sapere quanti saranno i gitanti, a che ora giungeranno in loco e con quali mezzi?»

«Certo», rispose il sindacalista panettiere, immune al tono ironico del Menabrino.

Allo stato le iscrizioni erano ancora aperte e le avrebbe chiuse di lì a un paio di giorni. Considerato com'erano andate fino a quel momento e facendo una previsione poteva con un piccolo margine di errore affermare che il totale dei panettieri non avrebbe superato le sessanta unità, tenendo conto che alcuni avevano deciso di portarsi appresso la moglie, la morosa e in un paio di casi anche i figli, due per la precisione, ma maggiorenni poiché aveva rigorosamente vietato la gita ai minori. Riguardo al mezzo di trasporto...

«Col battello, col battello», sottolineò l'Inticchi come fosse cosa ovvia. Il battello, mezzo che avrebbe consentito ai gitanti di godere la giornata sin dal suo avvio.

Anzi, e salì di tono la voce del segretario comasco, con uno dei più bei battelli di cui la Navigazione Lariana disponeva.

«Il *Baradello*!»

Che, partendo da Como alle ore otto del mattino, avrebbe attraccato al molo di Bellano alle dieci, tutto calcolato.

«Adesso ditemi voi», concluse.

«E cosa volete che vi dica?» chiese il Menabrino.

«Il programma», chiarì l'Inticchi.

«Riferirò e questa amministrazione vi farà sapere.»

«Se avete difficoltà, se siete nuovi ad affrontare un certo genere di cose, noi possiamo darvi una mano», insinuò l'Inticchi.

«Noi chi?» s'impermalì il Menabrino.

«Noi del sindacato», ribatté il comasco.

«Riferirò anche questo», assicurò il Menabrino.

«Attendo nuove, quanto prima», si raccomandò l'Inticchi.

«Come no», fece il Menabrino.

E, deposta la cornetta, si concesse un minuto alla fantasia che la telefonata gli aveva provocato, come se all'altro capo dell'apparecchio non ci fosse un uomo, un burattino piuttosto, anzi un vero e proprio Pinocchio, con una tromba però al posto del naso.

34.

Erano le otto di sera del 14 aprile, lunedì, la bottega chiusa. Venerando Scaccola sedette a tavola, s'era appena svegliato dal suo turno in branda. Prima della notte di lavoro lo aspettava una minestra. Ma prima ancora la frase di suo fratello cui ormai aveva fatto l'abitudine.

«Sentita la novità?»

Come al solito non avrebbe risposto, visto che non poteva averla sentita, visto che continuava a non mettere il naso fuori dalla bottega e, anche, visto che il Gualtiero gliel'avrebbe comunque comunicata. Aveva smesso di cercare di capire cosa fosse successo nella testa di suo fratello.

Prima le passeggiatine, poi quel vezzo di zufolare...

Ma cos'è che continui a fischiare?

Ma niente, così, aveva risposto, mi viene.

Poi s'era messo anche a canticchiare.

Ma cos'è che canticchi?

Niente anche lì, il Gualtiero non lo sapeva, non poteva spiegarglielo, era solo un mormorare con un po' di musica sotto che gli veniva spontaneo.

Era così, cosa poteva farci?

Ma soprattutto l'ultimo tormentone era stato quello delle novità. Quasi ogni volta che andava a passeggiare il Gualtiero ormai rientrava con quella frase in bocca.

Sentita la novità?

Se non erano i lavori che stavano facendo giù al fiume erano i platani giovani che erano stati piantati al posto di quelli abbattuti perché malati. O la facciata del municipio che stavano ritinteggiando o il mercato che forse veniva spostato dal lungolago nello slargo che era davanti al convitto del cotonificio ma forse no, o un pescatore che aveva riempito la barca di alborelle almeno un quintale se non di più oppure la piazza della chiesa dove stavano risistemando il sagrato. Le novità del piccolo mondo che stava al di fuori della bottega. Novità di cui al Venerando fregava niente perché non modificavano il suo stile di vita mentre al Gualtiero pareva di sì, visto che le volte in cui rientrava senza novità era mogio come un pancotto, né fischiettava o canticchiava e, almeno così pareva al Venerando, rendeva anche un po' meno sul lavoro.

Non quella notte, perché la novità c'era, ed era pure bella grossa.

35.

Così aveva voluto il podestà Mongatti, sorprendere il paese tutto, dargli una scossa: che i manifesti venissero affissi nelle sedi preposte la domenica, nottetempo...

«E intendo ben oltre la mezzanotte poiché il colpo di scena deve essere perfetto», aveva precisato.

...affinché la mattina di lunedì operai, operaie, artigiani, commercianti, massaie, bambini e bambine già in grado di leggere, ma anche semplici lazzaroni e stancapiazze potessero trovarsi sotto gli occhi come fosse un'apparizione il programma della giornata celebrativa del Natale di Roma e relativa Festa del lavoro.

Bellanesi!

Come di già annunciato il nostro paese avrà l'onore
di ricevere il giorno 21 aprile p.v., ricorrenza del Natale
di Roma, la gradita visita di una folta rappresentanza
del Sindacato Panettieri. È con sommo orgoglio che
questa amministrazione si prepara a riceverla secondo
il programma sottoscritto cui degno completamento
sarà il calore della popolazione tutta che la accoglierà.
Si raccomanda di addobbare finestre e balconi con
il nostro amato tricolore e di tributare manifestazioni
di simpatia ai valorosi panettieri affinché in loro
rimanga imperituro ricordo della lieta giornata.

Il Podestà

PROGRAMMA

Ore 10.00	Arrivo dei gitanti in battello e accoglienza
Ore 10.15	Saluto delle autorità dal palazzo municipale
Ore 10.30	Visita guidata all'Orrido
Ore 11.00	Visita guidata ai luoghi natali di Tommaso Grossi e Sigismondo Boldoni
Ore 11.30	Momento di raccoglimento presso il parco della Rimembranza
Ore 12.00	Pranzo comunitario dei panettieri presso il convitto del cotonificio
Ore 14.00	Pomeriggio danzante con accesso libero a tutti
Ore 17.00	Saluto ai gitanti

Il Gualtiero l'aveva visto nel corso della solita passeggiata, letto, riletto, imparato a memoria.

«Niente male, vero?» chiese a suo fratello.

Il Venerando manco rispose. Si alzò, depose il piatto nell'acquaio. Era ora di andare a impastare.

36.

Nemmeno il maresciallo Maccadò era sfuggito all'appello e relativo programma del podestà. D'altronde anche volendo non si sarebbe potuto evitare di andare a sbattere contro uno di quei manifesti. I luoghi deputati alla pubblica affissione ne erano tappezzati. Ci fosse stata una sezione del Partito con tanto di segretario il Mongatti avrebbe passato il compito a loro. Stante la situazione, invece, si era affidato a un certo Borsa, al secolo Chiurchetti Armadio, di professione camionista, che tre sere alla settimana, nel locale sotterraneo delle scuole elementari destinato a palestra, istruiva un manipolo di ragazzotti nella nobile arte della boxe.

Il Borsa gli aveva garantito che grazie ai suoi allievi avrebbe fatto un lavoro «à la coque» (era questa un'espressione che usava sempre durante gli allenamenti, spiegando che, prima di essere abbattuto, l'avversario doveva essere cotto proprio così, come un uovo à la coque), non aveva voluto compensi e aveva garantito al Mongatti che non un manifesto sarebbe avanzato. Divisi in gruppi di due, assegnato a ciascun gruppo un preciso settore, gli attacchini avevano agito senza riguardi o pietà, coprendo tra l'altro anche un paio di recenti annunci funebri. Esauriti però gli spazi preposti alle affissioni e trovatisi con in mano ancora un notevole numero di manifesti avevano seguito la direttiva, l'ordine di tornare alla base a mani vuote, e avevano attaccato le rimanenze un po' ovunque, massimamente sulle vetrine di quei negozi che non avevano cler o serrande a proteggerle. Così era stato del bar dell'Imbarcadero, che la mattina del 14 aprile s'era offerto allo sguardo del Gnazio Termoli con le vetrate che davano su piazza Grossi e quelle sul lungolago oscurate da ben sei, sei!, manifesti. E così si era offerto agli occhi del maresciallo Maccadò mentre camminava alla volta della caserma, una stranezza che, avvicinandosi passo dopo passo, s'era rivelata per quello che era.

Letto l'appello del Mongatti, il maresciallo aveva subito pensato che non c'era modo peggiore per rovinarsi la giornata: non solo quella corrente, ma anche quella ventura del 21 aprile. E certo, perché un'occasione del genere prevedeva da regolamento la presenza di qualcuno che badasse all'ordine pubblico. E chi, se non loro carabinieri? Loro quattro, tra l'altro, considerando che a giorni il Beola sarebbe tornato in forza alla caserma. Calcoli di turni avevano già cominciato a frullargli in testa quando con lo sguardo era passato a leggere il programma. Ma non era andato oltre la prima riga. I suoi occhi si erano incollati a quella. A una parola soprattutto.

«Arrivo dei gitanti in battello e accoglienza.»

«Battello!» aveva mormorato il Maccadò.

Una bella gita in battello!

Ecco l'idea che da tempo inseguiva per ringraziare la moglie della pazienza che gli dimostrava, delle cure che gli riservava, dei consigli che gli dava e anche, sì, anche del regalo che gli aveva fatto sposandolo e seguendolo in quell'angolo di mondo dove aveva faticato, e forse ancora un po' faticava, ad ambientarsi.

Una bella gita in battello lui, lei e il piccoletto. E, perché no?, proprio il 21. Aveva ben diritto di prendersi un giorno di permesso e così facendo sarebbe anche stato alla larga dalla greve prosopopea di quei riti. In quanto ai turni aveva rifatto il calcolo: due sul campo, uno in caserma. Bastavano e avanzavano, in fin dei conti erano solo panettieri.

S'era allora voltato a guardare il lago, piatto, già immaginando tutta la famiglia a bordo, quando la voce del Termoli l'aveva richiamato alla realtà.

«Che mi dite, maresciallo?»

«In relazione a cosa?» aveva chiesto lui.

«Non vi sembra un caso di affissione abusiva?»

«Reato perseguibile a seguito di denuncia», aveva specificato il Maccadò.

«Dovrei denunciare il podestà?» aveva chiesto il Termoli.

«A voi la decisione.»

«Non sarebbe male», aveva sogghignato il Gnazio.

«Fatemi sapere», aveva concluso il Maccadò, allontanandosi con in testa la fantasia della gita in battello e tralasciando di leggere il resto del programma.

37.

Sì sì, proprio, niente male.

Ma.

Cioè, ragionava l'Inticchi con sotto gli occhi il programma: quel podestà, lui e i suoi, avevano pensato proprio a tutto. Talmente tutto che dopo averlo a sua volta letto, riletto e imparato a memoria, aveva cominciato ad avere la sensazione di essere stato messo da parte o, peggio, equiparato a uno dei tanti panettieri che avrebbero preso parte alla gita. L'ombra dell'anonimato era lì, pronta a oscurarlo, lui e la sua carica. E non andava bene.

«No, no, no», s'era detto, «così non va proprio bene.»

Su quella giornata ci doveva essere il suo sigillo, in fondo lui era stato l'ideatore della gita e nessuno gli doveva rubare il primato, prendersene il merito.

Ma, come fare a mettercelo quel sigillo?

Lì stava il busillis.

Ci voleva un colpo da maestro, qualcosa che solo lui o uno come lui, che occupava un posto d'importanza qual era la segreteria di un sindacato, poteva mettere a segno. Qualcosa che fosse totalmente fuori dalla portata, dalla possibilità di un podestà di provincia.

Eeeggià!, aveva detto tra sé quando una mezza idea aveva cominciato a spuntare.

Già, già, già!

Nel tempo di pochi minuti l'idea era maturata e gli era sembrata tutt'altro che malvagia.

Ambiziosa, certo.

Forse addirittura audace.

Ma in fondo cosa aveva da perdere?

Tentar non nuoce, si diceva, e se l'era detto.

Però bisognava affrettarsi, il ferro, come ancora si usava dire, andava battuto finché era caldo.

Così era partito in tromba.

38.

Così aveva fatto la signora Misfatti, sorta di agente infiltrato alle dipendenze della caserma bellanese. L'appuntato suo marito l'aveva messa al corrente della decisione di allontanare per un po' di giorni il Beola affinché le acque si calmassero. Ma, anche, che lo stesso Maccadò gli aveva confessato che quel periodo di tempo sarebbe servito a lui per prendere una decisione definitiva sulla sorte del carabiniere.

«Vorrei non crederlo», gli aveva confidato, «ma non è da escludere che non abbia avuto il coraggio di dirmi la verità.»

Fosse stato innamorato, e lei di lui, la lontananza non avrebbe fatto che alimentare il sentimento e al suo ritorno le cose potevano riprendere da dove s'erano interrotte, e allora...

«E se invece tra quei due non ci fosse un bel niente, a parte un'innocente amicizia?» aveva obiettato la signora appuntata.

«Chi può dirlo...» aveva sospirato il Misfatti perché non voleva prendere in considerazione l'eventualità di perdere un elemento come il Beola.

«Io», aveva affermato la moglie.

«Tu? Cosa c'entri? Cosa ne sai?» era sbottato lui.

Al momento ancora niente, ma: «Dammi tempo e vedrai», aveva concluso lei.

E dal giorno seguente s'era messa in campo per raccogliere ogni tipo di chiacchiera relativa al presunto scandalo del carabiniere che s'era fatto svillaneggiare dalla Venturina Garbati. Voci che s'erano spente in un amen com'era prevedibile, ma che si erano riaccese all'improvviso a causa di un litigio che per poco non era finito a sberle e che aveva visto protagoniste la stessa Garbati e una sua vicina di casa, tale Filemone Aurelia, lavandaia, quarantenne, malmaritata, usa a farsi gli affari dell'intero quartiere della Pradegiana quando non era impegnata al lavatoio.

Vedendo al crepuscolo la Venturina rientrare in compagnia maschile, dal terrazzino dove stava di vedetta le aveva gridato se si fosse fatta un nuovo moroso. La Garbati, sul carattere della quale c'era poco da scherzare, le aveva risposto a tono, assicurandola che non erano affari suoi e invitandola a grattarsi le sue di rogne, visto che non le mancavano. La Filemone aveva ribattuto consigliandole di non perdere la fiducia, che prima o poi un fesso disposto ad accollarsi una vedova con a carico un ragazzino e un padre rimbambito l'avrebbe trovato. Al che la Venturina l'aveva invitata a scendere e a dirgliele in faccia quelle cose così da potergliele ricacciare in gola una dopo l'altra. Lo scontro ci sarebbe sicuramente stato se l'accompagnatore della Garbati non le avesse consigliato di ripararsi in casa. Così, mentre quella si chiudeva la porta alle spalle e l'uomo si dileguava, la lavandaia s'era trovata sola soletta nella corte a ridere con sguaiata soddisfazione.

Dell'accaduto la signora Misfatti aveva avuto notizia sostando nella pescheria Ingrati. Era venerdì, giorno di magro, il locale affollato. S'era trattenuta a lungo fingendo di non sapere bene quale pesce acquistare e decidendosi solo quando aveva avuto un quadro preciso del fattaccio. E quella stessa sera ne aveva riferito al marito. Il quale aveva fatto due più due. Il Beola era ancora lontano. Era toccato a lui, adesso, scendere in campo. E l'aveva fatto la mattina seguente, entrando al caffè dell'Imbarcadero ponendo al Gnazio Termoli una domanda: «Qualche altro karkadè da riferire?».

Il Termoli aveva dato mostra di non capire.
«Mi spiego», aveva detto il Misfatti.
Gli erano giunte all'orecchio voci secondo le quali quella tal signorina...
«Hai inteso?»
Il Gnazio aveva fatto cenno di sì.
...se ne passeggiava in compagnia, soprattutto verso sera. Lui che, come aveva affermato, stava lì tutto il giorno con gli occhi aperti, poteva dirgli qualcosa in proposito?
«Non posso non vedere quello che mi passa sotto gli occhi», aveva risposto il Termoli.
«Gradirei una risposta meno oscura», aveva obiettato il Misfatti.
Intendeva dire, bofonchiò il Gnazio, che da tempo la Venturina Garbati, quando usciva dal lavoro in villa, tornava a casa in compagnia di uno.
«Sai dirmi anche chi è?» aveva chiesto il Misfatti.
«Certo», aveva risposto il Termoli. Che domande erano?
E poteva anche affermare che tra i due c'era una certa intimità, perché un paio di volte aveva notato che si tenevano sottobraccio.
Era stato così che, esibendo uno dei suoi soliti, soddisfatti sorrisi, l'appuntato Misfatti aveva potuto archiviare l'affaire Beola, almeno per la parte della Garbati. Mancava lui, che però non ci mise molto a chiudere del tutto la questione.
Era il pomeriggio di martedì 15 aprile quando il Beola fece ritorno, accolto da un paese che sembrava incerottato stante la quantità di manifesti che spuntavano ovunque.
«Ma è così importante 'sta faccenda?» chiese.
«Lascia perdere, poi ti spiego», disse il Misfatti.
Prima di tutto bisognava appurare il suo stato... stato d'animo, se lo intendeva. E nell'ufficio del Maccadò, davanti al legittimo occupante.
«Io...» tentò di rispondere il Beola.
«Seguimi», lo interruppe l'appuntato.

Una volta dentro, il Misfatti lo mise al corrente della novità che riguardava la Garbati.

Per tutta risposta, il Beola tirò un sospiro di sollievo e, da quel bravo giovane che era, disse: «Sono contento per lei, se lo merita».

Anche se il nome del nuovo accompagnatore non gli diceva proprio niente.

«Faccenda chiusa?» chiese il Maccadò.

«Mai stata aperta», rispose il Beola ottenendo un sorriso di approvazione da parte del Misfatti per l'arguta risposta.

39.

All'Inticchi bastò poco per convincersi di avere avuto una pensata geniale e che un successo di tal fatta andava ascritto a suo merito esclusivo. Certo non aveva sperato in tanta fortuna. Però, ragionava, se non avesse tentato quella mossa il Federale Gariboldo Briga Funicolati...

Era andata così.

Dopo aver trascorso parte del pomeriggio nella sede del sindacato in via Volta a passare carte, verso le quattro era uscito dirigendosi alla Casa del Fascio che, benché lungi dall'essere completata, ospitava già alcuni gerarchi e gerarchetti, tra i primi il Federale e il segretario del Federale. Era stato questi, Palomino Incensati, a riceverlo mettendolo al corrente che il Briga Funicolati era assente e comunque accordava udienza soltanto previo appuntamento.

«Ma io sono il segretario del sindacato panettieri e devo sottoporre a Sua Eccellenza una questione urgente», aveva ribattuto l'Inticchi.

La carica dell'Inticchi non aveva impressionato l'Incensati. Riguardo all'urgenza della questione gli aveva concesso di esserne messo a parte così da pesarla e quindi, a suo insindacabile giudizio, poter informare il Federale quella stessa sera, se l'avesse visto, o al più tardi l'indomani mattina.

All'Inticchi non era restato altro da fare che palesare la richiesta: chiedeva un messaggio del Briga Funicolati che elogiasse l'iniziativa e chi l'aveva ideata in piena coerenza con lo spirito fascista e nel rispetto della fausta giornata. Avrebbe, ove possibile, gradito un riferimento nominale...

«Mi chiamo Soave», aveva specificato, «Soave Inticchi.»

...e un saluto finale da rivolgere a tutti i presenti, sorta di monito col quale l'Eccellenza per tramite della sua voce spronava i presenti affinché non si dimenticasse l'impegno a lavorare per il bene supremo della Patria. Allo scopo aveva anche preparato una specie di bozza che...

Ma l'Incensati, sprezzante, l'aveva interrotto.

«Discorsi, messaggi e affini sono di nostra competenza», e s'era puntato l'indice sul petto per chiarire che quella competenza era sua esclusiva.

Riguardo alla richiesta avrebbe, come detto, riferito e fatto sapere.

E mercoledì mattina, la sorpresa.

L'Incensati l'aveva chiamato per convocarlo in federazione, il Federale voleva vederlo. Già perché, appresa la notizia e tenendo presente la situazione politica di stallo in cui quel paese stava per sua decisione, aveva avuto una mezza idea e s'era confrontato con l'Incensati.

Che impegni aveva in quel di Como per la fausta ricorrenza del Natale di Roma?

L'Incensati non aveva avuto bisogno di consultare agende.

«Eccoli!»

La mattina, alle nove, presso la sede del consiglio provinciale dell'economia si sarebbe svolta la cerimonia di consegna dei libretti di pensione ai vecchi rurali della provincia.

Alle undici e trenta sarebbe stata inaugurata una mostra retrospettiva del Fascio Littorio, imponente raccolta di documenti che ricostruiva la storia del simbolo dal 110 avanti Cristo fino alla fine del secolo XIX.

Alle ore tredici, presso l'hotel Volta, il pranzo con le massime autorità, Prefetto, viceprefetto, arcivescovo, questore, seniori della Milizia eccetera, offerto dalla segreteria federale.

Alle ore venti, in piazza Duomo, il concerto del corpo musicale cittadino Alessandro Volta.

Il Briga Funicolati aveva fatto due conti: se alla cerimonia di consegna delle pensioni, una bella menata visto che dei rurali gli fregava assai poco... considerando anche che quei vecchi campagnoli avevano la sconsolante abitudine di dilungarsi in sdilinquiti ricordi della vita di un tempo approfittando dell'avere una platea di esseri umani per una volta e non solo di pecore o vacche... quindi, riprendendo, se alla cerimonia ci avesse mandato il suo vice e alla mostra, una noia mortale, considerando anche qui che avrebbe dovuto fingere di interessarsi alle parole del curatore Ergonio Cogoleti che non avrebbe perso l'occasione di illustrare origini e caratteristiche di ogni documento esposto... ecco, se alla mostra ci avesse mandato il segretario amministrativo che era stato delegato a sovrintendere all'allestimento, si sarebbe trovato ad avere libera l'intera mattinata. Occasione d'oro per salire in quel paese che non aveva mai visto, dare un segnale forte da parte del Partito, magari ammonire, ché a tirarla troppo la corda si poteva spezzare. E per il pranzo, cui non poteva mancare anche perché era la cosa che più gli interessava, sarebbe stato di ritorno.

«O no?» era sbottato dopo aver fatto ad alta voce i calcoli tacendo unicamente i pensieri sottesi.

L'Incensati aveva fatto un mezzo inchino.

«Predispongo per la trasferta.»

«Mi raccomando», l'aveva congedato il Funicolati senza aggiungere altro poiché l'Incensati sapeva cosa voleva intendere, ma anche perché aveva capito che l'aver alzato la voce poco prima gli aveva spostato la dentiera e, una parola ancora, sarebbe potuta cadere, come ormai sempre più spesso gli capitava.

Quando l'Inticchi, trafelato, era entrato nell'ufficio

del Federale ed era stato messo al corrente della novità aveva boccheggiato.

Mai avrebbe pensato...

«Sarà un onore averlo tra noi...» aveva solfeggiato.

«No, no, no», era intervenuto l'Incensati con un sorriso di sufficienza.

Ma cos'aveva capito, cosa s'era messo in testa? Pensava forse che l'Eccellenza Federale si potesse mischiare alla turba dei suoi iscritti?

Ingenuo!

Il signor Federale avrebbe raggiunto Bellano con mezzi propri e sarebbe stato in loco alle ore dieci e trenta.

Che lui e i suoi panettieri ne tenessero conto!

40.

Erano le nove del mattino di giovedì 17 aprile, la signora Mongatti era appena tornata sotto le lenzuola, stava sognando a occhi aperti davanti alla copertina del *Volto di sangue* della baronessa Orczy quando il telefono squillò. Mica si mosse. Lo lasciò fare fino a che smise per la disperazione del segretario Menabrino che aveva assoluto bisogno di vedere il podestà. Il quale, uscito da non più di dieci minuti, aveva fatto due passi tra le vigne e gli orti della località Coltogno per soppesare un'idea che gli era venuta la sera prima e di cui nessuno era al corrente. Infine, giudicandola ottima, onde non perdere tempo era filato dal tipografo Berebelli per affidargli l'incarico di stampare un centinaio di piccoli manifesti con la scritta EVVIVA I PANETTIERI da distribuire a commercianti, locali pubblici e privati cittadini il sabato mattina con la preghiera di affiggerli a finestre, vetrine e quant'altro. Gli era toccato però aspettare perché la tipografia era chiusa e il Berebelli, detto Talpone per via della miopia, ancora a letto. L'aveva svegliato la moglie Trinita scrollandolo ben bene dopo aver fatto salire il Mongatti in casa, ospitandolo nella cucina che aveva lo stesso odore della tipografia. Tra l'attendere che il Talpone si ricomponesse, spiegargli cosa desiderava, scendere con lui in tipografia per scegliere di persona i caratteri della scritta, sorvegliare la composizione di una prima bozza e infine attendere per vederla e approvarla onde dare al Berebelli l'ordine di partire immediatamente col lavoro se n'era andata una bella oraccia.

Quando il Mongatti aveva fatto il suo ingresso in municipio erano ormai le dieci e trenta e il Fizzolati gli aveva quasi sbarrato l'accesso al suo studio mettendosi tra lui e la porta perché: «Il signor segretario vi attende», disse. «Urgente!»

L'attesa aveva affilato il volto del Menabrino, naso e orecchie primeggiavano sul fondo cereo che aveva preso la pelle del viso.

«Mi cercavate segretario?» esordì il Mongatti entrando in segreteria.

Il Menabrino sembrava perduto ad altezze siderali.

«Sì?» fece, interrogativo.

«Dico, avete bisogno di me?» ripeté il podestà.

Compiuto un rapido atterraggio: «Sì», confermò il segretario.

«Ditemi.»

Una sola parola: «L'Inticchi», sillabò il Menabrino.

«Non mi dite...» balbettò il Mongatti, raggiungendo una sedia, la fantasia di un disastro alle viste quale poteva essere il rinvio della gita.

«Vi dico eccome», fece il segretario.

Perché l'Inticchi avrebbe gradito dargli personalmente la notizia ma non essendo possibile aveva pregato il segretario di comunicare che: «Grazie ai suoi buoni uffici, alla cordialità dei rapporti, e anche», aveva detto con voce di tromba, «a un sentimento di comune visione che durava da tempo ed era maturato verso un'amichevole confidenza, il Federale Gariboldo Briga Funicolati SUA SPONTE!», dopo che l'aveva informato della gita, «aveva deciso di onorarla con la sua presenza nonostante i numerosi impegni che l'attendevano in quel di Como».

«Ma è magnifico!» sbottò il Mongatti.

«Vi pare?» insinuò il Menabrino.

«A voi no?» ribatté il podestà.

Il Menabrino non fece commenti, limitandosi a comunicare l'orario d'arrivo del Federale.

«Le dieci e trenta, con mezzi propri.»
Che era l'ora prevista per la visita guidata all'Orrido.
«Ciò significa...» borbottò il Mongatti.
«Esatto», confermò il segretario.
Il programma della giornata era tutto da rivedere. E alla svelta.
«Segretario», ordinò il Mongatti, «venite con me nel mio studio.»

41.

Alle cinque del pomeriggio il podestà Mongatti li aveva tutti davanti a sé, seduti e in attesa di capire il motivo dell'urgente convocazione trasmessa a voce dal messo Fizzolati: Santa Ciavarini Gobetti, Carolingio Sfezzati, Vario Ostico, Fiorentino Crispini, Ottavino Parpuetti oltre al Menabrino e allo stesso Fizzolati quale rappresentante dell'orchestrina. Dopo i saluti comunicò la notizia dell'onore che l'Eccellenza Federale Gariboldo Briga Funicolati avrebbe fatto al paese visitandolo in occasione di lunedì 21 aprile.

Si aspettava maggiore entusiasmo a commento, ma l'unico che disse qualcosa fu lo Sfezzati.

«Si fermerà a mangiare?» chiese.

«Non lo so, non credo», rispose il Mongatti.

Comunque non era quella la cosa più importante. Perché, a fronte della novità giunta quella stessa mattina, si era reso necessario rivedere il programma in funzione dell'arrivo del prestigioso ospite. Una revisione dolorosa ma necessaria che stante i tempi stretti lui e il segretario Menabrino avevano portato a termine e che ora sottoponeva ai convocati.

Secondo quanto comunicato dall'Inticchi i panettieri sarebbero giunti quasi in contemporanea con il Federale.

«Alle dieci e trenta.»

Da ciò la necessità di non usare più una fanfaretta che si esibisse in una delle tante marcette, piuttosto il dovere di schierare l'intero corpo musicale...

«E in divisa», puntualizzò il podestà.

...che accogliesse i visitatori con un inno ufficiale.

«*Marcia reale* o *Giovinezza.*»

Il maestro Parpuetti alzò la mano.

«Sulla *Marcia reale* scanchignamo un po'... insomma, è da molto tempo che non la suoniamo. *Giovinezza* ci viene meglio», affermò.

«E poi mi sembra essere più acconcia alla carica del personaggio», chiosò il Crispini.

«E sia», approvò il Mongatti.

Ciò, proseguì, comportava che, seppur a malincuore, si era visto costretto a cancellare la visita guidata all'Orrido.

«Cancellata?» sbottò la Ciavarini, scalando note acute per lei insolite. «Come, cancellata?»

«Nel senso che non c'è tempo per effettuarla. Quindi, come ho detto, seppur a malincuore...»

«Ma che malincuore e malincuore...» s'impennò la maestra.

Da che s'era assunta l'incarico di fare da guida non aveva fatto altro che prepararsi per l'occasione, scrivendo un sintetico resoconto sul luogo. Non solo, l'aveva anche mandato a memoria, studiando mosse e gesti in casa davanti allo specchio e in loco per capire dove fossero i posti più suggestivi per fermarsi e stupire i gitanti. Inoltre s'era fatta fare un vestito nuovo. E adesso le andavano a dire...

«Mi dispiace», interloquì il podestà, mentendo poiché dell'Orrido e relativa storia continuava a fregargli niente. Quel tempo prezioso era da destinare al momento dei saluti dal palazzo municipale davanti a panettieri e bellanesi, lasciando che il Funicolati si prendesse tutto quello che voleva.

«E be'?» fece la Ciavarini.

Dopo i saluti c'era l'agio per salire all'Orrido, con o senza Federale.

«O no?»

«E no», saltò su il Crispini.

Ci si stava dimenticando del Grossi, del Boldoni, della visita alle loro case natali? Un passaggio più che comodo tra l'altro vista la prossimità dei luoghi al palazzo municipale.

«Ma dico io!» ribatté la maestra.

Si voleva mettere la bellezza dell'Orrido a confronto con due anonime facciate di case, tra l'altro anche un po' scalcinate?

«L'aura che le circonda non tiene conto delle offese che il tempo ha arrecato loro», sentenziò il Crispini. «Da esse emana un fascino immortale che...»

«Va bene, d'accordo», si intromise il Mongatti.

Tanto aveva deciso di stralciare sia la visita all'Orrido sia quella ai luoghi natali degli illustri bellanesi.

«Si eviterà così che qualche panettiere caschi nel sonno», invelenì la Ciavarini lasciando ben intendere il riferimento alla prosopopea del Crispini. Dopodiché, indispettita: «Visto che non sono ben accetta me ne vado», disse, e imboccò la porta dello studio lasciando dietro sé quella che a quasi tutti parve una scoreggietta.

Vario Ostico nel frattempo aveva tenuto il conto: uno, pollice, via l'Orrido; due, indice, via i luoghi natali. Toccava, tre, al medio, parco della Rimembranza adesso?

«No», rispose il Mongatti.

Il medio rientrò.

Ma.

«Visti i tempi stretti, abbiamo pensato sia meglio evitare discorsi», comunicò guardando il Crispini che l'aveva bell'e pronto in tasca e s'era anche illuso di proporlo in anteprima durante l'urgente riunione.

«In quanto alla preghiera dei combattenti», proseguì il podestà rivolgendosi al segretario della sezione Combattenti e Reduci che l'aveva fatta provare e riprovare in coro ai suoi iscritti, «ritengo che un momento di silenziosa riflessione sarà più che sufficiente.»

In silenzio Vario Ostico incassò il colpo.
Pranzo e pomeriggio danzante infine venivano confermati, si affrettò a dire il Mongatti.
«Siamo d'accordo?» chiese poi.
«D'accordo o no...» mormorò il maestro Parpuetti.
«Bisognerà avvisare la popolazione», osservò Carolingio Sfezzati.
«Certo», rispose il Mongatti.
Sarebbe stato fatto subito tramite altro manife...
Ma si bloccò.
I presenti lo guardarono in attesa che finisse la frase.
Vana attesa.
«Il Berebelli!» scappò detto invece al Mongatti.
Il Berebelli cosa?, chiesero gli sguardi dei presenti.
«Scusate», disse il podestà, «ma se non ci sono altre osservazioni o domande dovrei proprio scappare.»

42.

La domanda c'era.

Inquieta, stava nella testa di Venerando Scaccola. L'aveva vista passeggiare nervosa, avanti e indietro, sbattendo contro la dura teca del cranio perché ormai non vedeva l'ora di farsi parola e cercava la strada giusta.

Cosa diavolo aveva in testa di fare suo fratello, che intenzioni aveva?

Come fossero sintomi di una malattia, lo Scaccola maior aveva messo in fila tutte le stranezze del Gualtiero: le passeggiate, le zufolate, il canticchiare, certe parole con le quali cercava di spiegarsi e non spiegava un bel niente. Infine, novità del giorno prima, clamorosa a dir poco, che l'aveva lasciato dapprima a bocca aperta e poi chiusa, obbligando il fratello a ripetere ciò che aveva appena detto: assumere un aiutante.

Un aiutante?, aveva chiesto ma con la sola espressione del viso, gli occhi soprattutto.

Sì, aveva ribadito il Gualtiero, un aiutante.

E per farne che?, lui, sempre silenzioso, bastandogli un lieve scuotere della testa per farsi capire.

Ma per avere più tempo a disposizione, aveva risposto il Gualtiero.

E cosa ne avrebbero fatto?, era infine riuscito a chiedere il Venerando parlando a scatti, riferendosi a quel tempo guadagnato.

Per impiegarlo nel fare qualcosa che adesso, nella situazione in cui erano dovendo lavorare di notte e dividersi il giorno tra il dormire e lo stare in bottega, non si potevano permettere. Un aiutante invece, un garzone che stesse in bottega, avrebbe concesso loro il lusso di poter disporre di una mezza giornata di libertà, e tutti i giorni!

«Se ti sentisse nostro padre», aveva allora mormorato il Venerando quasi che fosse davvero lì, nascosto da qualche parte, pronto a farsi avanti per distribuire calci in culo e ribadire le sue regole.

«Non ci può sentire», aveva ribattuto il Gualtiero pragmatico. «Tu invece sì, mi hai sentito e non mi hai ancora risposto.»

La domanda a quel punto aveva vinto la resistenza dell'osso e trovato la via della lingua di Venerando Scaccola.

Si poteva sapere cosa gli stava succedendo da un po' di tempo a quella parte?

«Te lo dico solo se accetti di assumere un aiutante», aveva risposto il Gualtiero.

«Rispondi alla mia domanda», aveva insistito il Venerando.

«E tu prometti», aveva rilanciato il Gualtiero.

«D'accordo», aveva ceduto il Venerando.

Si erano seduti uno di fronte all'altro e lo Scaccola minor aveva detto che per capire quello che gli era successo bisognava provare, non c'era altro mezzo: il fischiettare, il canticchiare, l'andare a fare due passi, guardarsi in giro mica glieli aveva insegnati qualcuno. Era come se fossero dentro di lui e a un certo punto fossero usciti. Da quella mattina, aveva chiarito, in cui era uscito dalla loro bottega come se dovesse affrontare mostri e invece tutto era filato liscio e, una volta fuori dal municipio, aveva cominciato a respirare come se di polmoni ne avesse quattro. E quattro pure gli occhi, quattro le orecchie, doppio pure il naso che aveva annusato profumi mai sentiti prima. Da quel momento non era più riuscito a fare a meno di quelle sorprese che erano aumentate via via che s'era preso la libertà di andare in giro. E siccome da cosa nasce cosa, ecco che era nata anche l'idea di pigliarsi un aiutante, un garzone di bottega.

«E chi sarebbe?» aveva poi chiesto il Venerando.

Ecco, aveva risposto il Gualtiero, lì stava il bello! Quelle, aveva detto, erano le sorprese di cui aveva fatto cenno e che la vita ti riservava se avevi il coraggio di disobbedire a certe regole. Un caso, ma benedetto! L'aveva incontrata...

«Così per caso?» aveva interloquito il Venerando cui era sfuggito che trattavasi di femmina.

«Lasciami dire», aveva detto il fratello.

L'aveva incontrata, stava dicendo, parecchie sere prima durante una delle sue uscite sul lungolago. Teneva due borse per mano, pesanti a quel che sembrava, e soprattutto zoppicava. Si poteva evitare di chiedere se le servisse una mano? No, appunto, e lui l'aveva fatto. Lei...

«Ma lei chi?» di nuovo il Venerando.

«Aspetta», aveva rintuzzato il Gualtiero.

Lei sulle prime aveva detto «Grazie, no», e aveva ripreso a camminare ma dopo due passi s'era fermata, seduta su una panchina per massaggiarsi la caviglia. Lui allora era tornato indietro e le aveva detto che a suo modo di vedere una mano le serviva davvero. Lei aveva sospirato e aveva risposto «Forse sì». Ma non s'erano mossi dalla panchina, avevano chiacchierato per un po'. Due chiacchiere da niente, la caviglia distorta la mattina mentre scendeva dallo scalone della villa e adesso gonfia e dolorante, quelle due borse piene di cose da lavare e stirare che le avrebbero rubato ore di sonno e poi a un certo punto lei: «Grazie, ma adesso devo proprio andare», aveva detto.

Lui, rapido, aveva afferrato le due borse e non aveva voluto sentire ragioni, l'aveva accompagnata fino a casa. La sera dopo era tornato lì, s'era impalato davanti al cancello della villa. L'aveva detto lei che lavorava in villa. L'aveva attesa, casomai avesse ancora pesi da portare, una caviglia mica guarisce in una notte. Be', pesi non ne aveva, ma zoppicava. Lui s'era fatto avanti, aveva salutato. Ah, siete voi!, aveva detto lei. Sì, aveva confermato lui, ed era lì nel caso avesse avuto bisogno ancora di un aiuto. No, era stata la risposta, però se non avessi quest'accidenti di caviglia... Ci vuole qualche giorno di riposo, aveva osservato lui. E lei aveva fatto un sorriso, ma un po' brutto. Riposo eh?, aveva mormorato. E chi glielo dice a quelle due bestie lì, aveva commentato facendo un cenno al cancello della villa. Se salto una giornata ho bell'e perso il lavoro, aveva chiarito, e un altro chi me lo dà? Era stato in quel momento che al Gualtiero era sbocciata l'idea.

«Quale idea?» aveva chiesto il Venerando.

«Ti ci vuole così tanto per capire?» aveva chiesto il Gualtiero.

Ma, ma, ma, avevano tremolato le labbra dello Scaccola maior.

Voleva forse dire che 'sto aiutante, 'sto garzone era forse una...

«Una garzona?»

«Non saprei se si può dire così», aveva risposto il Gualtiero.

Meglio forse continuare a parlare di un aiutante ma piazzarci un bell'apostrofo tanto per non sbagliare.

43.

Di Trinita Berebelli si poteva con certezza dire che fosse una specie di sentinella col preciso compito di tenere d'occhio il marito quando gli veniva affidato qualche lavoro. Il Talpone tendeva infatti a essere piuttosto permissivo con sé stesso, se gli saltava il pirlo piantava lì per andarsi a fare un bicchiere o due all'osteria o anche solo due passi col preciso scopo di trovare qualcuno a cui scroccare una sigaretta. La Trinita però capiva al volo che il marito se l'era svignata perché non sentiva più rumori provenire da sotto, nello specifico quel cling e clang che rompeva i coglioni a mezza contrada quando il tipografo era all'opera. Spesso quindi, quando c'era del lavoro in ballo, tralasciava volentieri i mestieri di casa e andava a piazzarsi in tipografia, rigida appunto come una sentinella che mollava il posto di guardia solo quando l'opera era compiuta.

Così aveva fatto quella mattina e a maggior ragione poiché il lavoro era stato ordinato dal signor podestà in persona ed era ancora lì quando il Mongatti entrò in tipografia e il Berebelli, con la soddisfazione di aver rispettato i tempi e la garanzia di un'oretta libera all'osteria prima di cena, gli allungò il pacco dei manifesti.

«Non vanno bene», fu l'uscita del Mongatti senza nemmeno dar loro un'occhiata.

La Trinita, che aveva appena smesso i panni della sentinella, mise quelli della fanteria d'assalto, decisa a difendere l'onore della ditta. C'era anche lei quando il Mongatti li aveva ordinati, aveva sentito bene. Quindi podestà o non podestà, cosa voleva dire non vanno bene?

«Evviva i panettieri», disse indicando un manifesto.

L'aveva detto lui e così stava scritto.

«Lo so, ma non vanno bene lo stesso», insisté il Mongatti.

Perché le cose nel frattempo erano mutate. L'evviva, il giubilo avevano cambiato destinatario.

«Non più i panettieri bensì il Federale», spiegò.

«E questi?» chiese il Berebelli.

La discussione si stava mangiando il tempo di un salto all'osteria.

«Inutili», riassunse il podestà.

«Però il lavoro è stato fatto», osservò la Trinita.

Chiaro l'intento.

«Ma certo», ammise il podestà. E come tale sarebbe stato pagato. Il problema adesso era ben altro.

«Ne ho bisogno altrettanti ma con la scritta EVVIVA IL FEDERALE.»

Non solo, proseguì il Mongatti, perché oltre a quelli aveva bisogno anche di manifesti che annunciassero il nuovo programma modificato.

«Con una certa urgenza», aggiunse.

Il Berebelli stava per obiettare che ormai, stante l'ora, ci si sarebbe messo l'indomani. La Trinita lo anticipò.

«Non dubitate. Domani mattina avrete tutto sul vostro tavolo», garantì, ma anziché il Mongatti guardando il marito.

Il che significava niente osteria, cena veloce, avanzi in poche parole, e poi di nuovo giù, alé, al lavoro. E cling e clang, e cling e clang, fino al levar dell'alba per la felicità dei contradaioli.

44.

Il 18 aprile 1930 l'alba sorse alle ore cinque e ventisei minuti. La vide, o meglio la intravide, il tipografo Berebelli quando, portato a termine il lavoro, stracco come un asino uscì in contrada a pisciare.

Si perse lo spettacolo sua moglie Trinita invece, perché, dopo averlo piantonato fin verso la mezzanotte, quando era stata certa che tutte le osterie del paese erano ormai chiuse, l'aveva lasciato solo e se n'era andata a dormire.

Nemmeno Venturina Garbati poté godere della luce del nuovo giorno e non avrebbe saputo dire da quanto tempo mancava all'appello delle levate antelucane. Da che era a servizio in villa, tra i tanti compiti che aveva c'era infatti anche quello di correre presso la latteria sociale per prendere un litro di latte fresco di mungitura e portarlo al signore che si alzava rigorosamente alle sei e pretendeva di averlo sulla tavola. Solo dopo poteva tornare a casa per sistemare padre e figlio prima di far ritorno in villa. Quella mattina invece s'era presa tutto il comodo del mondo perché la sera precedente, prima di uscire da villa Agugli insalutata come sempre, s'era tolta la soddisfazione di comunicare alla signora che se il signore suo marito desiderava il latte come al solito, dal giorno seguente avrebbe dovuto andare a prenderselo di persona o provvedere in altro modo. All'obiezione della padrona, «Sarebbe a dire?», la Garbati aveva risposto: «Quello che ho detto», e se n'era andata sorridendo.

«Tutto a posto?» le aveva chiesto Gualtiero Scaccola che l'aspettava come ormai d'abitudine sul lungolago. Alla risposta della Venturina lo Scaccola minor aveva affermato che gli sembrava proprio il caso di brindare e, lui per la prima volta nella sua vita, la Garbati per la seconda, erano entrati al caffè dell'Imbarcadero ordinando due marsalini. L'allegria aveva contagiato il Gnazio Termoli che aveva cercato di sapere se ci fosse in ballo qualche occasione speciale. Che ne sapeva, un compleanno, un onomastico...

«O forse avete vinto al lotto?» aveva buttato lì.

«Di più, di più», aveva risposto la Venturina.

O bestia, e cosa c'era di più importante che mettersi in tasca un po' di soldi senza fare fatica?

«Cambiare vita.»

Ma era stato solo un pensiero che aveva attraversato la mente dei due e al Termoli non era rimasto altro da fare che rimettersi in saccoccia la curiosità. In ogni caso, marsalino o no, Gualtiero Scaccola aveva allegramente lavorato l'intera notte mentre Venturina Garbati aveva fatto sogni d'oro e al risveglio, ben oltre il sorgere dell'alba, aveva controllato l'ora. Erano le sette passate da pochi minuti. Aveva tutto il tempo per sistemare padre e figlio e poi avviarsi con comodo per giungere in perfetto orario sul luogo del suo nuovo lavoro: alle otto, come d'accordo con lo Scaccola minor che l'aspettava per presentarla a un Venerando che, pur con lentezza, stava cominciando a capire come girava il mondo oltre i confini del forno.

Il Berebelli stava invece faticando a capire. Alle otto e trenta aveva portato in municipio i manifesti consegnandoli al Fizzolati che li aveva subito deposti sulla scrivania del Mongatti. Alle nove circa però lo stesso Fizzolati s'era presentato in tipografia per dirgli che il podestà aveva urgente bisogno di parlargli. Il tipografo stava sistemando le sue cose prima di salire in casa e concedersi un po' di meritato riposo.

«Cosa c'è?» aveva chiesto.

Il messo gli aveva risposto secco, sapeva un cazzo lui, però gli aveva consigliato di sbrigarsi perché il Mongatti gli sembrava un po' su di giri. Il tipografo gli aveva chiesto un momento per salire in casa e darsi almeno una lavata, richiesta che nascondeva però l'intenzione di portarsi dietro la moglie. Ma il Fizzolati era stato categorico.

Per lavarsi avrebbe avuto tutto il tempo dopo, adesso doveva sbrigarsi! Lo voleva capire che il podestà era inverso come una biscia?

Inverso a dir poco!

Il Berebelli non fece in tempo a entrare nel suo studio che il Mongatti, con entrambi i manifesti uno per mano, gridò: «Sono sbagliati!».

«Sbagliati?» reagì il tipografo.

Sbagliati come, sbagliati dove? Se anche sua moglie aveva controllato la composizione del testo prima di passare a stamparli!

«Complimenti anche alla signora allora», sbottò il Mongatti.

Ignoranti tutti e due!

«Non...» borbottò il Berebelli.

«Non ci arrivate eh?» ironizzò il podestà.

Be', allora glielo doveva proprio spiegare.

«Cosa c'è scritto qui?» fece indicando con l'indice una parola del testo.

«Federale», rispose il Talpone ingobbendosi verso un manifesto.

«No», ribatté il Mongatti, «non c'è scritto Federale, una cosa qualunque piuttosto, quasi un'offesa, un'ingiuria!»

Il Berebelli si accartocciò, da quando in qua federale era un'offesa?

Ma il Mongatti non gli lasciò il tempo di chiedere lumi.

«Federale si scrive con l'effe maiuscola. È una carica, un grado, una gerarchia, un titolo prestigioso!»

«Quindi?» osò il Berebelli.

«Quindi», rispose il Mongatti, «adesso che voi ne siete al corrente così come a breve anche la sua signora visto che glielo spiegherà, mi userete la cortesia di ristamparli avendo l'accortezza di non sbagliare.»

«E quelli?» chiese il tipografo accennando agli altri che stavano sul tavolo.

«Potete usarli per...»

Il Mongatti, ricordando ruolo e luogo, si fermò per tempo.

«Avanti», disse, «datevi da fare. Li voglio qui entro stasera al più tardi.»

Sulla via del ritorno il Berebelli cercò di capire se ci fosse modo di incolpare la Trinita per l'errore. Ma non c'era verso, sarebbe stato tempo perso e probabilmente avrebbero finito per litigare, facile che la Trinita affermasse che lei glielo aveva detto ma lui... Meglio lasciar perdere, ragionò, se voleva rispettare la consegna doveva piuttosto darsi da fare.

E cling e clang di nuovo quindi, per tutto il pomeriggio fino al tramonto che avvenne alle ore diciotto e cinquantatré minuti.

45.

Fu il battellotto Regolizia a commentare sabato mattina, primo fra tutti i bellanesi, il nuovo manifesto. Lo fece subito dopo la partenza del battello delle sei, al banco del caffè dell'Imbarcadero, davanti a un bicchiere di anisetta e sotto gli occhi di un insonnolito Termoli.

«Meno male che il 21 è dopodomani, se no chissà quanti altri cambiamenti ci dovevamo aspettare.»

Il Gnazio ignorava la novità, non aveva ancora visto il nuovo manifesto. Il giorno prima aveva avuto dal Borsa il permesso di staccare e stracciare i vecchi. I nuovi invece, stampati in numero ridotto, campeggiavano solo negli spazi preposti.

Bellanesi!

Si informa che Sua Eccellenza il Segretario Federale
Gariboldo Briga Funicolati intende rendere ancora
più memorabile la giornata del 21 prossimo venturo
presenziando di persona all'arrivo degli iscritti
al Sindacato Panettieri.
In causa dell'inaspettato quanto graditissimo onore
codesta amministrazione modifica come di seguito
il di già annunciato

PROGRAMMA

Ore 10.00 Arrivo dei gitanti panettieri

Ore 10.30 Accoglienza di Sua Eccellenza il Federale
presso il molo

Ore 11.00 Raduno presso il municipio per il saluto delle autorità

Ore 11.30 Visita al parco della Rimembranza per l'omaggio ai Caduti

Restano confermati
il pranzo e il pomeriggio danzante con libero accesso.
La popolazione tutta è invitata a manifestare
compostamente in omaggio al prestigioso visitatore.

Il Podestà

Il Termoli, informato, scrollò le spalle, a lui cambiava niente. Al Regolizia un pelino sì perché era stato precettato per fare assistenza all'attracco insieme al collega Lungolo stante il prevedibile casino.

«Magari piovesse», sospirò. Così da spingere molti tra i gitanti a rinunciare, la gente a starsene in casa. Meglio ancora se fosse venuto giù uno di quei bei ventoni che facevano sospendere il trasporto via lago.

Le previsioni non lasciavano sperare in un cambio di tempo però. Cielo sereno, temperatura primaverile sia a Pasqua sia a Pasquetta, il giorno del Natale di Roma, l'aveva scritto anche il giornale. Tant'è che il maresciallo Maccadò non vedeva l'ora che il lunedì arrivasse affinché si consumasse quello che aveva definito il «battesimo dell'acqua» per l'intera famiglia. Oddio, non che l'intera famiglia avesse reagito alla proposta con incontenibile entusiasmo: il figlioletto perché non era ancora in grado di capire, Maristella invece sì, e proprio perché aveva capito, considerando il sospetto con cui ancora guardava le acque del lago, aveva chiesto al marito se non fosse meglio godersi a casa un intero giorno di libertà. Ma il Maccadò aveva sorvolato, avrebbe fatto bene a tutti, aveva dichiarato, stare lontani una giornata, cominciare a conoscere quello che c'era oltre i confini del paese.

Toccò all'appuntato Misfatti farsi latore di un messaggio che stese sulla gita programmata dal Maccadò un cielo greve di nuvole.

Fu quando la sera di venerdì dovette comunicare quanto il Mongatti aveva chiesto, quale favore speciale, a loro carabinieri. Il maresciallo aveva appena finito di trastullarsi il figlioletto Rocco sussurrandogli uno per uno i nomi dei paesi che il battello avrebbe toccato e godendo degli inestricabili farfugliamenti con i quali quello rispondeva. Farfugliò lui quando il Misfatti finì di spiegare il motivo della sua presenza lì a casa sua.

Cioè che il podestà, pur conscio di non poterlo pretendere ma tuttavia consapevole di quanto tra i doveri dell'Arma ci fosse quello di vigilare sull'ordine pubblico, chiedeva per il giorno di Pasquetta la presenza di un paio di carabinieri che sorvegliassero la folla dal momento dell'arrivo del Funicolati a Bellano a quello della partenza dello stesso per rientrare a Como. Era, aveva continuato il Mongatti, altrettanto conscio di non avere prove concrete che la situazione potesse degenerare ma temeva che certe teste calde, e ce n'erano, tanto pro quanto anti, potessero approfittare per creare turbolenze, rovinando la giornata. Inoltre invitava lui, quale più alta carica militare presente in paese, a unirsi al comitato di accoglienza.

«Si rimette alla nostra ben nota disponibilità», concluse il Misfatti.

La risposta del Maccadò fu appunto un farfugliare imprecazioni mentre Maristella copriva le orecchie al figlioletto.

«Cosa facciamo?» chiese l'appuntato quando il Maccadò finì di imprecare.

«Ne parliamo domani mattina», rispose il maresciallo.

«Io mi rendo disponibile», dichiarò il Misfatti.

Sapeva che proprio nella giornata del 21 il maresciallo aveva messo in conto la gita in battello, gliene aveva parlato un paio di giorni prima, prevedendo anche la necessità di una vigilanza: ma insieme avevano concordato che tre di loro, due sul campo e uno in caserma, sarebbero stati più che sufficienti.

«Consideri che quello non si fermerà per più di un'ora, un'ora e mezza», aggiunse a mo' di consolazione.

Voleva dire in pratica che l'intero pomeriggio era libero, un pezzo di gita lo si poteva salvare.

«Vedremo», soffiò il Maccadò, che insieme al giro in battello vedeva sfumare l'occasione di stare alla larga da tutto quel pecorame.

Nero, per di più.

46.

I pugni ai fianchi, dalla finestra del suo studio il Federale Funicolati sabato mattina stava guardando il cielo. Sereno.

Peccato che da lì non si vedesse il lago.

Comunque: «Le previsioni danno tempo bello?» chiese al suo segretario.

«Così dice il giornale», rispose l'Incensati. Che essendo l'organo ufficiale della Federazione dei Fasci di Combattimento mica poteva sbagliare.

«Motonave sia allora», decise lui.

Scartata senza nemmeno prenderla in considerazione l'ipotesi di viaggiare confuso nel volgo dei panettieri, aveva finto per un paio di giorni di valutare quella di salire a Bellano con un idrovolante, come il segretario gli aveva proposto dipingendo con enfasi l'impatto che avrebbe avuto sul popolo in attesa, e, senza dirlo, immaginando di essere lui stesso ai comandi visto che aveva da poco acquisito il brevetto di volo.

Da sempre però al Federale volare dava più di un pensiero. Le rare volte in cui gli era toccato salire su uno di quegli affari, nelle notti che avevano preceduto il volo non aveva fatto che sognare schianti, eliche che si fermavano di punto in bianco, serbatoi vuoti, piloti impazziti all'improvviso e votati al suicidio. Per non dire dei sommovimenti di stomaco e intestino anche se il viaggio era filato liscio.

La motonave quindi, messa a disposizione dalla Milizia

Confinaria con la quale avrebbe raggiunto la destinazione senza patemi di sorta.

«E il discorso?» chiese poi.

«Lo sto definendo», rispose il segretario.

«Mi raccomando», fece il Funicolati che subito si cacciò in bocca due dita a riposizionare quell'accidenti di dentiera ballerina.

Con la penna in mano lui se la cavicchiava, ma cosa ci stava a fare un segretario?

Il Funicolati aveva tracciato le linee generali di ciò che avrebbe detto. In apertura un elogio alla diuturna fatica dei panettieri con qualche tocco elegiaco tipo la terra che dona il pane e quelle cose lì insomma, la gioia per vederli riuniti in quella giornata di festa grazie anche all'impegno del loro segretario...

«Però eviterei di nominarlo poiché mi sembra un po' troppo vanitoso», aveva suggerito.

...a seguire qualche parola sulla bellezza del paese, stando sul vago però, poiché non lo conosceva, dopodiché, stante i recenti eventi, una bella tiratina d'orecchie, che non facesse troppo male, ma che lasciasse intuire che bisognava darsi una regolata per il futuro perché anche la pazienza di un Federale aveva i suoi limiti: ecco i concetti sui quali l'Incensati doveva lavorare di fino.

«Un quarto d'ora, non di più», aveva però ordinato il Funicolati.

Poiché considerato che anche il podestà avrebbe voluto dire due parole e, chissà!, magari qualche altra sedicente autorità locale si sarebbe aggiunta, e, anche, che non poteva esimersi dal presenziare davanti al monumento ai Caduti...

Insomma, il tempo era quello che era, bisognava essere sintetici per non giungere in ritardo al pranzo ufficiale in quel di Como.

«Sarà fatto», promise il segretario. Dopodiché, prima di lasciare solo il Federale, si produsse in doverosi auguri.

«Buona Pasqua Eccellenza», disse, «a voi e alla vostra signora.»

Cioè donna Assioma Spenaroli in Briga Funicolati, sulle cui mattane il marito avrebbe potuto scrivere un romanzo.

47.

Maristella Maccadò aveva accolto con un sospiro di sollievo la notizia che il cosiddetto battesimo dell'acqua fosse a rischio di rinvio. La prospettiva di quella gita in battello l'aveva inquietata fin dal momento in cui il marito gliel'aveva proposta con entusiasmo. Non aveva obiettato per non dargli un dispiacere, ma la verità era che al lago non s'era ancora abituata, avvertiva un certo timore quando pensava a quell'acqua che le sembrava densa, pesante, capace, come aveva sognato una notte, di spaccarsi per aprire una voragine che avrebbe inghiottito il battello insieme con tutti quelli che c'erano sopra. Un sollievo che era durato poco però, solo fino a quando il marito le aveva detto che, in fin dei conti, una mezza giornata, quindi una mezza gita, la si poteva comunque salvare. L'aveva fatto la mattina del giorno di Pasqua, che il Maccadò trascorse a casa per via della rivoluzione dei turni condizionata dalla richiesta del Mongatti.

Era stato merito del brigadiere Mannu risolvere la cosa in quattro e quattr'otto. Sabato mattina, quando si erano ritrovati nell'ufficio del Maccadò, il Mannu aveva preso la parola per primo.

«Stando così le cose», aveva detto, «proporrei che chi ha famiglia se ne stia a casa, qui in caserma restiamo io e il Beola. Siete d'accordo?»

«Se la cosa non vi pesa...» aveva detto il maresciallo.

«Ci peserebbe di più non sapere dove andare a sbattere», aveva commentato il Beola.

«Giusto», aveva concordato il Mannu.

E il giorno dopo?

«Proporrei», era intervenuto il Maccadò, «Misfatti e Beola sul campo.»

Mannu ovviamente in caserma per ogni eventuale necessità, lui, benché a denti stretti, nel cosiddetto comitato di accoglienza pronto a sganciarsi quanto prima.

«Così una volta ripartito quello», aveva concluso il Misfatti, «lei maresciallo è libero.»

Il Maccadò aveva accennato di sì. Poi: «Vedremo, vedremo», aveva ripetuto, ma con un tono come se la cosa non gli facesse piacere o, peggio, non ne fosse convinto.

Il Misfatti aveva corrugato la fronte. Forse, aveva chiesto scherzando ma non del tutto, che il maresciallo aveva colto segni che annunciassero sfortune quali gatti neri, specchi rotti, cappelli sul letto, sale rovesciato sulla tavola...

«Non sono superstizioso», aveva risposto il Maccadò.

Il Misfatti un po' sì.

E stava cercando di ricordare cosa mancasse, tra gli animali, gli oggetti o le situazioni che menavano gramo, alla lista che aveva appena esposto.

48.

Una merda.

La mattina di Pasqua la perpetua Scudiscia se ne stava alla finestra della cucina, gli occhi fissi sul traffico che animava la piazza della chiesa. Erano le nove e trenta e la gente cominciava ad affluire per assistere alla messa grande. Per quanto la riguardava, le sue devozioni le aveva già fatte durante la prima del mattino, dove trovava il silenzio e la giusta concentrazione per immaginare e celebrare la resurrezione di Nostro Signore insieme a un ristretto gruppo di povere criste che non avevano tempo di imbellettarsi e sfoggiare un guardaroba più o meno nuovo dal momento che avevano pesanti famiglie sulle spalle.

Uno spetàcolo quello che si poteva godere dalla finestra della cucina! Spetàcolo vero, meglio che il cinema, pensava la Scudiscia, anche se dentro una sala cinematografica non aveva mai messo piede. D'altra parte che senso aveva spendere soldi quando poteva divertirsi a gratis nel veder passare ogni domenica sgonfiòni, desèrte, maltrainsèm delle più varie specie, oche giulive, ganassa e gagà, pancioni a stento compressi dentro i cappotti e deretani che parevano riluttanti nel voler seguire le proprietarie. Di naso fino, la Scudiscia annusava anche e benché avesse riottosi cespuglietti di peli in entrambe le narici, rigogliosi per di più perché pur strappandoli di tanto in tanto quelli rinascevano a dispetto, riusciva a cogliere profumi tra i più vari dentro le cui tracce scovava a volte effluvi d'ascella che una buona passata di sapone, più che un profumo, avrebbe potuto eliminare. Spetàcolo quindi che come tale aveva il suo dulcis in fondo.

Davvero in fondo perché arrivava sempre tra le ultime lei, la signora Menelik, alias la moglie del podestà Mongatti, che si era meritata quel soprannome a causa del lungo collo che alla Scudiscia aveva ricordato sin dalla prima volta quella razza di galline, che aveva come caratteristica principale, appunto, un collo lungo e senza piume. Piume a parte la signora podestà muoveva la testa a scatti, di qua e di là, proprio come i pennuti, la alzava e l'abbassava, dando l'impressione che il collo le si potesse allungare a piacimento. Quando spuntò al braccio del marito da via Roma fu quasi presa da un accesso di scatti, di qua e di là, di su e di giù. Era appunto girata verso la scalinata che portava all'Orrido e poi al cimitero quando il marito, fatto un passo, si fermò tenendo sollevato da terra un piede, il destro. Dall'espressione sconcertata che scese sul viso dell'uomo la Scudiscia comprese.

«L'ha pestà una merda», mormorò. E si godette il conseguente spettacolo, muto, ma comunque facilmente interpretabile: la Menelik che lo stava rimproverando per non aver guardato dove metteva i piedi, lui che invece la mandava a quel paese mentre tentava di pulire la scarpa strusciando la suola contro il bordo del marciapiede.

«Finis», disse ad alta voce quando i due entrarono in chiesa.

La piazza era vuota ormai.

La Scudiscia restò un momento a fissarla, pensando a coloro che l'avevano attraversata un anno prima e adesso invece non c'erano più e dovevano aspettare il giudizio universale per risorgere al pari del Signore. Poi, fatto un segno di croce, si mise all'opera perché doveva pensare al mangiare per il signor prevosto.

Sant'uomo quel sacerdote, mangiava come un uccellino, a volte faceva addirittura penitenza. Ma Pasqua era Pasqua e già dalla mattina aveva messo su a bollire una bella gallina con tanto di ripieno, ben sapendo quello che il prevosto avrebbe voluto: una tazza di brodo prima e poi, collo, ali e zampe da ripulire fino all'osso.

Quando il sacerdote fece ritorno in canonica era già pronto in tavola. Annusò felice per quel profumo, latore di un messaggio che ripeteva spesso: si mangia per vivere, non si vive per mangiare. E, allegro, una volta seduto a tavola chiese: «Allora, vi siete divertita stamattina?».

Conosceva il vezzo della sua perpetua, guardare la sfilata di tromboni e trombette la domenica prima della messa.

«Bastanza», rispose la Scudiscia. Che poi non si trattenne, rise.

«Un buon cristiano condivide sia ciò che lo rende allegro sia quello che lo intristisce», predicò con finta serietà il prevosto.

«Se proprio lo volete sapere...» ribatté la Scudiscia.

E non si fece pregare a descrivere la Menelik che rimproverava il marito come un bambino e lui che la mandava a quel paese, prima la gamba in aria e poi giù, a grattare la scarpa contro il marciapiede.

«Non tutto il male viene per nuocere», commentò il prevosto, finendo il brodo e attaccando una zampa.

«Cioè?» fece la Scudiscia.

«Io non ci credo», rispose il prevosto, «ma dicono che porti fortuna.»

«Col sinistro», ribatté la perpetua.

«Come come?» chiese il prevosto.

La Scudiscia salì in cattedra.

«Se si pesta una... insomma una di quelle cose col piede sinistro è un segno di fortuna. Col destro invece no», spiegò.

Il prevosto depose sul piatto la prima zampa ormai ridotta ai minimi termini.

«E questa quando ve la siete inventata?»

«Mì?» reagì la Scudiscia.

Lei non s'era inventata niente, c'aveva mica la fantasia per inventare cose. Era roba francese, nel senso che lo dicevano i francesi. E lei lo sapeva perché l'aveva sentito dire da una sua specie di zio che aveva appunto lavorato in Francia facendo un sacco di mestieri, anche lo spazzacamino. Gli ultimi anni però, quando era ormai diventato una tosse unica, era tornato in Italia, a casa loro. E quando la tosse gli lasciava il tempo per parlare non faceva altro che dire che i francesi facevano così e dicevano cosà.

Era un continuo, Ah!, i francesi, i francesi sì che sapevano vivere!

Tant'è che in famiglia s'erano spesso chiesti perché non fosse rimasto là in Francia ad aspettare il momento di tirare la gambetta. Comunque, per farla breve, aveva concluso la perpetua, 'sto zio tra le tante aveva raccontato anche quella faccenda lì, della merda pestata con i piedi, col sinistro fortuna, col destro no.

«Non si finisce mai di imparare eh!» fece il prevosto attaccando la seconda zampa.

Quindi, a voler credere a quelle idiozie, il podestà si doveva aspettare un colpo di sfortuna.

«E proprio nell'imminenza della visita dell'illustre ospite», ironizzò il sacerdote.

La Scudiscia scrollò le spalle. Nemmeno lei credeva a quelle cose. Ma, chissà, forse si sarebbe messo a piovere rovinando la festa.

«Difficile», affermò il sacerdote.

Le sue giunture non davano segnali scricchiolanti. E poi bastava guardare il cielo, annusare l'aria. A meno di qualche imprevedibile evento, anche il giorno seguente sarebbe stato splendido, l'ideale per una gita via lago.

49.

L'opinione del professor Osippo, ginecologo presso l'ospedale Sant'Anna di Como, tenuto in conto di sant'uomo dalle suore di Maria Bambina impiegate anche nel suo reparto, era che le mattane di Assioma Spenaroli in Briga Funicolati fossero da mettere in relazione a una precoce menopausa. Non altrimenti si poteva spiegare come fino a un certo punto la donna fosse stata schiva, dedita alle cure domestiche, aliena alla mondanità mentre, quando ormai era prossima ai quarant'anni, aveva cominciato ad accusare il marito di trascurarla, di trattarla al pari di una serva, confinandola in casa mentre lui partecipava a cene, feste, manifestazioni, come se si vergognasse di mostrarla in pubblico. Non aveva dubitato della sua diagnosi l'Osippo, ma aveva voluto un parere che la rinforzasse, escludendo altri motivi, e aveva chiesto un consulto al collega Servitori, neurologo e consulente del manicomio provinciale San Martino. Il quale, dopo aver visitato la donna, aveva sì concordato con l'Osippo, la menopausa c'entrava eccome!, ma sospettando un substrato isterico aveva voluto procedere a una serie di sedute d'ipnosi per indagare più a fondo. Così era giunto a scoprire che Assioma Spenaroli, quand'era bambina, dopo averlo sbirciato in un'occasione, aveva sviluppato un'invidia per il pene del fratellino, tant'è che mentre la interrogava su quell'evento in piena incoscienza era solita darsi una grattatina da quelle parti. Così aveva concluso che adesso il suo desiderio inconscio era che, raggiunta la menopausa come se così si chiudesse la sua esperienza femminile sulla terra, potesse finalmente sviluppare un affare come quello che aveva occhieggiato tra le gambe del fratellino. Informato, il Funicolati, un po' sconcertato invero, aveva chiesto cosa si potesse fare. La risposta era stata che altro non gli restava che sopportare quelle mattane e, entro i limiti del possibile, dare soddisfazione alle richieste della moglie onde evitare di peggiorarne lo stato dell'umore. Tenendo presente, aveva aggiunto il neurologo, che un buon segno premonitore del temporale in arrivo era proprio la grattatina.

«Laggiù, se mi intendete», aveva sottolineato, simulando il gesto.

Proprio com'era successo la mattina di Pasqua.

Da che era stato avvisato, il Funicolati, senza darlo a vedere, aveva tenuto d'occhio la moglie quando l'aveva intorno, casomai, ecco... insomma, col preciso scopo di cogliere quel tal segnale.

La mattina del 20 aprile, sentitala alzarsi, aveva finto di dormire ancora ma l'aveva sbirciata.

Ed eccolo, grat grat!

Quindi s'era chiesto in che maniera sua moglie avrebbe sfogato la mattana in arrivo visto che l'avrebbe avuta con sé il giorno seguente tanto al pranzo ufficiale presso l'hotel Volta quanto al concerto serale in piazza mentre la giornata odierna era dedicata a festeggiare la Pasqua a casa insieme con parenti di lei e di lui. Dieci per l'esattezza.

La parte Funicolati era rappresentata dal fratello del Federale, Osimino con la moglie Bellerina. C'erano poi la madre Climide, vedova, e uno zio, Superato. La prima era svanita come una bolla di sapone: nonostante l'avesse vista decine di volte, non appena entrata in casa Funicolati aveva esclamato: «Ma che bella casa avete!». Lo zio Superato invece aveva subito chiesto qualcosa da bere, meglio se forte, dando a vedere in che modo avrebbe celebrato la giornata pasquale. Da parte Spenaroli erano intervenuti il segaligno padre Carolo e la madre Filetta che da giovane aveva avuto l'ambizione di farsi soprano e aveva preso lezioni di canto. La sua carriera non era mai decollata per l'opposizione del marito secondo il quale l'unico posto di una donna era la casa: la Filetta aveva subìto ma, forse per vendetta, quando parlava sembrava farlo in chiave di do. A completare la compagnia avevano provveduto la sorella dell'Assioma, Balnearia, con il marito, l'orafo Franco Tremito, un fratello del Carolo, lo zio Parolo, gigolò nei bei tempi andati, di cui nessuno sapeva con certezza di cosa campasse ma che le trame della famiglia stavano cercando di spingere verso un tardivo matrimonio con l'ultima degli invitati, Orina, sorella del mancato soprano. Era stato a metà del pranzo, ordinato per intero al ristorante Falcone e servito in tavola da una cameriera all'uopo cooptata, che la verità si era rivelata al Funicolati. Merito, o colpa, dello zio Superato che ormai già fin dagli antipasti aveva raggiunto uno stato di beatitudine, mantenendolo poi grazie al sequestro della caraffa di vino rosato che era stata messa in tavola. Con afflato d'ebbro s'era levato in piedi e, dondolando un po', aveva voluto brindare ai padroni di casa, lanciandosi poi verso le glorie d'Italia e finendo con una tirata sulla giornata che nella confusione pensava stessero celebrando.

«Evviva il Natale di Roma!» aveva detto ricadendo sulla sedia.

A quel punto tutti s'erano guardati: lo zio Superato, come da nome, aveva superato il limite, prendendo letteralmente fischi per fiaschi. Non era stato difficile provvedere perché una volta tornato a sedere lo zio aveva socchiuso gli occhi e poi si era francamente addormentato. Non aveva opposto resistenza infatti quando il gigolò d'antan e l'Osimino l'avevano sollevato e messo a riposo in camera da letto. Ma quando erano ritornati s'erano trovati nel bel mezzo di un siparietto, la mattana dell'Assioma era in atto. Era bastato che Carolo Spenaroli, per riportare nel salone calma e serietà, chiedesse al cognato quali fossero i programmi per l'indomani perché all'accenno di una visita volante in quel di Bellano la donna scattasse, chiedendo al marito perché mai lei non ne sapesse niente, una mano sotto la tavola. Il Funicolati sapeva bene cosa quella mano stesse facendo.

«Pensavo che non ti interessasse», aveva detto, cercando di tamponare l'emergenza.

La risposta secca della moglie l'aveva convinto di non avere scampo.

«So io quello che mi interessa!»

«Be', allora», aveva replicato lui, «se proprio vuoi...»

«Voglio», aveva tagliato corto lei.

«Siamo d'accordo allora», aveva chiuso alla bell'e meglio il Funicolati per allontanare la tempesta.

Si poteva, adesso, proseguire in pace il pranzo?

La mano di Assioma Spenaroli era riemersa da sotto il tavolo, a segno che si poteva.

Verso le quattro il pranzo era terminato. Pure lo zio Superato, benché un po' stonato, era riemerso dalla camera da letto e tra baci, abbracci, saluti e i nuovi complimenti della Climide per la bellezza della casa, marito e moglie erano rimasti soli. Così il secondo tempo della mattana aveva potuto avere luogo.

Erano le cinque del pomeriggio quando, dopo aver appreso come il marito aveva intenzione di raggiungere Bellano, donna Assioma aveva detto: «No».

Via lago, no, non se ne parlava nemmeno!

I sobbalzi delle barche, fossero a vela o a motore, le davano nausea e vertigine. L'odore stesso di quell'acqua, il sentore di pesce la disturbavano. Per non dire poi di ciò che si raccontava attorno a certi mostri che ne abitavano la profondità e che di tanto in tanto si diceva che affiorassero.

«Cazzate», aveva obiettato il Federale.

«C'è chi li ha visti», aveva opposto lei.

«Sì, e sono tutti ricoverati al San Martino», aveva sorriso il Funicolati.

In ogni caso, s'era impuntata la donna, via lago, no.

«E come ci vuoi venire, a piedi?» aveva chiesto il Federale.

«Non mi hai mai portato su un idrovolante», aveva affermato lei.

Il Gariboldo aveva deglutito.

«Lo farò, te lo prometto... solo che, insomma, è già tutto predisposto e poi è quasi sera, capisci...»

La moglie l'aveva interrotto.

«Abbiamo paura?» aveva inquisito.

Il Federale aveva esitato. Bersaglio centrato in pieno, esatto, volare gli metteva paura. Però era un segreto, non ne aveva mai fatto parola ad alcuno, nemmeno con la moglie.

Che in qualche maniera, magari parlando nel sonno, gli fosse sfuggito qualcosa che avesse rivelato quella sua debolezza?

«Paura?» aveva risposto cercando di dimostrarsi sprezzante. «E di cosa?»

«E allora? Forse che il segretario provinciale non ha il potere di ordinare una cosa tanto semplice, anche se è quasi sera?» aveva ironizzato la donna.

«Non è questione di...» aveva interloquito Gariboldo.

«E allora idrovolante», aveva chiuso la moglie.

Idrovolante?

La domanda, verso le sei di sera, era sorta nella mente del segretario Incensati e vi era rimasta chiusa. Dalla bocca era uscito solo un timido: «Ma se...» la cornetta in mano.

Ma se lui stesso glielo aveva proposto ricevendo un netto rifiuto.

Ma se...

Il Funicolati aveva tagliato corto.

Forse che un Federale non aveva il potere di cambiare

programma, ordinare e ottenere una cosa così semplice anche se era quasi sera?

«Ma certo, ma certo...» s'era prostrato l'Incensati.

«E allora datevi da fare, idrovolante e basta. E con me ci sarà la mia signora.»

«Allora», aveva replicato il segretario che già si sentiva i comandi tra le mani, «se posso avere l'onore...»

«Toglietevelo dalla testa», aveva troncato il Funicolati. Già l'idea di volare gli avrebbe tolto il sonno, figurarsi se a condurre quell'affare ci fosse stato un pivello fresco di brevetto.

«Voglio il migliore», aveva ordinato.

Cioè Davidone Tre Rombotuanti che nel settembre 1927 a Venezia aveva partecipato alla Coppa Schneider pilotando un Macchi M.39.

Dopodiché si era predisposto a una notte greve di incubi.

50.

Venturina Garbati sognò colombe, bianche colombe che volavano di qua e di là. Non solo: anche campane che suonavano, organi che con la loro musica irrompevano nel silenzio, scarpe, con evidenza nuove di pacca, che scricchiolavano e baci, smack!, e il sole in faccia e pure l'odore di sudore di certi abbracci. E chissà cos'altro ancora avrebbe colorato il sogno se il figlioletto non l'avesse svegliata per dirle che aveva mal di pancia. Potevano essere le tre o le quattro del mattino, non guardò l'ora. Quale che fosse era pur sempre buona per fargli presente che gliel'aveva detto, l'aveva avvisato il giorno prima che stava esagerando.

Quattro fette!

Quattro fette della colomba che Gualtiero Scaccola le aveva portato la mattina di Pasqua. Mica l'aveva acquistata alla pasticceria del Geco Pisillo, l'aveva fatta lui, aveva fatto notare, seguendo pari pari una ricetta.

«È la prima volta che provo, magari non è venuta perfetta», s'era giustificato.

Ma, inciampando nelle parole e tenendo gli occhi a terra, più che con le sue manine l'aveva fatta col cuore, aveva aggiunto arrossendo.

La Venturina aveva risposto con uno sbattere di palpebre, dolce farfallina!, e l'aveva invitato a entrare, un bicchierino di qualcosa glielo poteva offrire.

Il Gualtiero aveva detto no, era rimasto sulla soglia della porta di casa. Avrebbe accettato più che volentieri, ma lui e il Venerando dovevano riprendere subito il lavoro benché fosse Pasqua.

«Ci tocca infornare il pane che serve per il pranzo dei panettieri di domani», aveva spiegato. Dopodiché, finito il lavoro, visto che non erano fatti di ferro, avrebbero dovuto concedersi qualche oretta di sonno.

«Allora stasera magari», aveva proposto la Garbati.

Ancora no, aveva risposto lo Scaccola.

No perché, aveva spiegato senza dar tempo alla donna di chiedere, non voleva più aspettare per fare al fratello quel tal discorso di cui lei era informata, visto che ne era parte integrante. E aveva deciso che quella era la sera buona per mettere al corrente il Venerando che di lì a qualche mese, un annetto o quel che l'era, le cose sarebbero cambiate. Se l'era preparato il discorso neh!, bello liscio, sereno, tranquillo, perché al Venerando voleva bene, non intendeva fargli del male, e appunto per quello gli sarebbe piaciuto fargli capire quello che era successo a lui in quei giorni...

«Dentro qui e dentro qui», aveva detto il Gualtiero indicandosi prima il cuore e poi la testa.

...così magari avrebbe potuto cominciare a guardare alla vita che avevano fatto fino a quel momento con altri occhi, com'era successo a lui.

«Ci vediamo domani», aveva concluso il Gualtiero e la Venturina era salita in casa con la colomba della quale dopo pranzo il piccoletto s'era strafogato con ben quattro fette sotto gli occhi del nonno, che essendo privo di denti ne aveva consumata una piluccandola pian piano.

Forse c'era un po' troppo lievito, aveva giudicato la Venturina. E infine, quando aveva visto che il figlio stava per allungare di nuovo le mani verso il dolce, l'aveva sequestrato e chiuso nella dispensa. A sera, nonostante le proteste del piccolo non aveva ceduto, la colomba era rimasta sotto chiave ma, una volta messi a letto nonno e nipote, l'aveva ripresa per ammirarla con un sorriso per tutto ciò che significava. Poi anche lei era filata a letto e a un certo punto aveva iniziato a sognare bianche colombe che volavano di qua e di là, campane, baci e abbracci fino a che aveva cominciato a sentire una vocina che non era quella di un paggetto che l'accompagnava all'altare ma quella del figlio col mal di pancia.

Dopo una camomilla, o quella o la minaccia di una bella purga il giorno seguente... camomilla, il piccoletto aveva voluto stare nel letto con la mamma e nell'arco di dieci minuti s'era riaddormentato. Lei no. Più che tornare a sognarle, aveva pensato a occhi aperti alle colombe che volavano di qua e di là, ascoltando il canto degli uccelli che annunciavano l'alba, intuendo la prima luce del giorno attraverso le persiane chiuse e infine alzandosi senza far rumore per andare in cucina e dare un'occhiata fuori.

Non c'era dubbio alcuno, la gran giornata stava cominciando sotto i migliori auspici.

51.

Anche al carabiniere Beola era sembrato di sognare. Un sogno buio, come se fosse dentro una caverna oppure in un bosco talmente fitto che i raggi del sole non riuscivano a penetrare. Caverna o bosco che fosse, in ogni caso nel sogno c'era, invisibile, una bestia che ululava e che, ne era certo, si preparava ad aggredirlo. Per evitare che la faccenda finisse male s'era svegliato.

Il sogno era svanito, ma il buio persisteva, visto che potevano essere sì e no le sei.

Il buio ma anche quella specie di ululato che, si era reso conto, saliva dalla branda accanto alla sua dove avrebbe dovuto dormire il brigadiere Mannu. Avrebbe, perché appunto, anziché dormire, si lamentava, steso su un fianco, accartocciato in posizione fetale. Era saltato fuori dal letto e così com'era, mutandoni e maglia a maniche lunghe, s'era appressato al letto per chiedere al Mannu cos'avesse.

«Tengo dolori e brenti», la risposta.

Il Beola non aveva capito.

«Mal di pancia», aveva tradotto il sardo.

Il Beola s'era allarmato.

«Mi faccia vedere brigadiere», aveva detto.

Dopo emesso l'ennesimo lamento il Mannu s'era girato a guardarlo, il volto sudato e sofferente.

«Ma cosa vuoi vedere, va' a chiamare il dottore piuttosto», aveva mormorato a fatica.

«Solo un'occhiata», aveva insistito il Beola.

Il Mannu cosa poteva fare, inchiodato com'era al letto da quelle fitte di fuoco? S'era disteso.

«Poi chiama il dottore per favore», aveva pregato mentre il carabiniere gli aveva palpato con delicatezza l'addome.

«Niente dottore», aveva invece deciso il Beola terminata l'ispezione.

Ospedale piuttosto.

«È un'appendicite!» aveva affermato.

Il Mannu, sulla spinta dell'ennesima fitta, aveva avuto giusto il tempo di sussurrare, «Ma che cazzo ne sai», e il Beola non era già più lì.

Se con un orecchio aveva ascoltato i lamenti e le parole del brigadiere, con l'altro aveva colto i passi, il fischiettare assonnato e il rumore di chiavi del Gnazio Termoli che stava aprendo il caffè dell'Imbarcadero e aveva predisposto il piano d'azione. Dalla finestra dell'ufficio dell'appuntato Misfatti aveva chiamato il Termoli, ancora sulla soglia del caffè.

«Venite qui, per favore, subito!»

Nell'atrio della caserma gli aveva fatto un quadro della situazione e descritto le mosse da fare.

«Io porto in ospedale il brigadiere», aveva detto.

Lo avrebbe accompagnato, a piedi, non ci voleva molto ma non c'era tempo da perdere.

«E io?» aveva chiesto il Termoli.

«Voi restate qui», aveva risposto il Beola.

Lì in caserma, nell'atrio, non negli uffici, ad avvisare eventuali questuanti dell'emergenza e pregandoli di aspettare, sempre lì nell'atrio, guai salire negli uffici. Il Termoli non aveva avuto nemmeno il tempo di obiettare. Qualche minuto più tardi il Beola e il brigadiere, quest'ultimo quasi piegato in due e con un braccio sulla spalla del collega, con indosso i pantaloni della divisa e sopra nient'altro che la maglia a maniche lunghe, erano scesi dalle scale e s'erano avviati alla volta dell'ospedale mentre il Termoli con un gesto rispondeva a un altrettale gesto del battellotto Regolizia che più tardi gli avrebbe spiegato come mai il caffè dell'Imbarcadero fosse ancora chiuso.

Fu suor Anastasia ad accogliere i due carabinieri nell'astanteria dell'ospedale: sudati e stravolti entrambi, sulle prime la religiosa non capì subito chi fosse il sano e chi il malato. Provvide il Beola a chiarirle le idee.

«È un'appendicite, sorella!»

La suora abbozzò.

«Stendetelo sul lettino intanto», rispose facendo strada verso la saletta del pronto soccorso.

Una volta eseguito l'ordine, mentre il Mannu continuava a emettere gemiti, anche lei diede un'occhiata all'addome del carabiniere.

Un'appendicite, e coi fiocchi.

«Chiamo subito il professor Bombazza», disse, ma...

Ecco, se il giovanotto voleva restare ne aveva la libertà, ma non si azzardasse a parlare di appendicite in presenza del Bombazza, cara persona e raffinato chirurgo, ma un po' suscettibile delle sue prerogative.

«D'accordo», rispose il Beola.

Tanto la sostanza non cambiava. Quella era un'appendicite, come più tardi lo stesso Giulio Cesare Bombazza confermò.

«Eh, quando c'è l'occhio clinico!» sospirò mentre il brigadiere era già pronto per i ferri nella camera operatoria.

«Io vado», disse allora il Beola controllando l'ora, una ventina di minuti alle sette. Non aveva ancora finito di agire per rimettere sui binari quella mattina partita storta. Suor Anastasia però l'aveva fermato, curiosa.

«Come sapevate che si trattava di un'appendicite?»

Il Beola s'era stretto nelle spalle.

«Quand'ero piccolo un mio compagno di scuola era figlio di un medico. Passavamo interi pomeriggi a sfogliare i suoi libri...» aveva risposto.

«Però!» aveva esclamato la religiosa.

Poi il Beola s'era scusato, ma doveva proprio andare, erano le sette meno un quarto.

Pochi minuti dopo l'appuntato Misfatti se lo trovò sulla soglia di casa. In pigiama a righe verticali gialle e blu, l'appuntato squadrò la mise fuori ordinanza del Beola.

«Posso spiegare», rispose questi, riassumendo con precisione e rapidità.

Il Misfatti fece due conti.

«Ma in caserma chi c'è?»

Informato: «Tornaci subito», ordinò, «provvedo io a informare il signor maresciallo».

Mentre si vestiva, il Misfatti non poté esimersi dal mettere al corrente dell'accaduto la signora appuntata.

«Non tutto il male vien per nuocere», filosofeggiò.

Stando così le cose infatti, con lui e il Beola in piazza, in caserma ci doveva stare il Maccadò, esentato per necessità dalla rogna di dover stare nel cosiddetto comitato d'onore. Una fortuna siffatta però voleva il suo prezzo, in quel caso la mezza gita in battello che chissà mai se sarebbe andata in porto.

«D'altronde non si può avere tutto dalla vita», concluse uscendo da casa quando non mancavano che pochi minuti alle sette e trenta.

52.

I

Nella magnificenza dei suoi trentadue metri di lunghezza e cinque e cinquanta di larghezza, lustro e luccicante, il piroscafo *Baradello* splendeva tra il piatto azzurro dell'acqua del lago e quello più diluito del cielo mentre, all'altezza del molo B, attendeva i panettieri. L'Inticchi, solitario nei pressi della passerella, lo guardava come se fosse una sua creatura. Erano le sette e mezza del mattino ma era lì fin dalle sei e tre quarti, aveva accolto il comandante, il personale di bordo e i macchinisti. Di panettieri ancora nemmeno l'ombra ma non poteva mancare molto a che arrivassero. Era stato categorico in quel senso: partenza alle otto spaccate, considerando che bisognava fare una sosta in quel di Argegno per raccogliere altri panettieri, una decina, colà in attesa, che avrebbero completato il numero dei gitanti, sessantacinque. Non si poteva sgarrare di un minuto, l'arrivo in quel di Bellano alle dieci doveva essere trionfale, una regia perfetta che non aveva rivelato a nessuno: sbarcato il Federale si sarebbe fatto avanti lui per omaggiarlo a nome dei gitanti davanti alla folla in attesa. Alle otto meno venti, mentre già il nervosismo cominciava ad attanagliarlo, il torpedone che aveva raccolto i panettieri di Erba e Cantù si accostò al molo scaricando i passeggeri mentre quelli di Como giungevano alla spicciolata. L'Inticchi ne aveva un elenco preciso, cominciò l'appello, spuntando un nome dopo l'altro. L'aveva appena fatto con quelli del canturino Gesuino Sfinito e moglie Faraona quando avvertì un colpetto sulla spalla. Si girò.

«Chi comanda qui?» si sentì chiedere.

A rivolgergli la domanda era il seniore della Milizia Confinaria Anco Filaroli.

«Io», rispose l'Inticchi con un fremito d'orgoglio.

«Bene, allora, statemi a sentire», disse il Filaroli.

Perché lui doveva coordinare l'arrivo del Federale e il suo trasbordo...

«Come trasbordo?» sfuggì all'Inticchi.

«Trasbordo», ribadì il miliziano, «non sapete cosa significa?»

Perché il Federale avrebbe viaggiato in idrovolante con tanto di signora al fianco mentre lui con un altro paio di miliziani e il giornalista de «La Provincia-Il Gagliardetto», che sempre doveva seguirlo per stendere un resoconto delle sue uscite, l'avrebbero seguito con una motonave della Confinaria visto che per l'idro non c'era possibilità di attracco. Da cui la necessità di caricarlo dopo l'ammaraggio per portarlo sulla terraferma.

«Quindi onde evitare intralci ho necessità di accordarmi affinché il battello...»

«Ma mica lo guido io il battello», interloquì l'Inticchi.

«E chi diavolo siete?» chiese il Filaroli.

«Sono il segretario del sindacato panettieri», si qualificò l'Inticchi con voce in falsetto.

«E non potevate dirlo prima? Chiamatemi il comandante adesso, su, veloce!» sbottò il miliziano impettendosi e inspirando imperiosamente l'odore di acqua ferma che stagnava intorno.

II

«Le cose vanno chiamate col loro nome», stava dicendo la moglie del podestà.

E quello che si avvertiva ancora nell'aria della camera altro non era se non odore di merda. Quella che il marito aveva pestato il giorno prima, portandosela in chiesa.

«Ma va'», fece lui.

«O sì», ribatté lei.

Non se n'era accorto?

Be', lei e quelli che stavano loro intorno invece sì, anche se per rispetto avevano fatto finta di niente. Quindi se anche per il resto della giornata voleva continuare a farsi guardare storto se le mettesse pure quelle scarpe.

«D'accordo», concluse il Mongatti, «facciamola finita.»

Che gliene desse un altro paio perché ormai erano quasi le nove e in municipio lo aspettavano il segretario Menabrino, il maestro Parpuetti, il messo Fizzolati e il Crispini per fare il punto della situazione.

«Mi sembri un bambino il giorno della sua prima comunione», ironizzò la moglie.

«Mi sono impegnato in prima persona affinché tutto fili alla perfezione, quindi...» ribatté lui.

«Sì, sì, lo so», si sovrappose la voce della moglie, «l'onore, la dignità, la gloria del paese...»

Dopodiché s'involò, partita alla ricerca di un paio di scarpe pulite.

Il Mongatti rimase col resto del discorso nella bocca semiaperta.

D'altronde, rifletté come suo solito, cazzo capivano le donne di politica!

III

«Non siamo qui per divertirci», disse il Federale Funicolati alla moglie con l'intenzione di chiudere una discussione che durava da una decina di minuti.

Lo voleva capire che quella era una missione squisitamente politica, di rappresentanza?

«Be'», ribatté lei, «ma visto che siamo arrivati con un po' di anticipo, che il tempo c'è...»

«Non se ne parla», la chiuse lui dandosi una sistemata alla dentiera con gli indici infilati in bocca.

E il pilota Davidone Tre Rombotuanti si ritirò in buon ordine sotto lo sguardo feroce del Funicolati e quello invece deluso della moglie Assioma che era giunta presso l'idroscalo in largo anticipo rispetto all'orario di partenza, le nove e trenta. Colpa del marito che, dopo una notte tribolata, aveva pensato di lenire l'ansia in previsione del volo facendo due passi all'aria aperta e raggiungendo in solitudine il molo.

Camminare?, s'era meravigliata lei. Con un autista a disposizione che aspettava sotto casa fin dalle otto e mezza? Voleva forse privarla dei privilegi di cui, in quanto moglie di un Federale, poteva godere? O forse si vergognava...

Il Funicolati l'aveva fermata. Chissà, aveva pensato, forse senza che lui avesse potuto vederla s'era data il solito grattino che preludeva a una nuova mattana.

«No, no, no», aveva detto.

Quei due passi all'aria aperta, aveva mentito, gli servivano per ripassare e chiarirsi i temi del discorso che avrebbe dovuto tenere. Per il resto, se lei voleva raggiungere l'idroscalo in macchina, l'autista era a sua disposizione. E la donna non aveva avuto esitazioni.

«Ci vediamo là», aveva detto.

Davidone Tre Rombotuanti era già lì, massiccio nella sua veste di pilota. Aveva supervisionato la preparazione dell'idro, ponendosi poi a lato della cabina in attesa degli illustri viaggiatori. Così, imponente, ritagliato come un eroe nella limpidezza dell'aria, l'aveva visto donna Assioma percependo l'ingiustizia del destino che l'aveva fatta nascere donna. Ma al contempo reagendo, facendosi sotto al Davidone con piglio deciso, presentandosi e chiedendo lumi sulle caratteristiche dell'idrovolante. Il

Davidone non aspettava altro, lo sguardo gli si era illuminato.

«Idrocorsa, per la precisione», aveva subito corretto.

Idrovolante da corsa, in pratica. La sua configurazione a scarponi, monomotore e monoplano ad ala bassa lo testimoniava, aveva continuato. La ditta Macchi l'aveva progettato apposta per partecipare alla famosa Coppa Schneider cui anche lui, nel '27, aveva preso parte con una buona riuscita.

«Credetemi signora», aveva assicurato il Davidone, «questa che vedete è una macchina eccezionale con la quale si può evoluire in totale sicurezza.»

Alle parole del pilota, la moglie del Federale aveva percepito un fremito laggiù, e aveva esclamato: «Quanto mi piacerebbe!».

A quel punto il Funicolati era arrivato, per nulla tranquillizzato dalla passeggiatina. La moglie gli era corsa incontro sottoponendogli la richiesta di fare un giretto prima di partire alla volta di Bellano.

«Sono a disposizione», aveva affermato il Davidone. Il tempo c'era per farsi un voletto.

Il Funicolati aveva atteso che le mucose delle fauci, secche per una nuova ondata di ansia, tornassero a inumidirsi prima di rispondere.

«Non se ne parla!»

Non erano lì per divertirsi, non erano in gita come i panettieri ormai partiti da tempo e che, come da programma, dovevano aver già raggiunto e superato lo scalo di Argegno.

IV

Il podestà Mongatti guardò l'ora, le nove e trenta.

«Signori siamo in pista», disse, battendo l'indice sull'orologio.

Secondo quanto comunicato il *Baradello* coi panettieri doveva essere in viaggio già da un'ora e mezza mentre...

«Adesso», disse, mostrando l'orologio.

...l'idrovolante con il carico del Federale si stava staccando dalle acque del lago, seguito da una motonave della Confinaria che l'avrebbe caricato per sbarcarlo in paese.

Quindi c'era ancora un po' di tempo per verificare che tutto fosse pronto prima di prendere posizione.

«Ripassiamo», ordinò il Mongatti.

Il *Baradello* coi panettieri avrebbe attraccato sbarcando i gitanti che sarebbero stati salutati dalla folla presente accalcata sia sul lungolago sia in piazza Grossi. Una volta scesi dal natante si sarebbero disposti anche loro in attesa di accogliere il Federale.

Il corpo musicale schierato davanti alla pensilina d'accesso all'attracco dei battelli pronto a partire con *Giovinezza* non appena il Funicolati avesse messo piede a terra.

Lui, il Mongatti medesimo, col segretario Menabrino e il Fizzolati in divisa da messo e con gonfalone del Comune sotto la pensilina per accogliere l'ospite. Il maresciallo Maccadò, purtroppo, non sarebbe stato della partita poiché un improvviso malore del suo brigadiere aveva scombinato i turni di caserma.

«Cose che capitano, andiamo avanti», proseguì il Mongatti.

Al termine dell'inno il maestro Crispini, cui la presenza del giornalista da Como aveva tolto il ruolo di cronista della giornata, avrebbe rivolto un breve...

«Breve, mi raccomando», fece il Mongatti.

...indirizzo di saluto all'ospite.

«A quel punto», continuò, avrebbe preso avvio il corteo verso il palazzo municipale. Davanti il corpo musicale, libero di suonare una marcetta. Subito dietro il solo Fizzolati col gonfalone, poi podestà e Federale seguiti da segretario e Crispini, i panettieri, compatti e guidati dall'Inticchi e infine i bellanesi che, coi panettieri, si sarebbero accalcati nel piazzale sottostante il balcone del municipio in attesa dei saluti di benvenuto e dei discorsi. L'Inticchi, se voleva, poteva salire con loro sul balcone ma non era previsto che parlasse.

Era tutto chiaro?

V

«Non credo che ci sia bisogno di farvelo presente», stava dicendo il maresciallo Maccadò al Misfatti e al Beola, «ma ve lo dico lo stesso.»

Quel servizio andava considerato come una speciale cortesia che loro carabinieri facevano al podestà in virtù dei buoni rapporti che erano sempre intercorsi tra l'amministrazione comunale e la caserma a differenza di come era sempre andata invece con quegli altri fessacchiotti nerovestiti. Per nessuna ragione al mondo quindi dovevano dare l'impressione di essere coinvolti nell'arrivo del gerarchetto che era in viaggio.

«Un atteggiamento marziale ma distaccato è quello che vi chiedo di dimostrare», specificò.

Così come distaccati, a debita distanza, dovevano piazzarsi rispetto al resto della folla. Pronti a intervenire nel caso se ne fosse presentata la necessità ma esibendo una somma indifferenza a discorsi, inni, saluti e a qualunque altro teatrino si fosse verificato.

«Domande?» chiese infine.

Né l'appuntato né il carabiniere ne avevano.

«Portate pazienza», concluse il Maccadò, «in fin dei conti il tutto si dovrebbe concludere nel giro di un'oretta.»

«Magari», sfuggì all'appuntato Misfatti.

«Magari?» inquisì il Maccadò. «Sospetta forse qualcosa appuntato? Ha avuto qualche soffiata? Se ha dei dubbi li dica, è questo il momento.»

«No», rispose il Misfatti, nessun dubbio.

Diceva così, per dire.
Però...
«Insomma, la giornata non è cominciata nel migliore dei modi», buttò lì il Misfatti, anche se da poco suor Anastasia aveva comunicato che l'intervento era filato liscio e in capo a una settimana il brigadiere Mannu sarebbe tornato come nuovo o quasi.
«Già», timbrò il maresciallo chiudendo gli occhi.

53.

I

«Ma che cazzo!» sfuggì sottovoce al comandante di lungo corso Furio Molecola.

Erano le nove e qualche minuto. I dieci che attendevano il *Baradello* in quel di Argegno erano appena stati imbarcati. Due colpi di sirena s'erano già spenti nell'aria, segno che il piroscafo era pronto a riprendere il viaggio. Di fatto però non si mosse.

Quindi: «Ma che cazzo!» imprecò allora il Molecola.

Cosa diavolo c'era, perché mai la barca non si muoveva?

Dal ponte di comando, attraverso l'interfono, gridò la domanda nelle orecchie del macchinista Ancorati.

«Cosa succede? Perché non si va?»

L'Ancorati, i pugni ai fianchi, stava guardando accigliato la sala macchine, silenziosa come una tomba. Alla voce del Molecola sobbalzò.

Cosa stava succedendo? si chiese sottovoce.

Non lo sapeva, si rispose altrettanto sommessamente come se stesse provando una battuta.

«Non lo so», rispose poi.

Il comandante emise una sorta di nitrito, segno di massima irritazione.

«Non lo sai? E a chi lo devo chiedere allora?»

«A me», confermò l'Ancorati.

Ma così, su due piedi, non lo sapeva dire. Il generatore

a vapore non s'era messo in moto, ecco. Il problema era stabilire se c'era un guasto e dove.

In un pistone?

Nel meccanismo biella-manovella?

Che fosse saltata qualche diavolo di valvola?

Per stabilirlo gli ci voleva un po' di tempo.

«Non ne abbiamo», replicò il Molecola.

«E allora!»

L'esclamazione esplose alle spalle del Molecola, sparata dalla bocca dell'Inticchi. Per una decina di minuti il segretario, ipnotizzato, aveva guardato la lancetta dell'orologio. Quando quella dei minuti aveva raggiunto le nove e un quarto era partito in tromba, salendo nella cabina di comando per avere spiegazioni sulla mancata partenza, zigzagando tra i panettieri che, insensibili al suo dramma, avevano appena intonato la canzone *El por Luisìn.*

«E allora cosa?» invelenì il Molecola. Aveva il viso congesto, quasi violaceo sui pomelli.

L'Inticchi fece per esporre la sua protesta ma quello lo anticipò.

«Voi chi siete?» chiese.

«Sono il segretario provinciale del sindacato dei panettieri!» rispose con tutta l'enfasi del caso. Un'enfasi che non fece presa sul Molecola.

«E allora tornatevene tra le vostre michette, voi non avete alcun diritto di stare nella cabina di comando», ordinò il Molecola.

«Lo farò non prima di capire cosa succede! Perché non siamo ancora ripartiti? Abbiamo un orario da rispettare!»

I panettieri intanto continuavano a cantare.

E per tri mes de fila
E quasi tucc i dì
El pasegiava semper
Domà per vedemm mì.

Il Molecola ne approfittò.
«Fate una bella cosa, unitevi al coro e lasciatemi lavorare. E se proprio avete fretta di ripartire posso fornirvi un paio di remi!»
La durezza con la quale il comandante aveva parlato lasciò di stucco l'Inticchi per un istante.
«Ma che modi sono, e che cazzo!» sbottò poi.
«Che cazzo lo devo dire io!» replicò il Molecola.
Non solo.

II

«Ma che cazzo fanno?» mormorò a sua volta il seniore Anco Filaroli.
La motonave della Confinaria era partita da Como contemporaneamente all'idro. I due piloti si erano accordati per mantenere una velocità costante e uguale in modo da potersi controllare a vista e giungere assieme a Bellano, lasciando che il trasporto dei panettieri arrivasse un po' prima. Secondo il programma il battello a quell'ora doveva essere già oltre Argegno.
Quindi, cosa ci faceva lì?
«Accostiamo un attimo», ordinò il Filaroli al pilota, voleva vederci chiaro.
«Che succede?» chiese il cronista al seguito.
«Come volete che lo sappia?» rispose il milite.
Nessuno lo sapeva, men che meno il macchinista Ancorati: la maschera di dubbio che gli era calata sul viso diceva chiaramente che non riusciva a spiegarsi perché mai il motore non ne volesse sapere di ripartire. Quando la motonave della Milizia fu a qualche metro dal *Baradello,* l'Inticchi con un ordine greve di isterismo urlò ai panettieri di tacere. Le mani a coppa intorno alla bocca il seniore gridò: «Cosa succede?».
Rispose l'Inticchi sporgendosi dal parapetto.

«Non va, è fermo!»
Imbecille, pensò il Filaroli.
«Questo lo vedo anch'io, ma...»
Dalla cabina di comando esplose la voce del comandante Molecola, megafono in mano.
«C'è un guasto!»
«Che guasto?» replicò il Filaroli.
«Guasto e basta!» sintetizzò il Molecola.
«E adesso?»
A porre la questione fu il segretario Inticchi guardando un po' il Molecola e un po' il Filaroli.
«Cosa volete che faccia», replicò il comandante, «che mi metta a spingerlo?»
L'Inticchi si sgonfiò, avrebbe anche pianto, mentre un paio di panettieri cominciarono a canticchiare:

Ma che bel battello,
diron diron dirondello...

C'era il rischio che altri partecipassero al coro.
«Vi annego se non chiudete subito il becco!» li minacciò l'Inticchi.
Ma si sarebbe annegato lui.
Cosa si poteva fare adesso? Su a Bellano li stavano aspettando, lui stesso aveva preso accordi con il segretario del Federale, era tutto organizzato...
«Alt!»
Fu la voce del seniore a interrompere le sue geremiadi.
Femminuccia! pensò.
Perdere tempo in chiacchiere e lamenti non avrebbe portato a niente. Ci voleva qualcuno che prendesse in mano la situazione con fermezza: lui.
Bisognava sostituire il battello!
«Ma come?» fecero in coro l'Inticchi e il Molecola, quest'ultimo sempre col megafono alle labbra.
Semplice.

«Torno a Como e ne faccio venire su un altro», spiegò.
«Ma perderemo un sacco di tempo», piagnucolò, in modo però di farsi sentire, l'Inticchi.
«Avete un'idea migliore?» chiese il Filaroli.
Non stette nemmeno ad ascoltare l'eventuale risposta.
Coglione, mormorò tra sé.
«Avanti», ordinò poi al pilota.
Si tornava a Como. E a tutto gas.

III

All'altezza di Tremezzo Davidone Tre Rombotuanti diede un po' meno gas, riducendo la velocità. Visto che a bordo c'era una signora evitò di ricorrere a espressioni scurrili.
«Che fine ha fatto?» si chiese una volta compitata per bene la frase, ad alta voce: aveva già dato più di un'occhiata verso il lago, della motonave nessuna traccia.
Il Funicolati, teso come una corda di violino, interpretò quelle parole a modo suo. Si riferiva forse alla benzina o all'olio, finiti o prossimi all'esaurimento? A una pala dell'elica o a un pezzo di ala che si erano staccati? O a qualcosa che in un modo o nell'altro stava mettendo a rischio il volo?
Con cautela, giusto per non scoprire le sue paure: «Tutto bene?» chiese.
Incauto invece il Davidone rispose: «Non direi».
L'ansia del Federale esondò.
«Spiegatevi perdio!»
Il pilota si girò a guardarlo.
«Non perdete d'occhio la strada e ditemi cosa sta succeden...»
Il Funicolati però non riuscì a finire la frase, rimanendo bloccato a bocca aperta. La moglie, dietro di lui, comprese al volo.

«Ancora?» chiese.

«Mmm», rispose il marito, una mano davanti alla bocca, l'altra a frugare dentro cercando di rimettere in sede la dentiera che s'era spostata per l'ennesima volta.

«Bisogna che ti decida a fartene una nuova e a buttare quel ferrovecchio», disse l'Assioma.

Il marito si girò e la guardò senza parlare. Ci voleva tanto a capire che quello non era argomento che gradiva fosse affrontato davanti a estranei come il pilota?

Che nel frattempo aveva obbedito all'ordine del Federale.

«Tutto lì», finì di spiegare.

«Tutto lì cosa?» riprese il Federale, che occupato a portare a termine la sua manovra non l'aveva seguito.

Niente di che, ripeté il Rombotuanti, ma avevano perso di vista la motonave e non sapeva cosa fare: virare per tornare indietro e riallinearsi oppure proseguire.

«Avanti, avanti», sbottò il Funicolati anticipando di un secondo la moglie che avrebbe gradito l'emozione di una virata. La motonave non poteva essere tanto indietro. Al massimo l'avrebbero attesa su, al concordato appuntamento al largo di Bellano.

54.

Gliel'aveva insegnata sua madre quella canzone siciliana, la cantava spesso e, una volta che anche lei l'aveva imparata, più volte l'avevano cantata insieme.

Mi votu e mi rivotu suspirannu
Passo li notti 'nteri senza sonnu...

A Maristella Maccadò tornò in mente verso metà mattina quando, sistemata la casa, s'era presa in braccio il figlio e s'era posizionata alla finestra a guardare il lago.

Piatto, lustro, invitante.

Passo li notti 'nteri senza sonnu

canticchiò.

Non tutte le notti ma quella appena passata sì, al pensiero che su quelle acque che non le facevano troppa simpatia avrebbe dovuto passare anche solo una mezza giornata per non dare dispiacere al suo Né. Lei aveva tentato, quando il marito le aveva detto che per una questione di buon vicinato...

«Chiamiamola così», aveva detto.

...si vedeva costretto a rinviare la partenza al mattino.

«Nel primo pomeriggio però sì, non appena stacco», aveva promesso.

E lei aveva tentato di dissuaderlo.

Perché fare le cose di fretta? Non era meglio rinviare? In fin dei conti il lago mica scappava.

«Certo che no», aveva risposto lui.

Ma se poi alla prima occasione utile il tempo fosse cambiato...

«Metti che piova!»

...oppure tirasse vento, facesse troppo caldo, Rocchineddu...

«Facciamo le corna!»

...non stesse bene oppure capitasse qualcosa a lui...

«Intendo dire un guaio in caserma.»

E oppure, oppure, oppure, il Maccadò aveva chiuso la lista dicendo che: «Bisogna cogliere l'attimo».

Maristella s'era stretta nelle spalle.

«Va be'», era stato il suo commento e quella sera era andata a letto un po' tribolata. Non che avesse perso del tutto il sonno, quel tanto però che le aveva permesso di sgranare gli occhi ben prima dell'alba così che quando l'appuntato Misfatti s'era presentato con la novità alla porta della loro casa s'era alzata insieme col marito e l'aveva seguito inquieta.

Il Misfatti aveva la faccia delle scuse: per l'ora e per l'ambasciata.

Il Maccadò, ascoltate le sue parole, aveva tirato un sospiro, poi l'aveva congedato, avvisandolo che, il tempo di vestirsi, l'avrebbe raggiunto.

«Mi dispiace», aveva poi detto a Maristella.

Col guaio del Mannu finito in ospedale e il Beola che dopo trentasei ore di servizio continuato aveva diritto a una mezza giornata di riposo, restavano solo lui e l'appuntato a badare alla caserma.

«In sostanza, niente gita», aveva detto.

Maristella aveva contenuto il sollievo.

«Dispiace anche a me», aveva risposto.

Ma in fin dei conti si trattava solo di un rinvio ad altra occasione. Glielo aveva detto no?, il lago mica scappava.

55.

Già da quasi un'ora a Bellano tutto era pronto per accogliere i panettieri e l'illustre visitatore. I venti elementi del corpo musicale s'erano piazzati a semicerchio davanti alla pensilina dell'imbarcadero. Per ingannare il tempo avevano provato allo sfinimento l'attacco di *Giovinezza* dopodiché il maestro li aveva tenuti lì ordinando di non muoversi quando un paio di musicanti, il trombone Chierico e il clarino Citrolli a lui ben noti, avevano espresso il desiderio di andare a bagnare il becco nel bar lì appresso.

«Tenetevi pronti piuttosto», aveva suggerito. Labbra umide, polmoni belli carichi. Allora clarini, cornette, tromboni, il basso e il genis s'erano sfogati a sparare note, pit, pet, pot, cui, tum tum, s'era unita anche la grancassa tanto per non restare inattiva.

I battellotti Regolizia e Lungolo, quali sentinelle, stavano in punta al pontile, una corda per ciascuno in mano, pronti a favorire la passerella per la discesa dell'Eccellenza. La gente fin dalle nove e trenta si era via via accumulata sia sul lungolago sia in piazza Grossi così da avere una perfetta visione dell'ammaraggio dell'idro e dell'arrivo della motonave. In parecchi reggevano i piccoli manifesti con la scritta «Evviva il Federale» che il Fizzolati, dopo averli distribuiti un po' ovunque, aveva consegnato brevi manu ai presenti prima di prendere posizione. Podestà, segretario, il Crispini, lo stesso messo infine col gonfalone stretto in entrambe le mani erano allineati appena sotto la pensilina.

Di tanto in tanto dalla folla si levava una voce che asseriva di aver sentito il ronzio dell'apparecchio in avvicinamento. Bastava una scoreggia appena un po' rumorosa o l'illusione di un gabbiano preso per una macchina volante per far scattare l'allarme, spingere decine di occhi a scrutare l'orizzonte. Tuttavia fino alle dieci e venticinque ancora nulla era comparso, né aerei in cielo né motonavi sulla superficie del lago.

Il Misfatti e il Beola, seguendo le indicazioni del Maccadò, s'erano piazzati a lato dell'edicola che sorgeva al centro della piazza. Lo stesso maresciallo stava a una delle finestre della caserma, osservando un po' quel lago piatto sul quale già avrebbe potuto navigare se la giornata fosse andata diversamente e un po' l'arrivo di sempre nuovi curiosi, chi alla spicciolata chi a piccoli gruppi. Tra costoro a un certo punto ci fu anche Venturina Garbati.

In verità alla donna fregava assai poco di assistere all'arrivo del Federale. E non l'avrebbe fatto se non avesse dovuto cedere alle insistenze del figlio che da un paio di giorni, avutane notizia, l'aveva pregata, scongiurata di portarlo a vedere l'idrovolante, infine convincendola. Cosa che invece non era riuscita a Gualtiero Scaccola col fratello Venerando.

Ormai, dopo avergli confessato che s'era trovato una morosa e che dopo una ragionevole attesa sarebbe probabilmente convolato a nozze, il Gualtiero, per il bene che voleva al Venerando, era passato a insistere affinché anche lui scoprisse quanto di bello si stava perdendo vivendo dentro gli stretti confini di casa e bottega: quella giornata poteva essere il suo personale battesimo per cominciare a respirare aria nuova, così gli aveva suggerito la sera prima.

Il Venerando però gli aveva risposto: «Fammici pensare».

Più tardi quella stessa mattina il fratello era ritornato

alla carica e lui aveva insistito che pensare, sì, ci aveva pensato: ma non ancora abbastanza.

Quando lo Scaccola giunse in piazza c'era già una gran folla. Si guardò in giro per individuare un posto dove poter avere un buon punto d'osservazione ma gli balzò subito all'occhio la Venturina che, figlio alla mano piangente e recalcitrante, stava riprendendo la via di casa. Non c'era verso di fendere il muro umano che le stava davanti, nessuna possibilità per il piccolo di riuscire a vedere qualcosa, inutile che stessero lì.

Il Gualtiero allora sorrise: «E che ci vuole?» disse.

La Venturina non ebbe nemmeno il tempo di chiedere cosa intendesse, in un amen il piccolo era già sulle spalle del Gualtiero e spiccava sopra il resto delle teste presenti.

«Bene così?» chiese.

«Benissimo!» esultò il giovanetto.

«Eccolo!» gridò in quell'istante una voce dalla folla.

L'idro, un puntino per il momento, nessun rumore.

Un silenzio di chiesa scese sulla piazza.

I battellotti, una mano ciascuno sulla fronte, scrutarono il lago verso Bellagio: secondo le istruzioni ricevute doveva spuntare anche la motonave.

Si scambiarono poi un'occhiata.

«Io non la vedo, tu?» chiese il Regolizia.

«Nemmeno io», fu la risposta del socio.

L'idro intanto stava scendendo di quota piano piano, mentre sembrava che la piazza stessa trattenesse il respiro seguendo la manovra del Davidone che l'avrebbe portato ad ammarare. Quando lo fece, sollevando appena due baffi d'acqua, dai presenti si levò un applauso frenetico come se fosse stato scampato un pericolo.

Erano le dieci e trenta, il piroscafo *Bisbino*, gemello del *Baradello*, stava per raggiungere Argegno mentre la motonave della Confinaria, benché filasse a tutto gas, era ancora lungi dal doppiare la punta spartivento di Bellagio.

Come dentro il fermo immagine di un film tutti i presenti, dal Mongatti al maestro Parpuetti, che teneva la cornetta alta in mano, fino al maresciallo Maccadò alla finestra, erano fermi e zitti, in attesa che l'azione riprendesse.

L'idro cominciava a ondeggiare, sollecitato da un primo accenno di breva. Due minuti e donna Assioma uggiolò un lamento, avanguardia di nausea e vertigini che la prendevano quando stava sull'acqua. Toccò al Federale sbottare, ben sapendo che la moglie, compresa nei suoi malesseri, non l'avrebbe rimproverato per la scurrilità. Rigenerato dalla felice conclusione del volo: «Che cazzo aspettiamo?» chiese.

Il Davidone rispose l'ovvio: la motonave che avrebbe dovuto compiere il trasbordo.

«Ma non c'è», osservò altrettanto ovviamente il Funicolati.

Quindi?

Fu uno dei due battellotti a scorgere per primo un braccio che uscì dalla cabina di pilotaggio dell'idro. A seguire ne emerse il crapone del pilota poi il secondo braccio e poi ancora le due mani che si composero a coppa attorno alla bocca del Davidone. Infine un grido che giunse incompleto alle orecchie dei più.

Quale che fosse il significato di quelle parole che si perdevano nell'aria o forse nell'acqua lungo i cento metri tra l'idro e la riva, l'evidenza era sotto gli occhi di tutti. Erano passati dieci minuti dall'ammaraggio, di motonavi della Confinaria non si vedeva nemmeno l'ombra.

«Mandiamo una barca a prenderlo», decise il Mongatti interpretando alla perfezione ciò che il Davidone aveva più volte gridato.

«Chi?» si permise di chiedere il Menabrino.

«Chi?» ribadì la domanda il podestà al Fizzolati che in quanto messo conosceva tutto e tutti.

Il Badalessa, rispose lui.

«C'è?» chiese il Mongatti.

«Boh, vediamo», rispose il Fizzolati. Se no bisognava andarlo a cercare a casa, magari era uscito a pescare la notte e adesso dormiva.

«Dai», ordinò il Mongatti.

Il Fizzolati non si mosse. Passò il gonfalone al Crispini che gli stava a lato. Poi, lui pure le mani a coppa sulla bocca: «Badalessa!» gridò.

Dalla massa si levò un: «Oooh!».

C'era, il Badalessa, ma non si mosse.

Toccò al messo reperirlo tra le ultime file dei presenti e dirgli di mettersi subito in barca secondo quanto ordinato dal Mongatti per andare a recuperare il Federale.

L'uomo soppesò la richiesta, storcendo la bocca e dondolando il capo.

«Paga lui o paghi tu?» chiese poi.

«Paga il Comune», promise il messo.

«Sicuro?» insisté il Badalessa.

«Ma sì!» sbottò il Fizzolati.

Però adesso non c'era tempo da perdere, che andasse, via!

Cinque minuti dopo il barcarozzo del Badalessa uscì dal molo e, fiit fiit, gemendo a ogni colpo di remo per via degli scalmi arrugginiti si avviò al recupero dei naufraghi.

I minuti scorrevano veloci, impietosi, il rugginoso canto dei remi si diluì dentro gli scuffi della breva.

Il Mongatti era sulle spine, sudava, gli occhi fissi sul Badalessa che non aveva certo il ritmo di un campione olimpionico. Stava in una bolla di pensieri neri tutta sua dentro la quale si permise di entrare il maestro Crispini con una domanda.

«Ma, i panettieri?»

I panettieri erano appena ripartiti da Argegno dopo essersi trasferiti dal *Baradello*, ferito nel motore, sul gemello *Bisbino.*

«E che ne so», rispose spazientito il podestà.

Ma un'altra domanda si aggiunse quando, dopo minuti lunghi come ore, il Badalessa, col sottofondo degli agonici fiit fiit, tornò col suo carico nei pressi del molo.

«E quella chi è?» mormorò il Mongatti.

56.

Donna Assioma era smorta come un petto di pollo, si teneva una mano in fronte nel tentativo di frenare la vertigine e l'altra sulla bocca per occultare le eruttazioni. Fu il Badalessa a svelare l'arcano, parlando direttamente col Mongatti quando giunse nei pressi dell'imbarcadero e vedendo i due battellotti pronti a lanciare le corde della passerella. Fece loro segno di lasciar perdere, poi si rivolse al podestà.

«Ho consigliato al marito di entrare nel molo e farla salire da lì», disse. Il trasbordo dal suo barcarozzo sarebbe stato tutt'altro che comodo oltre che rischioso per la donna viste le condizioni in cui versava.

Il Mongatti restò a guardarlo un istante boccheggiando.

Ma, ma, ma...

«Ma cosa?» chiese il Badalessa con l'espressione di quello scocciato.

Il podestà manco lo sentì. Fece uno più uno tra sé.

E concluse.

Quella, visto che il Badalessa aveva parlato di marito, non poteva che essere la moglie del Federale!

E... e nessuno l'aveva informato... nessuno si era preoccupato di avvisarlo che sarebbe intervenuta anche lei, così... così che non avevano preparato niente per omaggiare la signora, nemmeno un mazzo di fiori!

Ma perché...

«Andiamo, dai!» sbottò il Funicolati rivolto al pescatore, voce secca e padrona che riportò alla realtà il Mongatti.

«Eccellenza, noi...» miagolò quest'ultimo nel tentativo di mettere le mani avanti.

«Sì, dopo», troncò il Federale mentre il Badalessa prendeva la via del molo.

«Che si fa?» chiese allora il segretario Menabrino.

Il Mongatti non ebbe dubbi: stante l'ora e l'inconveniente della moglie del Federale il programma andava ulteriormente e istantaneamente modificato.

«Voi Crispini rimanderete ad altra occasione il saluto all'ospite», disse.

Poi, mentre il Badalessa entrava nel molo col suo carico, volò dal maestro Parpuetti dicendogli di ordinare ai suoi di compiere un mezzo giro e disporsi davanti alla scalinata così da essere pronti a partire con l'inno non appena Federale e signora fossero comparsi. Questione di un paio di minuti perché ormai i due, donna Assioma con la sola mano alla bocca, l'altra saldamente al braccio del marito, aveva già attaccato lo scalone che portava alla piazza. All'apparire di entrambi il maestro, cornetta in mano, diede l'ordine di attaccare *Giovinezza* ma il Funicolati agitò un braccio.

«Alt, alt, fermi!» gridò.

L'inno, aggiunse, in un altro momento. Adesso che portassero un cordiale alla sua signora.

La maggior parte dei presenti aveva seguito tutti quei movimenti senza ben capire cosa stesse succedendo. Al fine di non perdere nemmeno una mossa si era accalcata in piazza, occupandone pressoché ogni metro quadrato, obbligando il Misfatti e il Beola, onde mantenere il doveroso distacco, a spostarsi lungo il molo.

«Va bene qui», disse l'appuntato quando furono di fronte al palazzo municipale sul lato opposto della strada mentre il Fizzolati tornava dal caffè dell'Imbarcadero col medicinale cordialino: il Gnazio Termoli non aveva badato a spese sapendolo destinato alla moglie del Federale, ne aveva servito una misura da carrettiere che la signora ingurgitò in due sorsi restando per un istante senza fiato. Dopodiché: «Va meglio», affermò cominciando a imporporarsi.

«Possiamo andare adesso Eccellenza?» si informò il Mongatti ancora miagolando.

«Sì, sì», rispose il Funicolati, «ma vediamo di sbrigarci, entro mezz'ora al massimo debbo rientrare a Como.»

«Dobbiamo, mio caro», corresse donna Assioma accompagnando la sua uscita con un risolino finale, segnale di un principio di ebbrezza.

«Gradite l'inno?» si informò il Mongatti.

Il Federale sbuffò.

«Fate un po' come vi pare, purché ci sbrighiamo», rispose.

Il segretario Menabrino, che era al fianco del podestà, stava pensando che se il suo parere sulla giornata fosse stato tenuto nella debita considerazione...

«Ma sì dai, un po' di musica, di allegria...» interloquì donna Assioma spandendo odore di alcol.

Il Mongatti si sentiva come se qualcuno lo stesse stracciando.

«Per di qua», disse indicando la strada verso il municipio e avviandosi al fianco del Funicolati e relativa signora sul cui viso era fiorito un sorriso beato. Con un colpo del capo fece cenno al maestro di mettersi in coda e attaccare. Il pubblico dei presenti, tra cui Venturina Garbati che aveva ripreso per mano il figlio e il Gualtiero Scaccola, si accodò.

Il maresciallo Maccadò, che non s'era staccato un secondo dalla finestra, giudicò tra sé che non aveva mai visto un corteo più scalcinato di quello. Manco il gonfalone del Comune c'era, rimasto tra le mani del Crispini che, ancora sotto la pensilina, aspettava che il messo se lo andasse a prendere. Ma il Fizzolati, riconsegnato il calice svuotato da donna Assioma, si stava intrattenendo col Termoli che gli aveva chiesto di aggiornarlo su ciò che era successo, ungendo la sua richiesta con un bel Campari. Mentre Federale e signora, alla quale ogni tanto cedevano le ginocchia, stavano imboccando lo scalone che portava agli uffici comunali, la motonave della Confinaria giunse all'imbarcadero.

Il seniore era su tutte le furie per aver ciccato l'appuntamento, il viso chiuso in una smorfia come una patata vecchia dimenticata in cantina.

«Il signor Federale dov'è?» chiese brusco.

I due battellotti non aprirono becco. Lo fece il Crispini.

«È in municipio.»

«Accompagnatemici allora!» sbottò quello. «Fate il vostro lavoro perdio!»

Fiorentino Crispini comprese: col gonfalone ancora stretto in mano era stato scambiato per il messo comunale.

Era troppo! La sua dignità...

«Veramente io...» tentò di protestare.

«Veramente cosa?» grugnì quello, un viso che gemeva guai per chi non lo avesse obbedito.

L'ardimento del maestro svanì all'istante nel sonoro sberleffo di un gabbiano che si posò su uno dei piloni di segnalazione.

«Per di qua», mormorò avviandosi, gonfalone portato a spall'arm, sotto gli occhi del Maccadò che stava scuotendo la testa. Il maresciallo aspettò che uscisse dal suo orizzonte visivo prima di tornare a sedersi alla scrivania. La piazza ormai era vuota e silenziosa, come i due battellotti che scrutavano il lago in attesa dei panettieri. Il gabbiano, pure lui silenzioso, le ali composte, girava la testa di qua e di là.

57.

I

Non appena ripartiti da Argegno l'Inticchi aveva guardato l'ora, le dieci e trenta. Allora aveva preso l'orologio, regalo della moglie Caronna assente a causa di un herpes labiale che le aveva deturpato la boccuccia, e l'aveva scagliato in acqua. Poi, solitario, era filato a prua, l'occhio fisso ai baffi spumosi che il battello sollevava avanzando. Quand'era nervoso come in quel momento lo prendeva un tic che gli agitava il capo, piccole scosse che si ripetevano senza sosta, prima a destra poi a sinistra: duravano fino a che, spossato, lo prendeva un languore che gli toglieva ogni forza muscolare. In quei casi, come stava succedendo in quel momento, tendeva a isolarsi sia in casa sia in ufficio, negandosi ai postulanti e ai familiari. Non fosse bastato il disastro del *Baradello*, ci si erano messi pure i panettieri a rendere funesta una giornata che aveva invece immaginato memorabile e, segnatamente, a sua maggior gloria quale illuminato segretario.

Quelli, appunto. Per nulla sfiorati dal dramma, avevano accolto l'imprevisto con un'allegria del tutto fuori luogo, occupando il tempo dell'attesa tagliando un paio di salami saltati fuori da chissà dove, passandosi fiaschi di vino, pure quelli sbucati come per miracolo, e infine riprendendo a cantare in coro senza soluzione di continuità: *E mi la dona bionda, Cameré porta un mez liter, E lei la va in filanda.* Poi, quando pareva che fossero rimasti senza voce, dopo un breve conciliabolo avevano invece attaccato la canzone dello spazzacamino cui pure le poche donne presenti, fino ad allora silenti, s'erano aggiunte, ed erano al quarto giro sempre con quella quando il *Bisbino* aveva finalmente doppiato il promontorio di Bellagio.

Prima ancora di vederlo coi suoi occhi, l'Inticchi ebbe l'impressione che un più ampio respiro si levasse dal lago e in effetti quando alzò il capo, la muscolatura cervicale ormai stremata, e guardò la distesa di acqua da cui i due rami si dipartivano gli parve che nell'aria ci fosse qualcosa che somigliava al sollievo di chi ritorna a casa dopo un lungo viaggio. Era una visione che avrebbe allietato anche lo spirito più gretto poiché la giornata coi suoi colori era quanto di più vicino alla perfezione. Ma la disperazione dell'Inticchi era maligna, un velo di grigio, come avesse occhiali fumée, e lo precipitò quasi verso la cecità quando, scrutando la riva orientale, intuì Bellano, la meta agognata. Pur senza volerlo calcolò che dovevano essere ormai le undici e, ancora, che per giungere al traguardo ci sarebbe voluta almeno una mezz'oretta.

«Una mezz'oretta», sembrò voler confermare il battellotto Regolizia in attesa dopo aver stimato la distanza. Il Lungolo fu d'accordo.

Una mezz'oretta: c'era tutto il tempo per una visita dal Gnazio a farsi un paio di bicchieri e poi tornare al posto, dopodiché sarebbero stati liberi di andarsene fuori dai coglioni.

II

Il Funicolati, con relativa signora, aveva nel frattempo raggiunto lo studio del Mongatti seguito dal solo segretario Menabrino. Una volta dentro, donna Assioma, che già salendo lo scalone aveva incespicato più volte, aveva denunciato nuove vertigini dovute però al cordialino rinforzato che s'era bevuto visto che sotto i piedi aveva terraferma e non acqua.

La folla che s'era accalcata nel piazzale antistante il municipio rumoreggiava, divisa in più fazioni ciascuna delle quali aveva una sua teoria su ciò che era successo e aveva mandato all'aria il programma annunciato. Su una cosa erano più o meno tutti d'accordo, mai fidarsi di ciò che promettevano coloro che comandavano. Il fermento si interruppe di botto quando, quasi a passo di corsa, il seniore della confinaria affiancato dall'inviato del giornale piombò sull'assembramento per farsi largo e raggiungere il Federale mentre a seguire giungeva anche, correndo, il messo Fizzolati avvisato dal Gnazio Termoli che il gonfalone di cui era competente stava tristemente raggiungendo il municipio sulle spalle del maestro Crispini.

L'arrivo di tali personaggi e relativi siparietti fu motivo dell'improvviso silenzio che, percepito dal Mongatti, lo indusse prima a sospettare qualche nuovo disastro, poi, pescando in un residuo di ottimismo che si fece vivo al pari di un salvagente, disse: «Eccellenza, il popolo bellanese è ansioso di vedervi!».

Al richiamo del Mongatti, l'Eccellenza si tolse due dita dalla bocca con le quali, discretamente, stava cercando di sistemare la dentiera che ancora non avvertiva ben salda. Con un cenno d'assenso guardò l'orologio, le undici e un quarto. Poi diede un'occhiata alla moglie: l'espressione ilare che aveva in volto lo indusse a consigliarle di stare lì, seduta, nello studio del podestà.

Donna Assioma non esibì obiezioni.

«Andiamo», disse poi, nel momento in cui seniore, giornalista, Fizzolati e gonfalone facevano la loro comparsa.

Mentre il podestà Mongatti precedeva l'Eccellenza Gariboldo Briga Funicolati alla volta del balcone con dietro il segretario Menabrino, il maestro Fiorentino Crispini, ferito nell'orgoglio e nella dignità, sfilatosi invisibile dalla compagnia, raggiungeva la sua casa. Davanti alla porta udì l'eco degli applausi che la folla tributò all'illustre visitatore e una volta raggiunto il suo studio fece in mille pezzi il foglio su cui aveva steso il fervorino preparato per l'occasione.

Il Federale nel frattempo contava i minuti, aveva fretta di dire ciò che il segretario Incensati gli aveva preparato e poi andarsene. Non attese che gli applausi si placassero, partì con slancio ardito declamando l'esordio «Camerati bellanesi...».

Fu appunto in quell'istante che l'ennesima disgrazia calò su quella giornata già ferita, uno sfregio ancora più scandaloso alla memoria del Natale di Roma e relativa Festa del lavoro.

«Camerati bellanesi...»

E di botto gli applausi tacquero, le mani ancora levate in aria si bloccarono, gli occhi di quasi tutti si sgranarono, stupiti, increduli.

Era mai possibile?

Sì.

Ne ebbe conferma primo fra tutti lo stesso Federale quando riprese da capo il discorso.

«Cameati bellanesci...»

Cazzo, la dentiera!

Non c'era più, non stava più dove doveva.

Aveva preso il volo.

58.

I

Quando Venturina Garbati riabbassò le braccia dopo aver applaudito al pari degli altri, fermandosi sgomenta com'era stato per tutti, e allungò la mano per ritrovare quella del figlio strinse invece solo aria. Né lo vide quando lo cercò con gli occhi. Lo Scaccola era al suo fianco.

«Ma hai visto?» chiese lui sorridendo.

La folla raggruppata sotto il balcone del municipio aveva ripreso a rumoreggiare ma era un mormorio contenuto, anche imbarazzato, rotto qua e là da qualche risatina. Prevaleva su tutto un sentimento di attesa dopo che il Federale, orfano della dentiera, era sparito dal balcone, seguito da podestà e Menabrino.

Sì, la Garbati aveva visto quell'oggetto, prima non identificato poi riconosciuto quale protesi dentaria, compiere una traiettoria ad arco come cercasse un boccone o fosse a metà di una risata, e poi piombare da qualche parte in mezzo alla folla. Ma adesso quello che voleva sapere era dove fosse finito suo figlio, che fino a un momento prima stava sulle spalle del Gualtiero e adesso non c'era più.

«L'hai visto?» ribatté allo Scaccola.

Camillo, suo figlio, chiarì subito dopo visto che il Gualtiero faceva la faccia di chi non ha capito.

«No... era qui... ha voluto scendere ed era qui», mormorò allora il Gualtiero.

«Ma adesso non c'è», fece lei.
«Be', sarà qui intorno», osservò lui.
«Ma non doveva allontanarsi...» disse la Garbati come parlasse a sé stessa.
Il Gualtiero la guardò, intuì la preoccupazione di Venturina. Si sentì investito di un dovere, quello che di lì a un po' avrebbe ricoperto in forma ufficiale, capofamiglia responsabile.
«Calma», disse.
In fin dei conti dove voleva che fosse finito? Mica poteva essere volato via come quella dentiera. Ma non era il momento giusto per fare lo spiritoso.
Calma, un bel dire!
Venturina diede uno sguardo in giro, indecisa se chiamarlo ad alta voce e fu girandosi verso il molo che notò i due carabinieri. Il Beola soprattutto. Sgusciando tra la folla, attraversò la strada e gli si fece incontro.
Notandola, l'appuntato Misfatti si permise di raccomandare compostezza al giovanotto, qualunque cosa stesse per succedere.
«Niente scenate in pubblico», masticò sottovoce. Ma non era quella l'intenzione della donna. Se mai chiedere all'uno o all'altro se per caso avessero visto un bambino, suo figlio.
«Certo», rispose il Misfatti.
L'avevano visto eccome, tutti e due, non più di un paio di minuti prima. Mentre tutti loro applaudivano ancora era sbucato tra una selva di gambe e se n'era andato per i fatti suoi.
«Andato, dove?» chiese la Garbati.
«Di là», rispose il Beola arrossendo solo sulle gote.
E poiché conosceva la strada si permise di ipotizzare che forse era andato verso casa. Dopodiché, guardando l'appuntato Misfatti onde ricevere muta approvazione per il comportamento che aveva mantenuto, il rossore si estese anche alle orecchie.

II

Il viso del Funicolati pareva risucchiato, simile né più né meno, non riuscì a impedirsi di pensare il Mongatti, a quello di un cadavere. Avrebbe voluto non guardarlo eppure doveva poiché qualcosa bisognava pur fare adesso.

Appunto.

E adesso?, s'era già chiesto non appena rientrato nel suo studio.

Domanda che dapprima aveva rivolto al destino: cos'altro doveva capitare affinché quella giornata restasse nella storia come la peggiore del suo mandato amministrativo, forse, addirittura, della sua intera vita? Poi la pose a sé stesso, trovando immediata risposta: bisognava recuperare il prima possibile quella dentiera, che doveva per forza essere finita tra la folla sottostante. Quindi: «Eccellenza, se credete...» principiò a dire.

Il Funicolati, una volta riparato nello studio del podestà, non aveva guardato in faccia nessuno, men che meno emesso verbo. La moglie piuttosto era stata il suo bersaglio. Donna Assioma, vuoi per gli effetti del cordialino, vuoi per la comodità della poltrona sulla quale il Mongatti l'aveva fatta accomodare, s'era concessa un sonnellino. Con un colpo di gomito e una certa malagrazia il marito l'aveva sottratta ai sogni. Poi, una mano alla bocca, le aveva sussurrato all'orecchio l'accaduto. Aveva dovuto ripetere perché la moglie era dapprima sbottata, «Come, come?» ma poi, anche in virtù degli sputacchi che le erano piovuti sulla guancia, era tornata al presente e aveva compreso.

«E adesso?» aveva poi chiesto.

A quel punto si inserì il Mongatti. Perché, se Sua Eccellenza lo riteneva, lui sarebbe ritornato sul balcone per chiedere a chiunque avesse reperito la... insomma... ecco... l'oggetto sfortunatamente sfuggito alla stessa Eccellenza, di riconsegnarlo subito. All'uopo avrebbe mandato il messo Fizzolati a ritirarlo.

«Posso dare corso al recupero?» chiese infine.

Per riflesso il Funicolati fece per parlare ma si bloccò. Tornò, mano alla bocca, a biascicare nell'orecchio della moglie, inondandola di nuovi sputacchi. Parlò un minuto buono, dando una serie di direttive che donna Assioma ripeté con la precisione di un ordine del giorno dopo essersi asciugata la guancia.

Al primo punto l'immediato recupero della sua protesi. A seguire scioglimento dell'assembramento sottostante a garanzia di un'anonima quanto rapida ripartenza per Como. Dalla penna del giornalista presente non doveva uscire una parola sull'accaduto: quella disgraziata trasferta doveva essere considerata come mai avvenuta. Infine, in cauda venenum, donna Assioma comunicò che al marito sarebbe tanto piaciuto sapere cosa c... avesse o ci fosse, magari nell'aria, di maledetto in quel paese visto che era solo fonte di guai.

Il Mongatti era affranto, non seppe cosa rispondere, si strinse nelle spalle. Più che mai aveva bisogno di sostegno.

«Segretario, accompagnatemi», disse infatti.

Il Menabrino si piegò alla richiesta per pura compassione, certo che non sarebbe servito a nulla. Tra la folla aveva individuato due o tre soggetti, teste dispari, fancazzisti dediti alle burle che non avrebbero mancato di approfittare di un'occasione ghiotta come quella per giocare un tiro mancino, poco importava chi fosse il malcapitato. Non lo disse, ma secondo lui il Federale poteva dire addio alla sua protesi.

L'appello del podestà infatti non giunse ad alcun risultato. Della dentiera – «L'ausilio di pertinenza di Sua Eccellenza», la definì con virtuosismo linguistico – non c'era traccia. Dopo un quarto d'ora di inutili ricerche da parte della gente che aveva scrutato per terra tra i piedi propri e altrui, il podestà Mongatti diede l'ordine di rompere le righe. Pure il Misfatti ordinò al Beola di rientrare in caserma, gli era sembrato che il Mongatti l'avesse guardato, come per chiamarlo in aiuto.

«Manca solo che ci venga chiesto di seguire le tracce di una dentiera», sorrise.

Mentre podestà e segretario tornavano per comunicare l'esito negativo della ricerca, la breva che si era rinforzata portò dentro lo studio l'eco di un allegro quanto intempestivo coro.

Un quarto a mezzogiorno, i panettieri giungevano al traguardo.

59.

Le note erano quelle dell'inno religioso *Ave Maria di Lourdes.* Il passaggio quello del ritornello «Ave, ave, ave Maria».

I panettieri l'avevano intonato quando il *Bisbino* era giunto all'altezza di Varenna e modificato adattandolo all'esigenza del momento.

«Ave, ave, avemo faameee...» e avanti così smettendo solo quando il battello aveva attraccato.

Fino a quel momento il segretario Inticchi s'era mantenuto in un dignitoso e doloroso isolamento, avendo compreso che ormai la giornata gli era scappata di mano. Fu giocoforza però riprendere il comando delle operazioni quando, sbarcati e raggruppati i panettieri sotto la pensilina, gli venne chiesto quale fosse il programma. Valutò se rispondere malamente, stare zitto oppure stigmatizzare il vergognoso comportamento dei gitanti. Aveva un groppo alla gola, forse lacrime, nella testa gli frullava una clamorosa immagine, lui che prendeva la tessera del sindacato e la stracciava davanti a tutti. I due battellotti, che non vedevano l'ora di andare fuori dalle balle, aspettavano al pari dei panettieri che dicesse qualcosa quando, trafelato, giunse il Fizzolati con una precisa comunicazione. Pur se edentule, il Briga Funicolati ci sentiva ancora bene e aveva dedotto che il coro era quello dei panettieri che avrebbe dovuto salutare dal balcone del municipio. Aveva preso lui l'iniziativa. Mano alla bocca, aveva di nuovo inumidito di sputacchi la guancia della moglie per sussurrarle biascicando di dire al podestà che non si sognasse di convocarli lì sotto. Li deviasse altrove, ovunque volesse, liberando così la strada e la piazza onde consentirgli di riprendere la via per Como nella più assoluta riservatezza. E, infine, che il seniore della Milizia tenesse pronta la motonave con la quale avrebbe compiuto il viaggio di ritorno, per quel giorno di volare ne aveva abbastanza. Donna Assioma aveva replicato, sottovoce ma con decisione, che nessuno al mondo, nemmeno lui, l'avrebbe obbligata a viaggiare sull'acqua. Il marito l'aveva lasciata libera di attendere il ritorno del Davidone, che nel frattempo era andato a evoluire sull'alto lago, per quanto lo riguardava non vedeva l'ora di lasciare quel paese quanto prima: si sarebbero ricongiunti a Como, a casa. Terminato il colloquio, gli ordini, per bocca della donna, erano stati trasmessi.

«Provvedo all'istante», aveva assicurato il Mongatti. E il messo Fizzolati era stato incaricato di trasferirli ai gitanti: in sostanza, vista l'ora, avviarli alla volta del convitto del cotonificio dove li aspettava il pranzo.

Fu a quel punto che l'Inticchi ritrovò la voce, meravigliandosi lui per primo del registro isterico che non gli riuscì di dominare.

«E il signor Federale, il podestà, le autorità insomma che dovevano presenziare e che come da programma...»

Ma anche il messo aveva fame.

Mezzasega, pensò, guardandolo dall'alto della divisa che indossava.

«Questo è quanto», disse invece mettendolo a tacere e scatenando un applauso dei panettieri che non vedevano l'ora di infilare le gambe sotto il tavolo.

Era ora di pranzo sì o no?

E quando mai le balle di Federali, podestà o segretari avevano riempito lo stomaco di qualcuno?

60.

Il «Menu primavera», così definito su suggerimento del maestro Crispini al presidente della Pro loco Sfezzati, prevedeva:

Antipasto «Vittoria»
«Pàtole», ravioli di carne
Lavarello del Lario in salsa olandese
Pollo nostrano allo spiedo con contorno di patate arrostite
Dolci
Frutta
Caffè
Vino di produzione locale
Acqua minerale fornita dalle terme di Tartavalle.

Alle dodici e un quarto, mentre l'antipasto «Vittoria», così chiamato poiché si componeva di cetriolini sottaceto, cipolline e salame disposti nel piatto a richiamare i colori della bandiera, cominciava a essere servito, il Federale Gariboldo Briga Funicolati raggiungeva la motonave ormeggiata nel molo. Il segretario Menabrino, su richiesta – più una preghiera in realtà – del podestà, si stava dirigendo alla volta del convitto onde fare atto di presenza per conto delle latitanti autorità. Il Mongatti l'avrebbe raggiunto più tardi, aveva assicurato, subito dopo la partenza di donna Assioma a bordo dell'idrovolante.

Prima di andarsene il Funicolati aveva per l'ultima volta spruzzato la guancia della moglie: doveva riferire al podestà che si aspettava una caccia serrata alla sua protesi al fine di riaverla quanto prima e un'esemplare punizione per il delinquente che l'aveva sottratta come i fatti dimostravano oltre ogni ragionevole dubbio.

Tuttavia, una volta rimasti soli, donna Assioma fece cenno al Mongatti di avere la necessità di conferire con lui, a quattr'occhi, per chiedergli, alitò su un sottofondo alcolico, di non tenere conto delle parole del marito.

«Come dite?» si meravigliò questi.

La donna aveva ritrovato la lucidità, svaniti gli effetti più marcati della bevanda offerta dal Termoli.

«Dico che, se anche vi riuscisse di trovarla, dovrete far finta di niente», confermò la donna.

Quella protesi era un residuo medievale o quasi, un modello ottocentesco che suo marito portava da un ventennio, anno più anno meno.

«Gli balla, a volte il pezzo di sopra cade mentre parla o mangia», sottolineò.

Oltre all'orrorifico spettacolo che dava quando si infilava le dita in bocca per sistemarla di tanto in tanto, quello che non sopportava era di vedere i morsi che quella sembrava dare quando il marito non la portava.

«I morsi?» chiese il Mongatti che non capiva.

«Sì», confermò donna Assioma.

Perché era un modello vecchio, vecchissimo, glielo aveva detto. Un ferrovecchio no? E come tale era un pezzo unico, dotato di un paio di molle che tenevano unite le due parti. Capitava talvolta che quelle si incantassero e allora il marito, impossibilitato a chiudere la bocca oppure, al contrario, con la bocca serrata, se la doveva togliere per disincastrarle. E spesso sotto i suoi occhi, prima di rimettersela, ne verificava il funzionamento, aprendola e facendola scattare più volte.

«Una visione ripugnante», confessò la donna. Pure il rumore, quel tac secco di denti finti che andavano a sbattere uno contro l'altro dava il voltastomaco.

«Sono anni che lo prego di rifarsene una con materiali più moderni ma è come parlare con un sordo», affermò.

Quindi, concluse, gli sarebbe stata grata in eterno se avesse evitato cacce serrate e pure punizioni esemplari se qualche bellospirito pentito l'avesse riconsegnata. Per come la vedeva lei sarebbe stato giusto anzi premiarlo per averla fatta sparire.

«Siamo d'accordo?» chiese avvertendo nell'aria il ronzio dell'idro che tornava per riprendersela a bordo.

«Come volete», rispose il Mongatti, che poi si alzò per accompagnarla al molo dove il Badalessa l'aspettava.

Una volta solo il podestà rimase a guardare, col sottofondo del rugginoso fiit fiit del barcarozzo, fino a che l'idrovolante si alzò. Poi restò ancora, immobile, solitario come una statua, a godere il silenzio dell'ora. Avrebbe pagato per poter tornare a casa e continuare a vivere la giornata in un silenzio ancora più compatto, com'era quello dello studio domestico dove passava la maggior parte dei pomeriggi festivi mentre la moglie si immergeva nella lettura dei suoi romanzetti. Ma l'aspettava la caciara del pranzo dei panettieri, il tavolo delle autorità che, come entrò nel convitto, gli parve di una mestizia esiziale; stante l'assenza di Federale e signora, e pure della sua di signora, dall'ingresso, dove sostò un istante, non poté fare a meno di pensare a una bocca, la giornata aveva quel marchio ormai, in cui residuavano due soli denti: uno era l'Inticchi che, forchetta in mano, stava frugando nel piatto delle pàtole come se vi cercasse qualcosa, l'altro il Menabrino a due sedie di distanza seduto nel posto che il cerimoniale gli aveva assegnato e con un viso che comunicava solo il desiderio di poter mollare la rumorosa compagnia per tornarsene a casa.

61.

In casa Garbati la tempesta era passata. Non si udivano uccelli far festa ma la Venturina canticchiare in previsione del pomeriggio che l'attendeva. Il padre, come d'abitudine, s'era steso a letto dopo aver pranzato. Il piccolo Camillo invece era seduto al tavolo di cucina, giocava con le figurine della Liebig, inventando storie ma non con la concentrazione che di solito ci metteva. Era distratto e sempre più spesso guardava l'orologio aspettando le due, l'ora in cui Gualtiero Scaccola aveva promesso di tornare per prendere sua madre e portarla al pomeriggio danzante. E meno male, pensava, che sua madre aveva detto sì, accettando l'invito, cosa che aveva permesso al sereno di tornare sul soffitto di casa dopo le nuvole nere che vi si erano accumulate non appena la donna era rientrata e scoperto che lui era già lì. Perché quando aveva aperto la porta e l'aveva visto in cucina, era così infuriata che lo stesso Scaccola s'era paralizzato, riflettendo che mai avrebbe immaginato sotto quel visino grazioso e dietro i modi gentili un caratterino niente male, di quelli che era meglio non solleticare troppo. In realtà la rabbia della Venturina nascondeva il sollievo per aver ritrovato il figlio sano e salvo e a casa, come aveva ipotizzato il Beola, dopo aver immaginato disgrazie nonostante il Gualtiero avesse cercato di calmarla con una lunga serie di «Vedrai, vedrai...» che lei non aveva nemmeno sentito. In ogni caso, per quanto sollevata, quella con cui s'era rivolta al figlioletto era rabbia vera e propria.

Mascalzone... disobbediente... quante volte gli aveva detto di... cosa gli era saltato in mente...

E infine, sapesse che s'era guadagnato una punizione coi fiocchi.

Non aveva niente da dire a sua discolpa?

Il giovanotto s'era stretto nelle spalle, senza parlare. Pure il vecchio genitore non aveva osato aprire bocca schiacciato da tanta furia. Solo il Gualtiero, superato lo stupore, aveva approfittato per dire qualcosa, mentre la Venturina riprendeva fiato.

«Via, in fin dei conti non è successo niente.»

«Niente eh?» aveva ribattuto lei.

Be', aveva ripreso lui, c'era da capirlo, un bambino in mezzo a tutti quegli adulti, cosa voleva che gli importasse di ascoltare discorsi di cui non avrebbe capito nulla.

«Ti stavi annoiando, no?» aveva chiesto a Camillo.

Un amo benedetto!

«Sì», aveva risposto il bambino.

«Non è una buona giustificazione», aveva chiosato Venturina, ma già più calma.

«Certo», aveva osservato lo Scaccola. «Ma bisogna anche ammettere che il ragazzo ha dato prova di avere criterio visto che non se n'è andato in giro ma è filato qui a casa.»

«Gli tieni la parte?» aveva chiesto la Garbati.

«Cerco solo di mettermi nei suoi panni», aveva risposto lui.

«E nei miei chi ci si mette?» aveva ribattuto lei, decisa a non mollare.

Gualtiero Scaccola aveva capito che era ora di deporre le armi, inutile proseguire su quella strada. Meglio fare da paciere piuttosto.

«Su», aveva detto, «chiedi scusa alla mamma.»

Il giovanotto aveva mormorato, «Scusa», e, un po' ruffiano, ci aveva attaccato un bel «Non lo faccio più», che non guastava mai.

«Pace fatta quindi», aveva concluso lo Scaccola.

Venturina Garbati, ormai dimentica della rabbia, aveva sospirato.

«Ma che non succeda un'altra volta», aveva detto.

E lo Scaccola, visto che ormai sul soffitto di casa era tornato il sereno, aveva piazzato il colpo.

Le andava bene di andare con lui al pomeriggio danzante?

«Perché, sai ballare?» aveva chiesto lei, già sorridendo.

No, mai provato, aveva risposto il Gualtiero. Ma se lei si degnava di fargli da insegnante...

«Posso fidarmi a lasciarti a casa da solo col nonno?» aveva chiesto Venturina al figlio. Il tono della domanda era stato più che altro retorico.

«Certo, come no», aveva risposto Camillo.

Anzi, non vedeva l'ora.

62.

Dopo due giri di mazurca, chiesti dal panettiere di Argegno Chiurlo Verniciati pressato dalla moglie Anenia che di quel ballo si riteneva insuperabile esecutrice, il maestro Ottavino Parpuetti diede ordine ai suoi di partire con un valzer: andava bene essere gentili con gli ospiti ma l'orchestrina la comandava lui.

Erano le tre, scoccò l'ora del Gualtiero. Lui mica lo sapeva, glielo disse la Venturina.

«Tocca a noi.»

«Ah sì?»

«E già», confermò lei.

Perché, come gli aveva spiegato, il valzer era il ballo più adatto per chi non aveva mai calpestato una pista. Bastava che la seguisse docile, lasciandosi trasportare e tenendosi un po' a distanza onde evitare di camminarle sui calli.

Il tavolo delle autorità già orfano per quanto era accaduto lo era ancora di più dopo che il segretario Menabrino e il Mongatti, poco prima che iniziassero le danze, avevano lasciato il salone del convitto: due parole per salutare i panettieri e augurare buon proseguimento e poi via, a casa, il segretario pensando che lui l'aveva detto, il Mongatti a riflettere su ciò che la signora del Federale gli aveva chiesto di fare anche nel caso di ritrovamento della protesi. Restava quindi solo l'Inticchi, ma era come se non ci fosse: lo stomaco stretto in una morsa di angoscia non era riuscito a mandar giù nemmeno un boccone, qualche bicchiere di vino piuttosto che, da astemio qual era, l'aveva indotto in uno stato di catalessi. Allo scattare del valzer aveva rinunciato del tutto alla sua dignità e come se fosse in una qualsiasi osteria di montagna, aveva incrociato le braccia sul tavolo, quindi, posatovi il capo, s'era lasciato andare a un sonno confuso dove battelli carichi di gitanti smorti come fantasmi navigavano alla cieca su acque immerse in una fitta nebbia. Tutto il contrario della giornata che nelle ore del primo pomeriggio era diventata l'esempio della perfetta primavera: la breva accarezzava, l'aria profumava, la temperatura invitava a una passeggiata.

Ecco, almeno quella, stava pensando il maresciallo Maccadò mentre, allo scattare del valzer, Gualtiero Scaccola dava il primo pestone sui piedi di Venturina Garbati. Dopo aver ascoltato la spiritosa relazione dell'appuntato Misfatti e aver concordato ridendo con lui che indagare sulla scomparsa, ancorché furtiva, di una dentiera non era compito dei carabinieri, era tornato a casa già convinto che ci sarebbe rimasto, visto che anche la mezza gita era sfumata. E forse era meglio così, le mezze misure non facevano per lui e se gita doveva essere avrebbe dovuto comprendere partenza al mattino e ritorno alla sera.

Non appena entrato in casa, Maristella gli aveva fatto cenno di fare piano, Rocco dormiva. Il Maccadò si era avvicinato alla moglie e le aveva sussurrato all'orecchio: almeno due passi per godere appieno di quella splendida giornata quando il bambino si fosse svegliato li potevano fare, o no? E certo, aveva risposto Maristella cercando di dissimulare la soddisfazione per lo scampato pericolo e nel contempo promettendo a sé stessa che avrebbe cercato di vincere la paura per l'acqua. Erano appunto le tre e qualche minuto quando il Maccadò stava ammirando il panorama dalla finestra del salottino.

Gualtiero Scaccola stava ballando come se gli scappasse la pipì, guardato a vista da più di un occhio indigeno e curioso che lo metteva in imbarazzo.

«Fregatene», gli disse la Venturina dopo che lui le aveva sussurrato che forse era il caso di smettere.

Di cosa aveva paura?

Frase che lui stesso aveva detto a suo fratello Venerando poco prima di uscire da casa per andare a prendere la donna.

Che lo guardasse, lo stesse a sentire, si fidasse delle sue parole anche se era solo il minore.

Gli era forse successo qualcosa da che aveva abbandonato la clausura della vita che avevano fatto fino ad allora?

«No», aveva borbottato il fratello.

«E invece sì», aveva ribattuto lui.

Un sacco di cose, e solo belle. La gente, i colori, i profumi, le... le... le cose... nel senso degli alberi, le panchine, le montagne, il cielo... come glielo doveva dire la... la libertà ecco, e poi ancora, insomma, quella parola gli veniva difficile dirla però... era la cosa più bella, mai immaginata prima d'allora. Roba da toglierti il sonno e stringerti lo stomaco in una morsa!

«Non so se mi spiego», aveva concluso.

«Sì», aveva risposto il Venerando.

E allora se si era spiegato e l'aveva capito...

Venerando Scaccola aveva capito. Ma quelle erano solo parole. Va be' che si fidava di suo fratello ma, come il vecchio genitore aveva sempre insegnato rafforzando il concetto con dei bei calci in culo, fidarsi era bene non fidarsi era meglio.

Così, mentre il valzer volgeva al termine e il Gualtiero, rosso e sudato, si sentiva dire che per essere al suo primo ballo non era andato poi così male, lo Scaccola maior mise il naso fuori dalla porta di casa non prima di essersi guardato in giro casomai qualcuno lo stesse spiando.

A quell'ora il giovanotto di casa Garbati impilò per bene le figurine con le quali aveva giocato ed entrò nella stanza dove il nonno stava dormendo. Si fermò a guardarlo sorridendo davanti alle sue labbra che tremolavano a ogni respiro. Attese che si svegliasse, le mani dietro la schiena.

«Cosa ci fai qui, piccoletto?» chiese il nonno aprendo gli occhi e trovandoselo accanto al letto.

«Guarda un po' cosa ti ho portato», rispose lui.

63.

I

Il 21 aprile 1930 il sole tramontò alle ore diciotto e cinquantasei minuti. Pochi minuti più tardi il *Bisbino*, dopo aver fatto tappa ad Argegno dove il gemello, abbandonato da comandante e personale di bordo, attendeva ancora che il mistero del guasto venisse svelato, raggiungeva Como con un carico di passeggeri silenziosi, perlopiù sfatti, sfiniti. Spiccava fra tutti il segretario Inticchi che la disabitudine al bere aveva trasformato in una sorta di marionetta. Avevano dovuto sorreggerlo infatti nel tragitto dal salone del convitto fino all'imbarcadero per via delle gambe molli: la sbornia vera e propria gli era passata verso metà pomeriggio. Invece non l'aveva abbandonato la sensazione di non essere più quello che era stato fino al giorno prima, tant'è che per tutto il viaggio di ritorno non aveva pronunciato parola, limitandosi a scuotere la testa, stando seduto, gli occhi incollati alla superficie del lago che andava cambiando colore. E se il buon cuore del panettiere comasco Cisco Nivo Bramati non si fosse fatto carico di accompagnarlo fino a casa, avrebbe passato la notte nel salone del piroscafo.

La famiglia Maccadò aveva assistito al passaggio del *Bisbino* dal ponte sulla foce del Pioverna. Forse per via dell'arietta che tirava da quelle parti, il piccolo Rocco che stava in braccio a suo padre aveva emesso un gemito e poi nascosto la faccia sul petto del genitore. Che anche a lui l'acqua non piacesse poi così tanto?, aveva pensato il maresciallo.

«Forse è un po' stanco», aveva detto Maristella. In fin dei conti erano in giro da più di due ore, e se l'era fatto passare. Il Maccadò aveva ubbidito mentre il *Bisbino* spariva nelle penombre del crepuscolo lasciando dietro di sé una suggestione di nostalgia, com'era di tutte le belle giornate quando ormai volgevano al termine.

Una nostalgia che invece non aveva nemmeno sfiorato l'appuntato Misfatti. Dalla finestra del suo ufficio, col Beola al fianco che aveva rinunciato alla mezza giornata di libertà – «Se non le dispiace sto qui a farle compagnia, appuntato» –, aveva assistito alla partenza dei gitanti commentando a tratti il disordine sparso col quale avevano raggiunto l'imbarcadero, tant'è che più di una volta il capitano del battello aveva dovuto dare mano alla sirena per richiamarli, visto che alcuni s'erano lasciati tentare da una capatina al caffè dell'Imbarcadero per il bicchiere della staffa. Partito il piroscafo, all'appuntato Misfatti toccavano ancora un paio d'ore lì in caserma dopodiché avrebbe potuto tornarsene a casa dove non vedeva l'ora di giungere per sbafarsi il dolce che sua moglie gli aveva preparato.

«Cuddura cu l'ova», aveva detto al Beola, spiegandogli poi che era il dolce tipico di Pasqua che si faceva in Sicilia e dettagliando la ricetta in siciliano stretto.

Come poteva quindi patire nostalgia o malinconia che fosse?

«Va là», aveva poi detto al Beola, «che se ne avanzo un po' domani te lo porto, così lo assaggi. Ti va?»

«Sì», aveva risposto il Beola manco gli avesse dato un ordine.

II

«Ma sì», aveva pure risposto Venturina Garbati alla richiesta del Gualtiero.

Le andava di fare due passi all'aria prima di tornare a casa? Non se l'era sentita di dirgli che dopo i pestoni ricevuti la cosa che più le andava di fare era filare a casa e mettere i piedi a bagno in un po' di acqua e sale. Due passi allora, ma proprio due. Tant'è che usciti dal convitto e fatto un giro nei giardini di Puncia avevano poi imboccato il lungolago e a metà la donna aveva proposto di sedersi un po' su una panchina dalla quale avevano seguito il *Bisbino* ormai lontano, quasi a centro lago, che navigava con regale lentezza alla volta di Como. Era stato a quel punto, quando il crepuscolo si stava annunciando con il rinfrescarsi dell'aria, che il Gualtiero era sbottato: «Stavo pensando una cosa», aveva detto fissando lo sguardo sulla cima della montagna di fronte.

«Cosa?» aveva chiesto lei.

Lo Scaccola aveva fatto un gran respiro come se stesse per dire chissà che ma poi aveva rinunciato.

«Forse però è meglio se te la dico domani.»

«Fa differenza?» aveva chiesto la Venturina.

Il Gualtiero aveva temporeggiato, cercando di compitare una risposta soddisfacente.

«È una cosa che più che dirla è meglio se la vedi», aveva cercato di spiegare poi.

«Se lo dici tu...» aveva risposto la donna alzandosi per riprendere la strada verso casa.

Si erano salutati davanti alla porta di casa di lei.

«A domani allora», aveva detto il Gualtiero.

Non appena entrata in casa s'era trovata faccia a faccia con padre e figlio. Camillo era ancora immerso nei giochi che inventava con le figurine Liebig, l'uomo era seduto a capotavola, sembrava immerso in chissà quali pensieri. C'era nell'aria un vago odore di aceto. Era stata lì per chiedere cosa ci avessero fatto ma il genitore l'aveva anticipata.

«Bel pomeriggio?»

Venturina stava pensando a cosa avrebbe voluto dirle

il Gualtiero e perché mai aveva deciso di rinviare al giorno seguente.

«Ma sì, certo. Adesso però fatemi preparare la cena, poi vi dico», aveva risposto lei.

Il ragazzo aveva liberato il tavolo dalle sue carte mentre la madre si era messa ai fornelli, una frittatina e via, continuando ad annusare l'aria della cucina perché quello che le era entrato nel naso era proprio odore di aceto, impossibile sbagliare.

Appunto, impossibile sbagliare. E, per quanto incredibile, Gualtiero Scaccola s'era dovuto convincere che suo fratello Venerando aveva seguito il suo consiglio ed era uscito da casa. Non solo, era uscito ed era rientrato pochi minuti prima di lui. Dai vestiti, dai capelli, dalla pelle emanava ancora quel sentore di fresco, di aria aperta che aveva imparato a conoscere dopo aver passeggiato a lungo. Il Gualtiero non aveva fatto altro che annusare per convincersi che era proprio così.

Dirglielo che aveva capito oppure tacere?

Toccò al Venerando infine, mentre stavano cenando, rompere gli indugi.

Cos'aveva mai suo fratello? Era forse diventato un cane da caccia, visto che dopo aver annusato per un po' adesso lo fissava come se avesse individuato la preda?

«Niente», rispose il Gualtiero.

Ma gli schiacciò l'occhio, facendolo arrossire.

64.

Toccò al segretario Menabrino, martedì 22, non più tardi delle otto e trenta, ricevere la telefonata. La voce era sommessa, la comunicazione estremamente riservata. L'Incensati, segretario del Federale, voleva sapere se, «Circa quella faccenda che ben sappiamo»... ci fossero delle novità.

Una cosa sola sapeva il Menabrino ed era pensiero che non c'era verso di archiviare: che lui l'aveva detto che sarebbe stato meglio lasciar perdere, deviare i panettieri verso un altro paese. Tuttavia tacque, rispondendo che allo stato: «Nulla ancora si sa», pure lui parlando con voce da complottista. Ma avrebbe riferito quanto prima al signor podestà quando questi si fosse presentato in municipio.

L'Incensati fece seguire un istante di silenzio, forse pensoso. Poi: «Mi raccomando, nel caso...» disse, ed era inutile chiarire a quale caso si riferisse.

«Massima riservatezza, riferire prontamente e non prendere, dico, non prendere iniziative.»

Il recupero dell'oggetto in causa era incombenza che riguardava la Federazione provinciale. Stop.

L'aveva detto anche la moglie del podestà Mongatti il tardo pomeriggio del giorno prima.

Non proprio stop, piuttosto: «Adesso basta».

Quando aveva visto rientrare il marito, aveva compreso al volo che qualcosa era andato storto. La postura da penitente, lo sguardo che cercava conforto.

«Cos'è successo?» aveva chiesto più per pietà che per vero interesse.

«Avresti dovuto esserci», aveva risposto lui lasciandosi cadere su una poltrona del salottino.

Lei aveva fatto un orecchio alla pagina, chiuso il libro e sospirato. Glielo aveva detto decine di volte che quelle manifestazioni, i pranzi, le cene, gli inni piripì e piripò l'annoiavano a morte, di più la infastidivano come un'allergia, non era fatta per quelle cose. Per cui era inutile che le dicesse che avrebbe dovuto esserci. Ergo, se voleva dirle cos'era successo bene, sennò paceamen, la lasciasse tornare alla lettura del suo libro. Ma il Mongatti non vedeva l'ora di vuotare il sacco, sfogarsi, e aveva riferito, di tanto in tanto anche singultando. La moglie non s'era trattenuta dal ridere quando aveva ascoltato del volo della dentiera, caduta tra la folla e sparita nel mistero.

«Ridi?» aveva obiettato lui.

«Vuoi che pianga?» aveva ribattuto lei. Quasi quasi rimpiangeva di non esserci stata!

«Solo che», aveva ripreso lui, «adesso abbiamo per le mani un bel guaio.»

In pratica si trovava tra l'incudine e il martello, preso in mezzo a un bel conflitto di interessi: da una parte il Federale che pretendeva di riavere la sua protesi, dall'altra la moglie che gli aveva chiesto in gran segreto di non tenere conto della richiesta del marito anche nel caso fosse stata ritrovata. E lui non sapeva che pesci prendere.

Sua moglie invece aveva subito chiarito che, sì, lei lo sapeva che pesci prendere, e senza ombra di dubbio.

«Sì?» aveva chiesto lui stupendosi.

La donna aveva drizzato il busto.

«Tu lo sai chi è la Primula Rossa?» aveva chiesto.

«Ma cosa c'en...» aveva tentato di obiettare il podestà.

«Lo sai o no?» aveva interloquito la moglie. Aveva risposto lei per lui: no, non lo sapeva quindi che stesse zitto e l'ascoltasse.

«La Primula Rossa è un nobile inglese, si chiama sir Percy Blakeney, un impavido eroe che ne combina di tutti i colori ma...»

«Ma cosa c'entra?» era sbottato lui.

«Sta' zitto e ascolta se vuoi uscire dai guai», l'aveva redarguito lei.

Perché se era vero che la Primula era un uomo era ancora più vero che la mente che l'aveva inventata, la fantasia che l'aveva messa al mondo, era quella di una donna.

«La baronessa Emma Orczy», aveva esclamato lei quasi ne stesse annunciando l'entrata nel salottino.

Il Mongatti s'era accasciato sulla poltroncina. Che c'entrava con la dentiera del Federale la Primula Rossa? Lui parlava di cose reali e sua moglie gli opponeva le storielle che leggeva sui suoi libercoli...

«I libri insegnano, mio caro, e solo chi non li legge lo ignora», aveva sentenziato lei.

E nel caso specifico l'insegnamento era lampante: la Primula Rossa agiva in conseguenza di ciò che la sua creatrice gli diceva di fare, era lei a tirare i fili, la Primula una sorta di burattino.

«È chiaro?» aveva chiesto.

«Vorresti dire che...»

Ma la moglie non l'aveva lasciato continuare.

«Voglio dire che se obbedirai a quello che ti ha chiesto quella donna eviterai di farti un nemico ben più pericoloso del marito», aveva spiegato lei. Le donne dimenticavano difficilmente, aveva aggiunto, nel bene e nel male. In più, finché quella schifezza non saltava fuori...

«Ma appunto, se qualcuno dovesse trovarla, consegnarla...» aveva sospirato il Mongatti.

«Adesso basta», aveva tagliato corto la moglie.

Gli aveva detto cosa avrebbe fatto lei se fosse stata nei suoi panni. Lui era libero di comportarsi come credeva.

Adesso però basta discutere, perché voleva riprendere la lettura del suo libro.

Una volta a letto il Mongatti aveva riflettuto sulle parole della moglie, sulla Primula Rossa e sulla mano femminile che ne governava le gesta. Così la mattina quando verso le dieci si recò in municipio e il Menabrino lo mise al corrente della telefonata dopo averlo guardato per un istante senza parlare, chiese: «Voi segretario sapete chi è la Primula Rossa?».

«Veramente no», rispose quello con un po' di imbarazzo.

«Se credete ve lo spiego», disse il Mongatti.

«È questione che riguarda l'amministrazione?» chiese il Menabrino.

«In un certo senso, sì», rispose il Mongatti, «potrebbe.»

«Allora sono tutt'orecchie», ribatté il segretario.

65.

Le campane, dodici tocchi, mezzanotte. Cominciava un nuovo giorno. Ma che giorno! Speciale, a dir poco. Anzi nemmeno un giorno, una vita era quella che cominciava, vita nuova!

Venturina Garbati aveva ancora gli occhi spalancati. Era emozionata. Di più, eccitata. Il sonno? Non ce l'avrebbe mai fatta a vincere contro l'emozione per ciò che era successo. A partire dalla mattina, quando lei si aspettava che il Gualtiero riprendesse il misterioso discorso che aveva avviato il giorno prima e invece...

Tac!

Cos'era stato?

Qualcosa che era caduto?

Una persiana che aveva sbattuto?

Un rumore di tacchi dalla contrada?

Ma, un tacco solo?

La donna interruppe per un attimo il flusso dei pensieri, ascoltò. Silenzio. Va be', un rumore come tanti. O magari se l'era solo immaginato. Riprese da dove s'era interrotta, troppo bello ripensare a com'erano andate le cose proprio a partire dalla mattina quando appunto il Gualtiero sembrava essersi dimenticato della promessa che le aveva fatto il giorno prima, seduti sulla panchina. D'accordo che era il suo turno di fare la nanna e lei aveva passato gran parte della mattina in compagnia del Venerando che ogni tanto, credendo che lei non lo vedesse, stringeva le labbra a culo di gallina cercando di fischiettare ma riuscendo solo a emettere sbuffi di fiato. Però ecco, quando lui era sceso in bottega più o meno alle undici lei aveva pensato che il momento fosse arrivato e invece...

Tac!

Ancora?

Per la seconda volta Venturina bloccò i pensieri e si rimise in ascolto. Un po' più a lungo di prima, casomai quel rumore si ripetesse, per capire se veniva da dentro casa o da fuori. Anche per capire se fosse reale, cosa della quale cominciò a dubitare visto che non sentiva altro che il suo respiro accelerato dalla voglia di riprendere i pensieri e ripassare quella mattinata. Era arrivata a... sì, al momento in cui aveva pensato che finalmente avrebbe soddisfatto la sua curiosità, e invece...

Perché, una volta entrato in bottega il Gualtiero sembrava essersi dimenticato della promessa fatta. A lei era venuta la tentazione di ricordargliela, non poteva negarlo! Ma se l'era rimangiata, un po' per orgoglio, un po' perché forse si trattava di una sciocchezza. Anzi, si era quasi convinta della seconda ipotesi perché lo Scaccola, dopo averla salutata e chiesto come andava, non aveva fatto altro che parlare con suo fratello, roba di ordini da fare, farina eccetera. Così quando il campanile aveva battuto dodici tocchi come poco prima, quelli di mezzogiorno però, lei aveva detto: «A dopo», era pronta ad andare a casa, e allora lui...

Tac, un'altra volta.

Di nuovo Venturina Garbati arrestò il pensiero e si mise a sedere nel letto. Mica poteva esserselo immaginato per la terza volta quel rumore. Anzi, adesso nella fantasia le si stava formando l'idea di qualche animaletto in giro per casa.

Topi, ghiri?, rifletté con un po' di pelle d'oca. Per quanto le facessero senso, le sarebbe toccato alzarsi per controllare. Beninteso se quel rumore si fosse ripetuto.

Ma, visto che, almeno a suo giudizio, erano passati un paio di minuti senza che si ripetesse, cassò la fantasia di topi, ghiri o altro misterioso animaletto e ritornò a quando s'era interrotta.

E allora il Gualtiero le aveva detto: «Aspetta, devo farti vedere una cosa».

Ma non lì, in bottega, nossignore. Le aveva detto di seguirla ed era entrata, mai fatto prima, nella casa dove i due abitavano. E poi ancora, chi l'avrebbe mai detto!, dopo aver percorso una scala esterna, sopra. Il Gualtiero s'era fermato davanti a una porta, l'aveva aperta e le aveva detto di entrare.

«Perché?» aveva chiesto lei.

«Entra e guarda», era stata la risposta.

Aveva obbedito, era entrata in quello che a tutti gli effetti era un appartamento. Cinque locali in tutto, pressoché vuoti, tranne quello adibito a cucina. Polvere dappertutto, odore di chiuso, buio, visto che le persiane erano tutte serrate, nell'aria un ricordo di vite passate. Aveva starnutito.

«Ti piace?» le era arrivata la voce del Gualtiero che l'aveva seguita silenzioso come un ladro.

«Perché?» aveva ancora chiesto lei.

Tac!

Il rumore s'era ripetuto ma la Venturina completamente immersa nel momento culminante della scena non l'aveva percepito. Perché a quel punto lo Scaccola s'era finalmente spiegato.

«È nostro», aveva detto riferendosi all'appartamento.

Lui e suo fratello l'avevano acquistato dall'unico figlio dei vecchi proprietari quando quelli erano morti. L'avevano fatto così, tanto per impegnare un po' di soldi visto che li accumulavano senza spendere mai niente, su consiglio di un ragioniere che era loro cliente. Da allora erano passati un po' di anni, e né lui né suo fratello c'erano mai entrati. Adesso aveva voluto farglielo vedere per dirle che, se le piaceva: «È nostro», aveva balbettato il Gualtiero arrossendo al punto che quasi era brillato nel buio del corridoio.

«Nostro», aveva ripetuto calcando sull'aggettivo.

Nel senso che se le piaceva e lo voleva sposare doveva solo dargli qualche mese di tempo per rimetterlo in sagoma e poi potevano abitare lì. Con padre e figlio naturalmente.

Venturina più che un sì aveva dapprima risposto, Etcì!, uno starnuto, per via della polvere.

Poi, come se fosse all'altare, aveva pronunciato un sì commosso, contenuto.

Lo Scaccola che invece non aveva fantasie di altare s'era sentito gonfiare di gioia: «Allora è fatta», aveva detto e...

«Tac!» aveva aggiunto per esprimere la sua soddisfazione.

Tac!, proprio come quel rumore che si ripeté per l'ennesima volta, obbligando infine la donna ad alzarsi per andare a dare un'occhiata.

66.

I

La pagina delle «Cronache cittadine» de «La Provincia-Il Gagliardetto» del 23 aprile era completamente dedicata alle celebrazioni per il Natale di Roma. Tre colonne occupate per la cerimonia di consegna dei libretti di pensione ai lavoratori rurali con un lungo, puntuale elenco delle autorità intervenute. Spiccava per assenza il nome del Federale Gariboldo Briga Funicolati, trattenuto altrove da non meglio specificati quanto urgenti impegni di natura politica e sostituito, come scriveva l'articolista, dal segretario amministrativo Boccoloni. Il podestà Mongatti se l'era letta da cima a fondo quella pagina, prima di uscire da casa: non c'era nemmeno il più lieve accenno alla visita del Federale né a quella dei panettieri.

«C'era da aspettarselo, no?» osservò il segretario Menabrino dopo che il Mongatti lo informò. Il pennivendolo agli ordini del Federale non poteva che ubbidire, onde evitare di mettere in imbarazzo l'alto gerarca.

«Certo», concordò il podestà.

Ciò che lo inquietava era quello che adesso poteva accadere e che lo vedeva tirato in ballo. Aveva promesso una cosa al Federale e l'esatto contrario a sua moglie.

«Due», fece il Mongatti agitando per aria indice e medio, «due cose diverse, opposte anzi!»

Obbedire a una significava disobbedire all'altra.

«Me ne rendo conto», fece il Menabrino.

Ma, allo stato, a suo giudizio era inutile stare a preoccuparsi troppo, visto che il problema non c'era.

«Mancando lei...»

«Lei?» interloquì il Mongatti.

«La dentiera intendo», chiarì il Menabrino che avrebbe voluto evitare di nominarla perché al solo pensarla gli veniva un po' di fastidio.

Solo nel caso fosse comparsa...

«Appunto», lo interruppe il Mongatti.

In quel caso come avrebbe dovuto comportarsi?

Il Menabrino si strinse nelle spalle. Ci stava ancora ragionando. Da scapolo qual era non aveva esperienza circa il potere che una moglie poteva esercitare, quindi faticava a mettere in pratica il ragionamento della signora podestà su Primula Rossa e baronessa Orczy che lo stesso Mongatti gli aveva servito il giorno prima. Allo stato però non vedeva motivo per perderci il sonno come invece gli pareva avesse fatto il Mongatti, stante le occhiaie colorate di un grigio malaticcio.

II

Vivaci invece, ma di un rosso febbrile, quelle con le quali Venturina Garbati si presentò in bottega quella mattina. Due punti rossi su un viso per il resto smorto e che sembrava quasi privo di labbra per quanto la donna le teneva serrate. Al Gualtiero, presente in bottega visto che il turno di nanna toccava al Venerando, non sfuggì che la sua bella non fosse la solita.

«Tutto bene?» chiese.

Il gesto di assenso accompagnato da un mugugno con il quale la Venturina gli rispose non lo convinse per niente. Anzi, gli insinuò nella mente un embrione di dubbio che, via via che i minuti passavano, assumeva contorni sempre più netti: che la donna avesse ripensato alla sua proposta, addirittura cambiato idea e stesse preparando il terreno per dirglielo? Ne avesse avuto il coraggio si sarebbe fatto avanti lui, prendendo di petto la questione. Ma ricordava il bel caratterino che si nascondeva sotto tanta grazia e temeva che agendo d'impulso avrebbe scatenato una scenata, e magari proprio lì in bottega. Così, pur scrutandola di sottecchi casomai sulla sua espressione di chiusura serrata cambiasse qualcosa, lasciò correre la mattina fino allo scoccare di mezzogiorno quando Venturina Garbati, prima di tornare a casa, a mo' di saluto gli disse: «Buonanotte».

Buonanotte?

Cosa significava, cosa voleva dire?

«Non tocca a te dormire oggi pomeriggio?» fece Venturina con la prima, vera frase compiuta di tutta la mattinata.

Buon riposo allora, se preferiva.

Gualtiero Scaccola restò impalato dietro il bancone, mentre la donna se ne andava.

Cosa diavolo era successo nella testa della Venturina?

Bella domanda!

La risposta?

Boh!

Tuttavia, rifletté il Gualtiero, non poteva starsene lì tra il pero e il melo, aspettare che la spiegazione gliela portasse lo Spirito Santo, doveva capire cosa c'era in ballo, agire, fare qualcosa. Innanzitutto capire come comportarsi, come muoversi senza fare danni, in una situazione per lui del tutto nuova.

67.

Appunto, cosa fare.

Anzi, cosa farne?

Quel rumore, tac!

Venturina Garbati s'era illusa di esserselo immaginato o averlo confuso con topi, ghiri, tacchi e persiane. Ma mai, quando era arrivata al culmine della felicità ripensando alla giornata appena trascorsa e alla proposta dello Scaccola, mai, dopo averlo risentito ed essersi convinta che proveniva da dentro casa, mai, una volta uscita dal letto per andare a controllare, avrebbe pensato che a produrlo fosse quell'affare: proprio quello, la dentiera del Federale.

Uscita dalla sua camera a piedi nudi per non svegliare il figlio s'era avviata lungo il breve corridoio per raggiungere la cucina e lì, benché la porta fosse chiusa, l'aveva sentito di nuovo.

Tac!, più netto, secco.

Veniva da lì dentro, senza dubbio. Allora aveva aperto la porta e, sbirciando, s'era trovata sotto gli occhi la schiena di suo padre, seduto al tavolo su cui brillava la luce di una candela.

«Papà?» aveva chiamato con l'intenzione di chiedergli cosa ci facesse lì a quell'ora.

Il genitore preso alla sprovvista s'era girato rivelando così la protesi, appoggiata sul piano del tavolo.

Lei era rimasta senza parole.

Lui pure, fissi entrambi a guardarsi negli occhi. Poi: «Non dirmi che...» aveva mormorato lei.

Suo padre s'era portato un dito al naso.
«Sssh!»
A parlare era poi stata la dentiera che, completamente aperta, era scattata chiudendosi, come volesse mordere: tac! Un evento che aveva fatto orripilare la figlia ma che l'aveva anche sbloccata, allineando sulla lingua tutte le domande che aveva in animo di fare.
Da dove arrivava quell'affare?
Se era quella, sapeva di chi era?
E se era quella, sapeva che la stavano cercando?
E ancora, come aveva fatto ad arrivare in casa sua?
E infine, se sapeva di chi era e che la stavano cercando, si poteva sapere cosa diavolo ci stava facendo?
«Vecchio pazzo che non sei altro!» aveva concluso benché sottovoce.
La prima cosa che suo padre aveva detto era stata: «Non prendertela con lui».
«Lui chi?» aveva chiesto la figlia. Ma, folgorata da un sospetto, non aveva atteso risposta.
«Vuoi dire che...»
E aveva rivisto il momento in cui lei insieme a tutta la gente affollata sotto il balcone del municipio stava applaudendo mentre la dentiera del Federale descriveva un aereo semicerchio cadendo poi in mezzo alla folla. E subito dopo la sua mano che tornava a cercare quella del figlio senza trovarla.
Svelto di mano, il giovanotto se l'era trovata tra i piedi e aveva pensato a tutte le volte in cui il nonno aveva dovuto rinunciare a mangiare questa o quell'altra cosa perché non aveva più un dente che fosse uno. Se solo avesse avuto una dentiera, sospirava spesso, i soldi per farsene una! E quella cos'era? Non ci aveva pensato, nessuno faceva caso a lui, stavano applaudendo, guardavano in alto. L'aveva raccolta e via, a casa, dal nonno.
«Ma tu...» aveva interloquito la figlia.

«Non volevo dargli un dispiacere», s'era giustificato il padre.

«No, eh?»

«Lo giuro. Però, poi...» aveva confessato il padre.

Però poi se l'era studiata un po' e gli era sembrato che con qualche aggiustamento, magari stringendola qua e là con l'aiuto di una morsa, limandola anche sopra e sotto, forse forse...

«Fermati lì, non dire un'altra parola», aveva sospirato Venturina. Non gli faceva schifo la sola idea?

«Be', per prima cosa l'ho messa a bagno nell'aceto, ci è rimasta una notte intera, sotto il mio letto», aveva spiegato il genitore. Il giorno prima invece ci aveva lavorato sopra, come le aveva detto, e nel pomeriggio aveva cercato di migliorare il funzionamento delle due molle che tenevano uniti il pezzo superiore e quello inferiore.

«Le ho unte con un po' di olio, poi ci ho passato il lardo e...»

E insomma non vedeva l'ora di verificare se adesso non si bloccavano più, fossero docili a ogni movimento di apertura e chiusura. Non riuscendo a dormire al solo pensiero, s'era alzato e s'era chiuso in cucina.

«Vanno che è una meraviglia», aveva affermato l'uomo con un certo orgoglio.

Non gli restava ormai che provarla e vedere se...

La figlia l'aveva interrotto.

«Tu sei pazzo», aveva sentenziato.

Quella dentiera andava restituita al legittimo proprietario a meno di non voler correre un bel guaio, galera o chissà cosa.

«Ma...» aveva tentato di obiettare il genitore.

«Niente ma», aveva troncato la figlia. E rapida s'era impossessata, pur con un brivido, della protesi.

Ci avrebbe pensato lei.

«Ma lui...» aveva obiettato il padre pensando a suo nipote.

«Gli dirai che non ti andava bene, e guai a te se parli di questa faccenda con qualcuno», aveva ordinato.

E adesso alé, a dormire.

Ma addio al sonno, perché bisognava capire come riconsegnarla in modo anonimo.

68.

La tentazione di scendere in bottega per vedere se la Venturina aveva mutato mimica era forte. Ma il Gualtiero vi resistette, sebbene più di una volta fu lì per imboccare la scala e, come si usava dire, far fuori la questione.

Gli aveva detto, Buonanotte, buon riposo? Bene, così avrebbe fatto. Ma di dormire, o anche solo riposare, non ci fu verso. E no, perché come la Venturina, adesso toccava a lui perdere il sonno pensando a come s'era svolta la giornata precedente. Quando sul lungolago aveva detto a lei che aveva necessità di parlarle e poi invece, no, che avrebbe preferito rinviare al giorno dopo, era stato solo perché gli era sembrato che sarebbe stato molto meglio unire alle parole i fatti. Sarebbe stato molto meglio! Quindi s'era tenuta stretta la sorpresa facendola lievitare un'ora dopo l'altra manco fosse una michetta, di tanto in tanto guardando la Venturina di sfuggita, chiedendosi cosa stesse pensando e pregustando il momento della rivelazione. Non era stato facile tenere quel giochetto. Ma ne era valsa la pena, il premio era stato addirittura superiore alle sue aspettative: quel sì pronunciato di botto, senza nessuna esitazione. Ecco, quel sì che non aveva smesso di suonargli in testa per il resto del tempo adesso gli pareva quasi di esserselo inventato. Perciò sentiva la necessità di una verifica. Bastava scendere di sotto, prendere di petto la donna e affrontare la questione. Ma se poi quella gli avesse detto che sì, in effetti aveva risposto così il giorno prima, però, ripensandoci, aveva cambiato idea? Forse l'atteggiamento della Venturina era dovuto ad altre ragioni, cose di cui non voleva parlare, magari aveva detto della sua proposta in casa e non aveva trovato d'accordo il padre o il figlio, più il primo che il secondo forse. In quel caso un suo intervento sarebbe stato utile o avrebbe peggiorato la situazione? Che caspita doveva fare, continuò a chiedersi il Gualtiero un po' steso sul letto, un po' camminando per casa senza giungere a una decisione sino a quando, stremato dall'incertezza, optò per rompere gli indugi. Quale che fosse la ragione del muso della Venturina, lui doveva saperla, anche a costo di mandare all'aria i suoi sogni di gloria. Attese quando mancava una decina di minuti alla chiusura della bottega e poi partì. Tuttavia quando entrò, al bancone c'era il solo Venerando che zufolava sereno, soddisfatto di aver finalmente imparato quell'arte.

«La Venturina?» chiese il Gualtiero.

«Andata», gli rispose il fratello.

Gli aveva chiesto se poteva andare via una mezz'ora prima e lui le aveva detto sì. Ma, spiegò, le avrebbe lasciato anche l'intero pomeriggio libero, perché aveva la berretta in aria, come si diceva.

«Diobono», raccontò il Venerando, «a un certo punto le ho chiesto se c'era qualcosa che non andava e mi ha risposto di lasciarla in pace che erano affari suoi.»

«Ah sì?» mormorò il Gualtiero.

«E già», assicurò il Venerando che poi: «Sicuro di volerla sposare una così?» chiese.

Lui sì, pensò il Gualtiero.

Ma, si chiese, lei era ancora dell'idea?

Il Venerando non attese risposta, non vedeva l'ora di uscire e fare due passi in obbedienza ai consigli che il fratello gli aveva suggerito.

69.

In caserma regnava l'allegria. Merito dell'appuntato Misfatti che, grazie al raccolto fatto dalla signora appuntata, aveva riportato tutta una serie di chiacchiere che fin dal mattino circolavano in paese sulla dentiera del Federale. Tra le sei e le sette di sera aveva tenuto banco nell'ufficio del Maccadò sciorinando, presente il Beola, tutto ciò che lei aveva sentito passando di negozio in negozio, approfondendo di persona in qualche caso, al fine di ottenere dettagli. Tra le ricostruzioni più fantasiose c'era solo l'imbarazzo della scelta, a cominciare da quella secondo la quale a loro carabinieri era stata presentata una denuncia di furto e che addirittura avrebbero convocato i presenti al fatto per interrogarli uno a uno. Altra voce assicurava che lo stesso podestà avesse promesso una lauta ricompensa a chi avesse restituito l'oggetto, garantendo l'anonimato al fine di evitare guai con la giustizia. Secondo altri, l'occhio lungo di qualcuno aveva notato un insolito Fizzolati che con fare inquisitore girellava tra bar e negozi, come se fosse stato incaricato di svolgere indagini ma per caso, senza una vera intenzione, circostanza confortata dal fatto che il messo di norma abbandonava la sua scrivania solo quando era proprio necessario, e anche in quei casi con dispiacere. Tra le tante ipotesi, in quest'ultima c'era un fondo di verità. Il Mongatti aveva infatti chiesto al messo di tenere le orecchie ben aperte e raccogliere informazioni, ma guardandosi bene dal fare domande specifiche.

«Comportatevi come se aveste un giorno di ferie, andate da un bar all'altro, da un'osteria all'altra, date a vedere di non sapere come impiegare il tempo. E nel caso riferite solo a me!»

Su quale base poi si fondava un'altra voce, cioè che il signor prevosto in persona aveva contribuito alla ricerca lanciando un apposito avviso durante la prima messa, rendendosi disponibile a ricevere la protesi nel segreto ricovero di un confessionale? Boh, tuttavia anche di ciò si mormorava. Ci si chiedeva pure chi avesse avuto il coraggio, perché ce ne voleva, di prendere in mano una simile... sì, andava detto, una simile schifezza, mentre molti propendevano per il fatto che fosse stata, più o meno inavvertitamente, calpestata in loco e fatta a pezzi, sebbene di tali pezzi mancasse però la più piccola traccia, ragione per la quale valeva anche l'ipotesi che la dentiera fosse stata presa a calci per finire chissà dove: nel molo, in qualche tombino, in un anfratto in contrada e raccolta da qualche randagio, gatto o cane, che l'aveva presa per un osso da spolpare.

«Peccato che non sia presente anche il brigadiere per farsi quattro risate», osservò il Beola.

«Gliele faccio fare io», assicurò il Misfatti. «Prima di andare a casa passo a dargli un'occhiata e lo aggiorno sul "mistero della dentiera"!» enfatizzò .

«In ogni caso, ovunque sia finita non è affar nostro», concluse il maresciallo Maccadò con il sorriso sulle labbra congedando l'appuntato e preparandosi alla cena e poi a una notte di servizio in compagnia del Beola.

Giusto lui, stava pensando in quel momento Venturina Garbati. Se in quel frangente c'era una persona cui chiedere consiglio e aiuto era quel carabiniere. L'aveva maltrattato, vero, com'era altrettanto vero che a comportarsi male era stato lui per primo: si potevano quindi considerare pari in quel senso. Al di là di quegli episodi tuttavia le sembrava un buon soggetto, incapace di portare rancore, disposto, come aveva già dimostrato, a prestarsi per dare aiuto. E poi, alla fine, non aveva alternative, meglio quindi non perdere tempo.

70.

Ne aveva perso fin troppo, ragionò Gualtiero Scaccola. Erano le otto di sera quando giunse a quella conclusione. Aveva cenato, in silenzio e con scarso appetito, avanzando più di metà della minestra della quale il Venerando s'era appropriato dopo avergli chiesto se la poteva finire lui.

«Passeggiare mette appetito», aveva dichiarato con un sorrisetto allusivo.

Il Gualtiero gli aveva risposto con un grugnito perché stava calcolando tutto il tempo che aveva trascorso quel pomeriggio chiedendosi se affrontare o meno la Venturina. Fatti i conti era infine arrivato alla conclusione di aver perso fin troppo tempo il che equivaleva a dire che non ne aveva più, finito, stop. Ergo, era giunto il momento di scendere in campo. Quindi, quando ormai erano le otto e trenta, decise di uscire.

Venerando Scaccola stava fischiettando, si interruppe, tossicchiò.

«Io...» disse, ma si fermò subito.

Il Gualtiero era già in piedi.

«Tu?» chiese.

I piatti erano ancora sul tavolo, furono subito preda del fratello che li prese e li portò nell'acquaio cominciando a sciacquarli. Mossa tattica, perché dando le spalle al Gualtiero gli sarebbe riuscito più facile dire quello che aveva in animo.

«Cioè...» gli uscì di bocca.

Non era l'attacco migliore, ma fu sufficiente a bloccare il Gualtiero.

«Cioè cosa?» chiese infatti quello, ma un po' nervoso. Non era proprio il momento di avviare discorsi.

«Pensavo che...» riprese il Venerando.

Ma così, fece, per dire, era solo un'idea che gli era venuta, non sapeva nemmeno lui perché.

«Sì, va bene, però sbrigati se non ti spiace», lo stimolò il Gualtiero.

Sì, sì, fece il Venerando, perché dopo quell'idea, gli era venuta anche quella di dirlo a lui. Semplice no?

«Perché se certe cose non le dici a tuo fratello...» chiese conferma il Venerando.

«Massì», lo seguì con uno scatto di lingua il Gualtiero.

Però non voleva aspettare che si facesse giorno prima di sapere in cosa consistesse 'sta idea!

«Ma niente», farfugliò il Venerando sempre di spalle.

S'era detto... aveva pensato che... magari...

«Magari eh!» aggiunse il Venerando sempre stando di spalle.

Ecco, se magari, appunto, la sua morosa lì, la Venturina per caso aveva, cosa ne poteva sapere lui!, ma per caso aveva una cugina o anche un'amica, ecco, magari...

Al Gualtiero, pur nella tribolazione che lo tormentava, scappò un mezzo sorriso.

«Magari?» chiese.

Lo Scaccola maior aveva il viso rosso fuoco ma nonostante l'imbarazzo si girò. Pallido invece quello del Gualtiero per la tensione che gli stringeva lo stomaco. Si guardarono per un istante senza parlare. Poi fu il Gualtiero ad aprire bocca. Aveva ben capito dove volesse andare a parare suo fratello. Per il momento però poteva solo tenersi sul vago, in quel senso non aveva mai indagato.

«Una cosa per volta», disse prendendo tempo.

Quindi uscì lasciando il Venerando a interrogarsi sul significato di quella risposta.

71.

La risposta al suo dubbio Gualtiero Scaccola l'ebbe mezz'ora più tardi, sottolineata dai tocchi del campanile, nove e trenta.

Era uscito da casa alle nove precise, il primo passo lungo via Manzoni fatto in sintonia col primo don delle campane. Mani in tasca e il discorso bello e pronto in testa. Oddio, discorso per dire. Una sola domanda piuttosto.

«Per caso hai cambiato idea?»

Da fare alla Venturina Garbati nella quiete della sua cucina, loro due soli. Progetto che era svanito come l'ultimo don di campana nel momento in cui, ormai all'altezza del locale del ciabattino Olisanti, l'aveva vista sbucare frettolosa da via Plinio e subito imboccare via Boldoni, sparendo. Un vedere e svedere che gli aveva lasciato il sapore di un'illusione.

Per un istante il Gualtiero era rimasto fermo e disorientato tant'era stata rapida la scena, la Venturina spuntata da una contrada e inghiottita da un'altra. Poi però s'era scrollato di dosso la sorpresa e s'era rimesso in marcia, chiedendosi cosa ci facesse in giro a quell'ora la sua bella e soprattutto dove stesse andando.

Imboccata a sua volta via Boldoni, la donna, che invece l'aveva ormai percorsa tutta, aveva svoltato a sinistra. Lo Scaccola, via allora, a passo di corsa per sbucare davanti al molo, fermarsi un momento per guardarsi in giro e vederla all'altezza del municipio. Rispetto all'interno del paese c'era una certa animazione, gente che chiacchierava fuori dai caffè, in piazza, sul molo: la dolce aria della prima sera invitava a stare fuori casa.

Venturina Garbati tirò dritta come se non esistesse niente oltre a lei e il traguardo che doveva raggiungere. Che, sotto gli occhi dello Scaccola, s'era rivelato essere la caserma dei carabinieri davanti al cui portone la donna s'era fermata e, fatto un lungo respiro, aveva poi suonato.

Pure il Gualtiero aveva espirato ma dimenticando per un lungo istante di inspirare. Quando, per forza di cose, un po' di ossigeno gli era tornato in circolo, aveva creduto di capire quello che stava succedendo.

Che fare?

Tornare a casa, scornato, e dire al fratello di non tener conto delle cose che gli aveva detto in quel periodo, tutte cazzate? Ribadire piuttosto che il loro augusto genitore aveva ragione e i suoi comandamenti dovevano riprendere il controllo delle loro vite?

Poteva essere un'ipotesi, ma non prima di fare chiarezza con la Venturina.

Era una questione di dignità!

Quindi, visto che quella era già sparita all'interno della caserma, si era nascosto sotto la pensilina dell'imbarcadero in attesa che uscisse, cercando di mettere in fila, parola dopo parola, un discorsetto che avrebbe dovuto lasciare il segno.

72.

Al suono del campanello il maresciallo Maccadò stava sfogliando «La Provincia-Il Gagliardetto» di quel giorno. Prima di raggiungere la caserma aveva fatto una scappata in ospedale per salutare il Mannu che scalpitava per lasciare quel posto.

«Ma è poi vero che il primo a dirti che si trattava di un'appendicite è stato il Beola?» gli aveva chiesto.

«Confermo, maresciallo», aveva risposto il brigadiere.

«Quel ragazzo è pieno di sorprese», aveva mormorato il Maccadò.

«Confermo», s'era accodato il Mannu.

Poi, dopo avergli raccomandato di seguire le indicazioni del Bombazza, che in caserma comunque ce la facevano, aveva salutato e aveva ripreso la strada alla volta della caserma. Il lago alla sua destra, appena animato dal diuturno inseguirsi delle onde, l'aveva riportato al pensiero della gita sfumata, della quale peraltro se n'era fatta una ragione, una ragione vieppiù valida secondo ciò che Maristella gli aveva detto, tornando sull'argomento: cosa si sarebbe ricordato il loro figlio di quella prima gita in battello? Niente, era troppo piccolo!

«Vedi bene Né che conviene aspettare ancora un po', non sei d'accordo?»

Glielo aveva chiesto proprio la sera prima, quando erano già a letto, dopo aver spento la luce.

Lui s'era affrettato a rispondere con un «Sì, sì», e poi... va be'.

Adesso, giornale in mano, aveva sul viso i segni di una mezza risata che s'era fatto dopo aver letto del furto di un coniglio avvenuto in quel di Cagno, nel comasco: non solo il coniglio, una bestia di quattro chili, ma anche un tegame e un fiasco di olio, ladri affamati con tutta probabilità. Il fatto, riportava il giornale, era stato denunciato ai colleghi di Olgiate. Cosa potevano farci?, aveva pensato il Maccadò. Andarsene in giro col naso all'aria per cogliere profumo di coniglio arrosto? E per associazione aveva pensato alla sua di caserma se avesse davvero ricevuto una denuncia per il furto della famosa dentiera. Senza immaginare che proprio quella gli stava per essere consegnata dalle mani di Venturina Garbati che dopo aver suonato era in attesa che qualcuno le aprisse. Lo fece il maresciallo in persona, visto che poco prima il Beola aveva chiesto licenza di ritirarsi nel luogo comodo.

«Cosa posso fare per lei?» chiese trattenendo la donna nell'atrio della caserma.

Prima di allora mai la Venturina s'era trovata a tu per tu col Maccadò, né aveva esperienza di gradi o gerarchie. Per lei un carabiniere era un uomo con addosso una divisa e basta. E in quel momento ne aveva bisogno: ma di uno, ben preciso.

«Il carabiniere Aurelio Beola!»

Il Maccadò non si scompose.

«Proprio lui?» chiese.

«Sì», confermò la Venturina.

«Momentaneamente è assente, può dire a me», rispose.

«No», ribatté la Garbati.

Se aveva chiesto di quello aveva le sue ragioni.

«E sarebbero?» inquisì il maresciallo.

La Venturina si impettì.

«Sono affari privati», rispose.

Al che il Maccadò decise che era ora di far valere il grado. Con la misura che gli era solita naturalmente.

«D'accordo, cominciamo dall'inizio», disse, gentile.

Nome e cognome.

«Venturina Garbati.»

Un campanello d'allarme scoccò allora nella mente del maresciallo insieme con il ricordo del sorrisetto che aveva dipinto il viso del Misfatti.

Venturina Garbati, eh!

«Salga in ufficio», la invitò.

«Ma...» cercò di obiettare la donna.

«Vuole il carabiniere Beola o no?» chiese il Maccadò.

Non attese risposta, che salisse con lui e basta.

Il Beola infatti era lì, nell'ufficio che condivideva con l'appuntato, e la sua prima reazione, non appena vide a chi il maresciallo, con un gesto d'invito della mano cedeva il passo, fu quella di arrossire con prepotenza.

Tanto rossore non sfuggì al Maccadò e un secondo campanello gli risuonò nella testa. Con calma raggiunse la scrivania del Misfatti, invitò la donna ad accomodarsi poi si sedette e infine aprì bocca: «La signorina è qui per certi affari privati che ti riguardano», disse rivolto al Beola il cui rossore si lustrò per via di un velo di sudore.

Il carabiniere tentò di dire qualcosa ma non ci riuscì, lo sguardo del Maccadò lo stava ipnotizzando.

«Una caserma però non è il luogo più adatto per certe cose», aggiunse il maresciallo. «A meno che non ci siano in ballo questioni che abbiano a che fare con il regolamento. Mi spiego?» chiese sempre rivolto al Beola.

«Maresciallo, sì», riuscì infine a rispondere quello, s'era spiegato, aveva capito. «Io però...»

«Io no», sbottò a quel punto Venturina Garbati costringendo il Maccadò a rivolgersi a lei.

«Lei no, cosa?»

«No», confermò la donna.

Nel senso che il maresciallo aveva chiesto se si era spiegato, il Beola aveva risposto sì, lei invece no, non aveva capito. Quindi, per carità di Dio, che si spiegasse meglio.

«Semplice», rispose il Maccadò, «per quale ragione è

qui, quali sono questi affari privati di cui vuole parlare solo con il mio carabiniere?»

«Perché sono nei guai e mi deve aiutare», rispose la Garbati.

Il Maccadò si fece serissimo, un'espressione che non preludeva a niente di buono. Sul viso calò la copertina del regolamento dell'Arma.

«Che genere di guai?» chiese, duro come poche volte il Beola l'aveva visto e sentito.

Il gesto che seguì predispose l'animo del maresciallo a una tremenda rivelazione. Venturina Garbati staccò infatti la mano destra che sino ad allora aveva tenuto sul bordo della sedia e l'avvicinò lentamente all'addome come volesse, prima di parlare, far intuire ciò che avrebbe rivelato. Ve l'appoggiò sopra.

«Ho qui una cosa», disse, staccando lo sguardo dal Maccadò e puntandolo sul Beola che ormai friggeva.

Il maresciallo fremeva, aveva paura di sentire ciò che temeva.

Toccò al Beola rompere gli indugi: mica era fesso, immaginava i sospetti del Maccadò ed era giunto il momento di fugarli.

«E sarebbe?» chiese prendendo il coraggio a due mani e sostituendosi al suo superiore.

Venturina Garbati slacciò un bottone del cappottino che indossava, frugò per un istante poi estrasse un pacchetto avvolto in un pezzo di carta oleata.

«Questo», disse, tenendolo in mano.

Lo sguardo dei due carabinieri si puntò sull'involto.

«Cos'è?» chiese per primo il maresciallo.

Con delicatezza Venturina Garbati disfece il pacchetto e sotto gli occhi dei due comparve la dentiera, aperta tra l'altro poiché le molle avevano ripreso a fare capricci.

Maresciallo e carabiniere si sarebbero messi a ridere a quel punto se Venturina Garbati, ancora con la dentiera sulla mano, non fosse scoppiata a piangere.

Piangere, finalmente, lacrime di ansia, singhiozzi di un'agitazione, di un nervosismo che aveva trattenuto fino a quel momento.

Perché lei non sapeva cosa fare, come comportarsi, giravano certe voci su quell'affare che aveva in mano, non voleva finire in qualche guaio a causa di una ragazzata, aveva un padre anziano, un figlio ancora piccolo e…

«Sssh, calma, calma», intervenne il Maccadò, alzandosi e mettendosi al fianco della giovane.

Gli ci era voluto un bel minuto per mettere a fuoco la situazione. «Calma, calma», aveva poi ripreso, ricominciando a sentirsi padre di famiglia e un po' meno maresciallo. Vincendo il ribrezzo prese il pacchetto e lo depose sulla scrivania del Misfatti. Scoccò un'occhiata al Beola, che aveva il viso di un santino pietoso.

«In qualche modo faremo», disse, schiacciando l'occhio in direzione del carabiniere, già una mezza idea in testa.

Venturina Garbati era ancora scossa dai singhiozzi. Il Maccadò lasciò che la tempesta si placasse.

«Beola», comandò poi. «Accompagna la signorina al portone e poi torna da me.»

I due scesero, lei davanti, lui dietro, entrambi silenziosi. Ma sulla soglia la Venturina ebbe uno scatto. Si girò e, prendendo di sorpresa il Beola, si alzò sulle punte delle scarpe e gli scoccò un bacio sulla guancia.

«Grazie», disse prima di andare.

Gualtiero Scaccola era ancora seminascosto sotto la pensilina dell'imbarcadero. Assisté alla scena, abboccando fin troppo a ciò che i suoi occhi videro e la fantasia gli propose. Be', ragionò, a quel punto gli era sembrato tutto chiaro e cassò il discorsetto che aveva preparato, greve di dignità ferita. Se le cose stavano così, inutile umiliarsi di più, lo era già abbastanza.

Tornato a casa disse al Venerando di dimenticare tutto ciò che gli aveva detto in quell'ultimo periodo, uscire, guardarsi in giro, anche fischiettare…

«Che cazzo serve fischiettare?»
«E perché mai?» chiese il fratello che non vedeva l'ora di riprendere il discorso dell'eventuale amica o cugina.
«Perché nostro padre aveva davvero ragione», rispose prendendo la via del forno, pure lui, al pari del Maccadò, con una mezza idea in testa.

73.

«Buongiorno Venerando, bella giornata eh?»

Sì, in effetti la giornata era bella, luminosa, magari un po' freschetta ma mica si poteva pretendere, in fondo era ancora aprile ed erano le otto del mattino.

Lo Scaccola maior, pur concordando, ebbe bisogno di qualche istante per mettersi in sintonia con la spumeggiante entrata della Venturina. Se l'aspettava con lo stesso muso del giorno prima e invece eccola lì, cincirinella come una rondine appena uscita dal nido. Tant'è che vedendola così viscoletta gli venne all'istante la mezza idea di chiedere direttamente a lei della possibilità di un'amica o cugina che fosse. L'avrebbe fatto anche subito se la Venturina, dopo il suo arioso ingresso, non si fosse bloccata, come per calcolare qualcosa, e poi non avesse chiesto: «Come mai sei qui tu?».

Secondo il calendario ci doveva essere il Gualtiero in bottega e lui a nanna.

«Sì, ma...» fece il Venerando.

Era il risultato della mezza idea che era venuta al Gualtiero la sera prima: evitare di vederla almeno per quella mattina e prepararsi poi a sopportarne la presenza con dignitosa indifferenza. O magari licenziarla, perché no? Mezza idea che era andata crescendo quando avevano cominciato a impastare michette silenziosi come due sassi. Il Gualtiero aveva aperto bocca solo sul far dell'alba quando, con voce grave, gli aveva chiesto di fargli un piacere, sostituirlo in bottega quella mattina.

Alla sua domanda: «Come mai?» la risposta era stata secca secca.

«Me lo fai 'sto piacere sì o no?»

Non aveva alcuna voglia di dirgli che non intendeva incrociarsi con la Venturina e men che meno rispondere alle inevitabili domande che sarebbero seguite sul perché.

Il Venerando aveva risposto sì, in quel momento la faccia del Gualtiero era per tutto simile a quella del loro genitore quando si preparava ad allungare calci nel culo senza risparmio.

Per quello il Venerando era lì, per fare un piacere a suo fratello.

«Ah!» fu tutto quello che la Venturina rispose. E, come d'incanto, il Venerando le vide scendere in viso la stessa maschera cupa che aveva mostrato per tutta la giornata precedente, così che cassò d'un subito l'idea di affrontare l'argomento dell'amica o cugina... Bocca chiusa, occhi serrati, la Garbati non fece altro che muoversi come un automa per l'intera mattinata: l'ordine, il peso, il prezzo, buongiorno, grazie. Un paio di clienti, vedendola così seria, azzardarono una domanda, qualcosa non andava?

«Tutto bene», la risposta. Il tono però segnalava l'esatto contrario, affari suoi, meglio non indagare.

Una tempesta di pensieri, quelli che s'erano scatenati nella testa della donna subito dopo le parole dello Scaccola maior. Perché se il Gualtiero non era presente in bottega nonostante toccasse a lui non vedeva altra ragione se non quella: ci aveva ripensato! La notte gli aveva portato consiglio, l'aveva fatto riflettere sul fatto che, sposando lei, si sarebbe preso in carico anche un uomo un po' rimbambito e un bambino ancora da crescere. Fatti i conti, visto che tutto sommato restava pur sempre un commerciante, aveva calcolato che l'affare era zoppo, la spesa insomma non sarebbe valsa l'impresa. Meglio, aveva forse pensato di cancellare tutto e cercarsi una donna che non si sarebbe portata dietro mezza famiglia. E adesso non si faceva vedere, magari stava cercando il coraggio per rimangiarsi la parola. In quel caso, lei cosa poteva farci?

Niente, si rispose sul fare di mezzogiorno.

Però, rifletté, che almeno avesse il coraggio di dirglielo in faccia.

74.

«Io l'avevo detto.»

Scoccavano le undici del mattino, la lunga attesa era finita, e lui l'aveva fatto, s'era tolto un peso e una soddisfazione.

«Cosa?» aveva chiesto il podestà Mongatti.

«Che sarebbe stato meglio rinunciare», aveva chiarito il segretario Menabrino.

Che, avrebbe voluto aggiungere, era stata una fesseria bella e buona impegnare l'amministrazione comunale nell'organizzare il ricevimento di Federale e panettieri. E non solo, visto come erano andate le cose, ma anche perché adesso c'era un'ulteriore grana da risolvere.

La dentiera, non più avvolta in carta oleata bensì in una pagina di giornale, le «Cronache cittadine» de «La Provincia-Il Gagliardetto» del 23 aprile, era sulla scrivania del Mongatti. Era giunta in Comune un paio d'ore prima, consegnata al Menabrino dall'appuntato Misfatti che, come aveva concordato col maresciallo Maccadò, aveva riferito di «aver reperito l'oggetto in questione davanti al portone della caserma dove evidentemente mani anonime che avevano agito nottetempo l'avevano poggiato a terra. Trattandosi di protesi dentaria e tenendo conto delle voci che correvano in paese loro carabinieri avevano dedotto essere quella del noto personaggio che aveva visitato il paese stesso nella data del giorno 21 aprile corrente anno. Non riguardando in alcun modo il ritrovamento del detto oggetto l'autorità militare lo si consegnava quindi all'autorità civile per le azioni che riteneva più opportune».

Il Misfatti non si era limitato a recitare la lezioncina con un sorrisetto che aveva faticato a contenere. Aveva anche voluto, una volta deposto il cartoccio sulla sua scrivania, che il Menabrino prendesse atto del contenuto, cosa che il segretario aveva appurato non senza un certo disgusto quando s'era trovato sotto gli occhi la protesi spalancata, come se fosse pronta a dare un morso. In quel momento l'appuntato Misfatti s'era messo sull'attenti.

«Questo per quanto di nostra competenza», aveva poi detto prima di salutare e andarsene.

E il segretario era rimasto lì, in attesa dell'arrivo del podestà, incapace di fare altro se non ripetersi quella frase che infine gli era uscita: lui l'aveva detto.

«D'accordo», aveva risposto il Mongatti.

Ma non capiva dove stava il problema.

Il Menabrino era rimasto interdetto: glielo doveva anche spiegare?

S'era spiegato lui, invece, il podestà.

«Ricordate, segretario, la Primula Rossa e la baronessa Orczy?»

Ancora?, aveva pensato il Menabrino.

«Mi ricordo, sì», aveva risposto, come poteva dimenticare, gli aveva tirato due glorie così con quella storia!

Ecco, aveva spiegato, doveva solo immaginare che lui, il podestà, fosse la Primula Rossa...

«Voi?» non s'era tenuto il Menabrino.

«Sì, proprio io», aveva confermato il Mongatti.

...mentre sua moglie la baronessa che reggeva le redini delle sue avventure.

Il Menabrino s'era limitato a deglutire.

Nella presente avventura, aveva proseguito il Mongatti senza notare lo sguardo stranito del segretario, accadeva che la Primula fosse alla caccia della dentiera come se fosse un oggetto prezioso, ma colei che ne determinava i destini decideva altrimenti.

«Cioè?» aveva chiesto il Menabrino.

«Che non gli riuscisse di trovarla, destinandolo al fallimento della missione, se mi spiego», aveva risposto il Mongatti.

Talvolta, aveva poi chiosato, anche nei romanzi le cose non andavano secondo la volontà del lettore.

«Ne sono conscio», aveva obiettato il Menabrino, «ma nel caso presente la... la cosa, la dentiera è lì», e l'aveva indicata.

«La facciamo sparire», aveva dettato il Mongatti.

«Sparire come?» aveva chiesto il segretario.

Buttandola nel lago, nel fiume oppure sotterrandola?

«Nemmeno per idea», aveva risposto il Mongatti.

Perché a quel punto la baronessa Orczy aveva messo la parola fine al suo romanzo e la Primula Rossa era libera di agire come meglio credeva.

«Non capisco», aveva confessato il Menabrino che avrebbe gradito non sentir più parlare di primule e baronesse.

«La Primula Rossa», aveva invece ripreso il Mongatti, «cioè io, fingo che non ci sia, ma la tengo a portata di mano.»

Al maresciallo Maccadò e compagnia non interessava che fine facesse, l'aveva detto il Misfatti no?, non era di loro competenza. Ancora di più si poteva contare sul silenzio dell'anonimo che l'aveva fatta ritrovare, che con evidenza aveva tutto l'interesse a restare tale.

Chi altri ne era al corrente a quel punto?

«Noi due», aveva calcolato e poi comunicato il Menabrino.

Che sarebbero stati muti come pesci, aveva osservato con candore il podestà. Quindi, onde pararsi da sorprese o colpi bassi, la dentiera di Sua Eccellenza il Federale l'avrebbero nascosta nella cassaforte del municipio con la precisa intenzione di ritirarla fuori solo se l'Eccellenza avesse insistito nel chiederne notizie, si fosse fatto pressante, minaccioso.

«In quel caso potremmo garantire il nostro diuturno impegno e dopo un po' fingere di averla ritrovata, così che faremmo anche la figura di essere amministrazione seria e affidabile», aveva affermato il Mongatti.

Ma se... aveva poi aggiunto.

«Se invece la faccenda finisse nel dimenticatoio...» aveva proseguito il podestà.

«In quel caso sarebbe soddisfatta la richiesta della moglie», aveva concluso il Menabrino.

«Vedo che ci siamo capiti», aveva osservato il Mongatti. «Quindi...»

Quindi non restava chc attendere mezzogiorno, quando l'intero corpo impiegatizio se ne andava a casa per pranzo. Dopodiché, aveva spiegato il Mongatti, in tutta segretezza avrebbero depositato la protesi nello scomparto della cassaforte dove venivano conservati oggetti preziosi di varia natura, massimamente quelli che il seppellitore reperiva e consegnava quando gli toccava procedere alle estumulazioni: anelli, catenine, anche, sì, anche denti d'oro. Così la dentiera sarebbe stata in buona compagnia.

L'operazione suddetta venne effettuata il giorno 24 aprile 1930, quando mezzogiorno era passato da pochi minuti e mentre Venturina Garbati saliva le scale di casa Scaccola per un faccia a faccia con il più piccolo dei due fratelli.

75.

Il Gualtiero si aspettava suo fratello vista l'ora. Invece, come preceduta da un colpo di vento, si trovò di fronte la Venturina. Era in cucina, seduto, la tavola già apparecchiata. Si alzò di scatto e: «Cosa c'è?».

Avrebbe voluto dirlo lui ma la Garbati lo aveva preceduto. Tono asciutto, lo stesso che aveva usato poco prima con il Venerando.

«Tu sta' qui», gli aveva ordinato: doveva dire due paroline a suo fratello da sola a solo. Il Venerando manco aveva replicato.

Poi: «Seduto», proseguì la donna.

Il Gualtiero era disorientato. Il volto, la postura della Venturina erano gli stessi che le aveva visto il giorno in cui aveva fatto il mazzo a suo figlio. Non poté che obbedire ma al successivo attacco della Venturina ritrovò fiato e parole: poche in verità, ma essenziali per risolvere l'equivoco.

«Si può sapere cos'hai?» aveva sparato infatti lei.

Lui?, l'indice sul torace.

«Io?» chiese lo Scaccola.

«C'è qualcun altro qui?» chiese lei.

Il Gualtiero sorvolò sull'ironia.

«Tu piuttosto», si oppose, e l'indice si puntò su di lei.

«Cosa c'entro io?» osservò la Garbati.

«Cosa c'entra lui, piuttosto», buttò lì il Gualtiero.

La Venturina ebbe un momento di incertezza. Di quanti lui, tu, lei stavano parlando?

«Lui?»

Quale lui?

Lui chi?

«Lo sai», si fece serio il Gualtiero.

«So cosa?»

Il pallino era nelle mani del Gualtiero, se lo sentiva, non lo mollò e fece bene poiché la faccenda, con tutto quel rilanciarsi domande, correva il rischio di ingarbugliarsi.

«Ti ho visto», affondò, l'indice a quel punto levato in aria.

«Un momento», fece la donna.

Per prima cosa che la smettesse di agitare in aria quel dito. E poi che si spiegasse, perché lei si stava perdendo, non capiva.

«Ah no?» sorrise storto il Gualtiero infilandosi però la mano in tasca. Non capiva? Voleva che le rinfrescasse la memoria? Prontissimo!

Ribadì, con particolari.

L'aveva vista, la sera prima, protetto dalla pensilina dell'imbarcadero, inutile negare.

La Venturina stava cominciando a capire.

La sera prima... la sera prima, quindi...

Le mani strette a pugno le salirono ai fianchi.

«Mi hai spiata?» indagò, il tono un po' sibilante.

«No», affermò il Gualtiero.

«Mi hai seguita però!»

Il che equivaleva ad averla spiata.

«No», ribadì lo Scaccola.

«No?» ironizzò la Venturina. «Mi hai forse vista in sogno allora?»

«Nemmeno», ribatté serio il Gualtiero.

Era stato un caso, puro caso!

Perché era uscito di sera per andare a casa sua, voleva solo chiederle la ragione del muso che aveva tenuto per tutta la giornata.

«Ma adesso la conosco», aggiunse.

L'aveva vista, sul portone della caserma, con quel carabiniere.

«E allora?» fece lei.

«E allora tanti auguri e figli maschi», concluse il Gualtiero rimettendosi in piedi.

La Venturina sbatté gli occhi, fece mente locale mentre avvertiva tutta la tensione dei muscoli sciogliersi, al punto che le stava quasi per scappare la pipì.

«Quindi hai pensato che...» mormorò.

E pensare, proseguì, che invece lei aveva pensato che... Ma si era fermata perché le stava venendo da ridere.

«Sì, ho pensato che», confermò il Gualtiero.

«Allora siamo due», disse lei.

«Due cosa?» chiese lo Scaccola.

«Due sciocchi», rispose la Venturina.

Con l'indice nascosto nella tasca dei pantaloni il Gualtiero si grattò la coscia, riflettendo.

«Dici?» chiese poi.

«Tutto sommato direi sì», confermò la Garbati.

Se avessero parlato, magari lei per prima, avrebbero evitato il rischio di sfiorare il primo vero litigio da che erano... insomma, si poteva dire no?, fidanzati.

Gualtiero Scaccola temeva di non aver capito bene, lo disse.

«Mi siedo», disse la Garbati, «e ti spiego.»

Perché doveva sapere che la dentiera che era sfuggita al Federale la mattina del 21 aprile, quando lei si era così spaventata per Camillo che non si trovava più, ecco, quella dentiera... e puntini puntini puntini.

76.

Puntini come giorni che passarono uno dopo l'altro, chi attendendo una cosa, chi un'altra.

Il segretario del sindacato panettieri Inticchi, per esempio, che aspettava di riprendersi dopo la gita e meditava se il fallimento della stessa non fosse ottima ragione per rassegnare oneste dimissioni dalla carica.

Il podestà Mongatti, anche. Ma da Como, come gli segnalava il segretario Menabrino tutte le mattine quando entrava in municipio con un semplice, concordato gesto di diniego, tutto taceva.

Così pure taceva il giornale che il podestà spulciava con ansia prima di uscire da casa cercando notizie circa l'attività della Federazione provinciale e soprattutto del suo duce, ma il Federale Gariboldo Briga Funicolati sembrava scomparso, né una citazione, né un accenno, non un'apparizione pubblica. Fu necessario attendere un mesetto per ritrovarlo protagonista di una cronachetta. Era il 23 maggio. La notiziola segnalava che il Funicolati avrebbe preso parte la domenica a venire insieme con i camerati comaschi, convocati per le ore sette e trenta in lungolago Trento, al corteo che si sarebbe mosso alla volta di San Fermo della Battaglia ove sarebbero state commemorate le date di entrata in guerra dell'Italia e la battaglia che aveva dato nome al sito. Per espressa volontà dello stesso Federale, segnalava il giornale, il gagliardetto del Fascio di Como avrebbe avuto la compagnia della scorta d'onore.

Quella mattina, contrariamente alle sue abitudini, il Mongatti fece il suo ingresso in municipio e poi, oltrepassando il suo studio, si infilò subito nell'ufficio del Menabrino con il giornale in mano. Aperto sulla pagina delle «Cronache cittadine» lo sottopose al giudizio del segretario, indicandogli con l'indice la notizia e lasciandogli il tempo per leggerla con calma e trarne le inevitabili conclusioni.

«Secondo voi cosa significa?» chiese poi.

Lui un'idea se l'era fatta, ma teneva a sentire il parere del Menabrino. Che di fatto coincise in tutto e per tutto con il suo.

«Se l'è rifatta», rispose il segretario.

Non poteva essere altrimenti. Per un mese era sparito dalla circolazione, con evidenza vergognandosi di mostrarsi edentule, sputacchiante e biascicante. Se adesso osava tornare a mostrarsi in pubblico era perché s'era fatto una nuova dentiera.

«La penso anch'io così», esclamò soddisfatto il Mongatti.

«Quindi l'altra la possiamo far sparire del tutto», propose il Menabrino cui il pensiero di quella protesi conservata in uno scomparto della cassaforte dava un filo di inquietudine.

«Non sia mai», ribatté però il podestà.

Perché non si poteva mai dire.

«Estote parati», citò il Mongatti ergendo il capo.

«So cosa significa», s'inorgoglì il Menabrino.

«Bene», approvò il podestà, «allora siamo in due.»

Così capiva cosa volesse intendere: nel caso, ancorché improbabile, il Funicolati fosse tornato sulla questione loro avrebbero potuto rispondere colpo su colpo. Costava nulla tenersi quell'affare ancora per un po', fino a maturare l'assoluta certezza che tutta la storia fosse finita nel dimenticatoio.

«Questione di qualche mese», affermò il Mongatti facendo svolazzare le mani, «cosa volete che sia mai, segretario.»

Il Menabrino non disse nient'altro.

Era lui il podestà e gli toccava ubbidire.

77.

«Quel podestà», se ne uscì a dire donna Assioma la sera del 25 maggio, sibilando.

Quel podessstà anzi, moltiplicando le esse, a significare che da tempo ci stava pensando.

Erano all'incirca le otto, lei e il marito stavano ancora a tavola, alla fine della giornata che aveva segnato il gran ritorno in pubblico del Federale, e che il Funicolati s'era goduta fino all'ultimo minuto prendendo parte assieme ai camerati comaschi al pranzo comunitario consumato dopo le commemorazioni presso l'osteria Della Peppa di San Fermo della Battaglia.

Aveva mangiato con gusto, un gusto ritrovato, dopo un mese di minestrine, passati e brodini, da quando s'era fatto la nuova dentiera. Moderna, pratica, efficace. Il chirurgo dentista meccanico, e ovviamente camerata, Ovi Pietro sito in Como largo Portici Nuovi aveva lavorato davvero bene. Una volta pronta, il Funicolati si era allenato, se così si poteva dire, per una settimana prima di osare esporsi al pubblico. E in quei sette giorni, a sostegno del fatto che quell'Ovi Pietro sapeva il fatto suo, era ingrassato di due chili. Riguardo a certi piccoli difettucci di pronuncia, quali la zeta che suonava un po' troppo marcata, la moglie gli aveva assicurato che era difficile accorgersene. Così pacificato il Funicolati aveva affrontato la giornata della sua rentrée facendo ritorno a casa poco prima dell'ora di cena e affamato nonostante a pranzo non avesse saltato una sola delle abbondanti portate.

Avanti di quel passo, aveva pensato la moglie guardandolo mangiare, le sarebbe toccato metterlo a dieta di lì a un po'. Ma solo di lì a un po'. Perché era un altro il pensiero che da tempo le ballava in testa danzando sulle numerose esse di quel podessstà, e giudicò quella sera, mentre il marito sgranocchiava con rumore un po' di noci, il momento adatto per sottoporglielo. Così per avviare il discorso, disse: «Quel podessstà», sapendo che il marito le avrebbe chiesto: «Quale?».

«Quello di quel paese dove siamo andati un mesetto fa», chiarì lei.

Dove aveva perso la sua vecchia protesi, non poteva non ricordare.

«Certo che me lo ricordo», ammise il Funicolati infilandosi in bocca un altro paio di noci. «Un fessacchiotto», aggiunse poi.

«Dici?» chiese la moglie.

«Confermo», fece lui.

Un fessacchiotto, che senza neanche immaginarlo gli aveva fatto un gran favore: non era forse grazie a lui tutto sommato se adesso aveva una nuova protesi che gli aveva cambiato la vita?

«Su questo posso essere d'accordo», ammise la moglie.

Quante volte anche lei gli aveva detto che era ora di cambiarla e lui invece non le aveva mai dato retta?

Il Funicolati fece orecchie da mercante, né la moglie aveva intenzione di ritornare sull'annosa questione.

«Però», chiosò, «forse ti sfugge un aspetto della faccenda.»

Il Funicolati smise di masticare.

«Sarebbe?» chiese, la mente a frugare per cercare cosa gli fosse sfuggito.

«Non ha eseguito un tuo preciso ordine, ti ha disobbedito», chiarì.

Si era fatto sentire in quelle settimane, anche solo per dire che le ricerche proseguivano e tenerlo aggiornato?

«No», ammise il Funicolati.
«È così quindi che si eseguono gli ordini di un segretario provinciale?» insinuò la donna.
Gli faceva piacere essere preso sottogamba, magari essere anche oggetto di dileggio? Non immaginava che magari avessero riso o stessero ancora ridendo alle sue spalle?
Il Funicolati si fece serio.
«Non ci avevo pensato», disse.
«Io sì», ribatté la moglie.
«Ma ormai...»
«Ormai?» interloquì la donna.
Era disposto a lasciar correre, fingere di niente, lasciare che magari...
«Quel podessstà», rimarcò.
...potesse vantarsi di averlo snobbato, aver disatteso una sua precisa richiesta, un ordine?
«Questo no», si impettì il marito.
Mai, per nulla al mondo!
«E allora agisci», concluse la moglie, questione di dignità.
Il marito la guardò, interrogativo.
Mica poteva farlo arrestare per una cosa del genere!
Arrestare no, disse donna Assioma, ma, magari...
«Con due paroline al signor Prefetto...» suggerì la donna.
Lo conosceva bene, erano in confidenza, ci doveva pur essere il modo di dare una tiratina d'orecchie a: «Quel podessstà», ribadì donna Assioma.
Un richiamo scritto, qualcosa del genere. Che ne sapeva lei che era una semplice donna di casa.
Il Funicolati si infilò in bocca un altro paio di noci. Ragionò per un istante.
«Ci penso io», disse poi, ergendosi sulla sedia e riprendendo a masticare con gusto.

78.

«Lascia fare a me», disse Venturina Garbati una sera verso i primi di giugno, mentre passeggiava sul lungolago col Gualtiero.

Dopo la volta in cui avevano rischiato il primo litigio e che si era invece conclusa con la promessa di non tenersi mai più nascosti pensieri o preoccupazioni, i due avevano deciso che avrebbero potuto convolare a nozze appena dopo l'estate.

Settembre, un bel mese per sposarsi. Certo non bisognava perdere tempo, l'appartamento doveva essere ristrutturato pressoché da cima a fondo.

«Bisognerà affidarsi a un'impresa», aveva detto il Gualtiero.

«Certo», aveva ammesso la Venturina.

Però un'impresa, anche fosse la migliore, andava tenuta d'occhio, sotto pressione. E a quello, se a lui non dispiaceva, avrebbe pensato lei.

Che ne sapevano infatti gli uomini di come si organizza una casa?

«Niente, in effetti», aveva concordato il Gualtiero concedendole carta bianca.

I lavori erano cominciati subito, procedendo spediti sotto l'occhio vigile della Venturina che sceglieva, indicava, ordinava frenetica al pari del Venerando che ormai era deciso a seguire le orme del fratello e lo tampinava tutti i giorni a qualunque ora.

C'era 'sta amica o cugina che fosse?

S'era informato oppure continuava a rimandare?

Voleva forse che lui restasse solo come un cucù nell'appartamento di sotto ad ascoltare i loro passi, le loro risate o certi altri rumori di molle della rete del letto?

Si era forse dimenticato di avere un fratello oppure, per via della Venturina, aveva smesso di volergli bene?

«D'accordo», si era arreso a un certo punto il Gualtiero avvertendo, pur non sapendolo definire, il malessere del senso di colpa per aver temporeggiato nell'affrontare la questione con la sua futura moglie.

E quella sera, passeggiando sul lungolago, pur con un po' di imbarazzo, si era sentito porre la richiesta alla Venturina, aspettandosi chissà quale reazione.

Aveva un'amica o una cugina da presentare a suo fratello per eventualmente...

«Cugine, no», rispose invece la Venturina, come fosse la richiesta più normale del mondo.

Un'amica, cui aveva pensato di chiedere di farle da testimone alle nozze. Si chiamava Brina Calassi, aveva la sua età e una gamba più corta dell'altra, la destra.

«Roba di pochi centimetri», spiegò la Venturina, «e tra l'altro non si capisce perché indossa una scarpa fatta apposta. Certo, quando se le toglie la vedi che zoppetta.»

Forse, azzardò, per quello non aveva ancora trovato marito.

«Potrebbe andare?» chiese la Venturina.

«Be', dovrebbe essere mio fratello a dirlo», fece il Gualtiero ancora in imbarazzo.

«Naturalmente anche lei avrebbe diritto di parola», osservò la Garbati.

Ma bisognava darsi da fare allora. Magari facendoli incontrare, una sera dopo cena, in casa Scaccola, con la scusa di mettere in conoscenza i testimoni degli sposi.

«Perché il tuo sarà il Venerando, o sbaglio?» chiese la Garbati.

«Chi altri se no?» fece il Gualtiero.

Il 12 settembre di quell'anno nella prepositurale di Bellano alle ore dieci del mattino entravano due coppie di fidanzati. Un'ora più tardi ne usciva una sola, l'altra ormai era sposata.

Quella seconda metà del mese fu ricca di suggestivi crepuscoli e introdusse un autunno gentile di scarso vento e poca neve. Una decina di centimetri cadde giusto sotto Natale, quasi fosse un regalo per creare la giusta atmosfera ma non si lasciò alle spalle tracce di ghiaccio o un freddo tanto intenso. Al punto che il mese di febbraio 1931 propose più di una giornata in cui la primavera sembrava avesse fretta di prendere i comandi di luce e temperatura dell'aria.

Fu così la mattina del 5 febbraio che accolse il podestà Mongatti, quando uscì da casa pochi minuti prima delle dieci: e dai e dai, la moglie era riuscita a convincerlo che non fosse tempo perso leggere i romanzi della Primula Rossa e gli altri che lei ordinava e così aveva condiviso con la sua signora il vezzo di leggere fino all'approssimarsi dell'orario di arrivo della serva.

C'era, quella mattina, un cielo così sereno, così limpido da sembrare che qualcuno l'avesse sostituito a quello del giorno prima: roba da perderci la vista come tanti avevano fatto e come fece lo stesso podestà avviandosi alla volta del municipio.

Ora, se avesse avuto cognizioni di superstizioni, ancorché di radice francese, a un certo punto avrebbe potuto divinare che una disgrazia gli avrebbe rovinato la giornata. Perché, mentre con animo leggero, alleggeritosi vieppiù grazie al contatto con la gradevolissima aria dell'esterno e alla bellezza del cielo cui di tanto in tanto scoccava un'occhiata, senza avvedersene pestò di nuovo una fatta di cane. E con il piede destro.

Merda!, esclamò tra sé, perdendo poi qualche minuto nel tentativo di togliersi dalla suola ogni residuo. Operazione che pur sembrandogli eseguita alla perfezione non riuscì a eliminare del tutto l'olezzo che si trascinò fin nell'ufficio del segretario Menabrino, il cui olfatto dopo qualche istante ne fu toccato. Tacque però, perché gli premeva di più consegnare quanto prima una busta intestata, Prefettura di Como, che il procaccia Fracacci gli aveva deposto sulla scrivania attorno alle nove.

Mica era cosa di tutti i giorni che dall'ufficio del Prefetto giungessero comunicazioni. E quando capitava erano sempre cose d'importanza da tenere nella debita considerazione. Al punto che il Mongatti, anziché ritirarsi nel suo studio, aprì subito la busta sotto gli occhi del Menabrino e dopo averne scorso il contenuto esclamò: «Merda!» in tono accorato.

«Infatti», si accodò il segretario. Anche a lui, precisò, sembrava di percepire nell'aria quell'odoraccio. Ma l'esclamazione del Mongatti si riferiva a ben altro.

Allungò la lettera al segretario: «Leggete».

«All'attenzione del signor podestà di Bellano dottor Aureliano Mongatti», principiò il segretario ad alta voce, manco stesse leggendo un proclama.

«Ssst, ssst!» fece il podestà agitando una mano. «Abbassate la voce per favore.»

Ci mancava che i dipendenti sentissero.

«Mi scuso», rispose il Menabrino continuando poi a leggere. «Com'è consuetudine...»

Com'era consuetudine all'avvicinarsi della scadenza di ogni mandato la Prefettura richiedeva una relazione conclusiva riguardante i cinque anni trascorsi onde valutare la possibilità di rinnovare la nomina del soggetto in carica.

Il Menabrino si interruppe.

«Consuetudine? Ma da quando? Mai sentito parlare di una pratica del genere!»

Il Mongatti si strinse nelle spalle.

«Leggete segretario, leggete», lo invitò.

«Leggo, leggo», rispose questi.

Perché, secondo lo scrivente, la figura del podestà, garante del corretto andamento amministrativo e non solo del proprio comune, doveva essere fulgido esempio di integrità, in linea con i principi sui quali la nazione si reggeva e aveva in Sua Eccellenza il Prefetto il responsabile di quanto sopra acclarato.

«Allo scopo...»

Il Menabrino sollevò lo sguardo verso il Mongatti.

Allo scopo, avvicinandosi appunto la scadenza del mandato del Mongatti...

«Questa Prefettura...»

...aveva predisposto un'ispezione affidando l'incarico a un viceprefetto cui era demandato il compito di esaminare gli atti di qualsivoglia natura prodotti nell'arco del quinquennio appena trascorso per dipoi stendere accurata relazione costituente materia di giudizio per il rinnovo della carica.

«Ma quando mai!» sbottò il segretario.

Quando mai si era sentita una cosa del genere!

«Mai, appunto», confermò il Mongatti.

Ma, chiese subito dopo al Menabrino, lo voleva il suo parere?

«Vi ascolto», rispose questi.

«Ecco, qualcuno vuole fottermi», chiarì, chiedendo subito scusa per il termine.

«Fottervi?»

«Non vedo altra spiegazione», rispose il Mongatti, «e per farlo basterà un motivo qualunque, anche una sola virgola fuori posto servirà a farmi saltare. Qui, caro segretario, c'è di mezzo la politica.»

«Dite?» fece il Menabrino.

«Dico», confermò il Mongatti.

E quando c'era quella di mezzo meriti, doti, pregi, virtù e chi più ne ha più ne metta venivano facilmente dimenticati: meriti, doti, pregi, virtù, con le sue impietose ganasce la politica masticava di tutto.

Il risultato?

«Merda», mormorò il Mongatti.
«Sono d'accordo», disse il Menabrino.
Ma...
Si alzò in piedi, la lettera pinzata tra indice e pollice.
«Vi dico io una cosa allora.»
Perché se il Mongatti era responsabile dell'amministrazione verso il Prefetto, lui...
«Io!»
...lui, segretario Menabrino, lo era nei confronti del Mongatti.
E se questo viceprefetto ispettore dei suoi coglioni avesse trovato una virgola, anche una sola!, fuori posto negli atti amministrativi che prima di diventare ufficiali passavano sotto il cribbio dei suoi occhi, ecco, si sarebbe buttato nel lago con una pietra al collo.
Il Mongatti fece la mossa di uscire dall'ufficio.
Ma il Menabrino non aveva ancora finito.
«Che vengano dunque, noi non abbiamo nulla da temere.»
E, bloccando di nuovo il Mongatti, se si poteva permettere di dire un'ultima cosa...
«Dite pure segretario.»
«Ecco, quella merda di cui si diceva... ebbene, toccherà a loro mangiarla.»

79.

Maristella Maccadò se l'aspettava. Che prima o poi, cioè, il marito tornasse a proporre la gita in battello. Non aveva mai smesso di pensarci, sebbene durante l'inverno era stata una prospettiva dormiente, lontana. Passando i mesi tuttavia e soprattutto avvicinandosi la primavera, con una temperatura che si faceva più dolce e una luce più morbida, l'idea della gita s'era risvegliata al pari di un animale uscito dal letargo. In lei, però. Non aveva prove che ciò fosse accaduto anche in suo marito ma, giudicava, era solo questione di tempo e di conseguenza s'era predisposta ad affrontare un nuovo assalto e nei limiti delle sue possibilità rintuzzarlo.

La sera del 20 aprile 1931, vigilia di un altro Natale di Roma e relativa Festa del lavoro, ma senza che il giorno seguente dovessero giungere a Bellano panettieri o lavoratori di altre categorie, a Maristella parve che il marito si predisponesse a sferrare l'attacco. Gli elementi per sospettarlo c'erano tutti. In primis il maresciallo s'era tenuto libero per il giorno festivo. A seguire, il tempo, fin dal giorno di Pasqua, stava concedendo giornate che avevano un vago sapore estivo, tant'è che la stessa Maristella ne aveva approfittato per quotidiane passeggiate pomeridiane allo scopo di esporre il piccolo Rocco a un sole che pur non essendo quello di giù era comunque qualcosa di simile. Ma soprattutto quella sera suo marito, rientrato prima del solito, mentre lei stava preparando la cena s'era piazzato con Rocco in braccio davanti alla finestra vistalago e da lì, impettito, quasi sull'attenti, non s'era più mosso.

Dalla cucina l'aveva sbirciato un paio di volte, tentata di chiedere cosa stesse pensando. Ma aveva taciuto, temendo la risposta. Quando infine l'aveva richiamato per mettersi a tavola, il Maccadò s'era girato con sul viso un'espressione enigmatica che chiedeva solo di essere interrogata. Fingere di non averla notata? Inutile, Maristella lo sapeva. Qualunque cosa avesse in testa suo marito, e soprattutto se quella cosa era la gita in battello, l'avrebbe messa in tavola insieme alla minestra anche se lei non avesse chiesto. Quindi, una volta che, seduto, l'ebbe di fronte, decise di rompere gli indugi.

«Tutto bene?» chiese.

Il Maccadò scosse la testa, sempre quell'espressione in viso, ma gli occhi che sorridevano.

«No?» insisté lei.

«Niente di che», rispose lui.

Ma che risposta era?

«Mi sembri... strano», osservò lei.

«Ma no», rispose il Maccadò.

Maristella lasciò correre il tempo di due cucchiaiate di minestra, giudicando che se c'era in ballo la gita suo marito l'avrebbe già proposta. Non si sapeva mai però, voleva la certezza, o dentro o fuori, insomma.

«Se c'è qualcosa che non va, puoi dirmelo», riprese.

«Sciocchezze», rispose lui.

A Maristella salì la mosca al naso, ma si contenne. Tuttavia quel balletto la irritava. Sarebbero andati avanti fino a quando a parlare per enigmi?

«O Maccadò!» sbottò quasi senza volere.

Il maresciallo, cucchiaio in mano, la bocca aperta per accoglierlo, si bloccò. Nel gergo familiare suonava come un ordine quando sua moglie lo appellava col cognome. E quindi bisognava ubbidire. Deposto il cucchiaio: «Radio Misfatti», rispose.

Toccò a Maristella restare con la bocca aperta.
«Radio Misfatti e signora», chiosò poi.
Il Maccadò confermò.
«Certo, come no.»
Radio Misfatti che, grazie all'insostituibile collaborazione della sua inviata in zona di guerra, un paio d'ore prima in caserma aveva trasmesso uno speciale interamente dedicato al carabiniere Beola.
«E cos'ha fatto?» chiese Maristella.
«Niente.»
«E allora?»
«È bello», rispose il Maccadò.
«E allora?» di nuovo Maristella.
E allora, e allora...
«E allora pare che, secondo le informazioni raccolte dalla signora appuntata, abbia fatto breccia in più di un cuore, spingendo alcune a trascorrere intere mattine o pomeriggi alle finestre di casa sperando di vederlo passare e poi magari uscire con la speranza di incrociarlo...»
«E fargli gli occhi dolci», aggiunse Maristella ridendo.
D'altronde, aggiunse, per essere bello il Beola lo era davvero e non ci poteva fare niente se si attirava gli sguardi delle ragazze.
«Finché si limita agli sguardi...» commentò il Maccadò.
«L'occhio non paga dazio», citò Maristella.
«Mmm!» fece lui. «Ma sai...»
Gli stava venendo una certa idea.
Maristella temette che il momento, quello della gita, fosse arrivato.
«Sarebbe?» chiese.
«Ecco...» fece lui.
Proporre al comando generale dell'Arma di arruolare solo i brutti tra i carabinieri.
«Non trovi che sarebbe una bella pensata?» domandò poi ridendo.

«Fosse stato così nemmeno tu saresti un carabiniere, Né», rispose lei dolcemente, lieta dello scampato pericolo.

Il Maccadò la guardò lusingato, poi guardò Rocco nel seggiolone a capotavola.

«Lo mettiamo nella sua culla dopo anziché nel lettone?» chiese.

Maristella arrossì appena.

«Mangia la minestra, che se no si raffredda», rispose.

EPILOGO

I

Due uomini, quattro donne.
Sei, in totale.
Per la precisione:
Viviva Donadio, casalinga, deceduta nell'agosto 1936.
Sicuretta Ambasci, merciaia, deceduta nel maggio 1934.
Anzio Minchiati, professore di matematica, scapolo, deceduto nel luglio 1936.
Gianolo Basso, diciotto anni, apprendista marmista, annegato nell'agosto 1935.
Blefara Ambalà, la più anziana del gruppo, levatrice, novant'anni, deceduta nel dicembre 1935.
Aeria Sarru, operaia del cotonificio, deceduta nel novembre 1935.

Di costoro solo la famiglia Basso e i parenti di Sicuretta Ambasci avevano prodotto domanda affinché le ossa venissero raccolte e deposte in celletta o colombaro di cui avevano regolare concessione. Le altre sarebbero state deposte nell'ossario comune. Il seppellitore Costante Sottocosta aveva ispezionato nel pomeriggio del 5 marzo 1946 l'area di cimitero dove il giorno seguente avrebbe dovuto procedere alle sei esumazioni. Era, quell'area, la più recente, anche la più povera in un certo senso, stava nella parte più alta del camposanto, oltre i due campi nobili che ospitavano tombe e cappelle di famiglia, alcune risalenti anche a metà dell'Ottocento. Lì invece i morti finivano in terra, due metri sotto come da regolamento di polizia mortuaria. Ma aveva un vantaggio, almeno a giudizio del Sottocosta: la vista. Della quale coloro che stavano sotto terra non potevano ovviamente godere, ma lui sì, ed era pregio che gli rendeva più lieve il compito che gli pesava sopra tutti, tra i tanti che gli competevano. Perché la gente non immaginava quanto fosse impegnativo fare con scrupolo il custode di un cimitero. Forse pensava che avendo a che fare con dei morti non ne dovesse patire fastidi.

Soteramòrt, lo chiamavano, come se fosse tutto lì, calare una bara in terra o infilarla in una tomba e chiuso Milano. Ma chi teneva puliti i vialetti? Chi andava a recuperare vasi e lumini quando il vento li sbatteva di qua e di là? Chi teneva in ordine la grande aiuola all'ingresso del cimitero? E chi tappava i buchi quando qualche cubetto di porfido saltava via? O apriva e chiudeva, dava retta a questo e a quella, lustrava marmi, accendeva lumini, regolava siepi? E chi infine tirava su da terra i morti quando scattava il tempo della rotazione ordinaria, ogni dieci anni, anno più anno meno? Si immaginava la gente che lo chiamava Soteramòrt quasi sorridendo quanto il suo lavoro, e quell'aspetto in particolare, potesse invaderlo di una malinconia che poi ci voleva qualche giorno perché se ne andasse?

Per fortuna lì, in quel campo alto, dove finivano cristi che non avevano soldi per pagarsi una tomba come Dio comanda c'era appunto la vista che spaziava su un ampio tratto di lago così che ogni tanto gettava la pala, drizzava la schiena e se ne stava a rimirarla, tirando il fiato e pensando alla fortuna di avere per il momento sotto gli occhi quel po' po' di paesaggio. Certo bisognava che ci fosse bel tempo, non come gli era successo il mese prima, esumazione straordinaria per trasferimento del defunto in altro cimitero, effettuata sotto una pioggia che l'aveva infradiciato fino alle mutande. Ma, fortunatamente, per il giorno dopo, a meno di qualche stravolgimento improvviso, il tempo sarebbe stato bello.

Costante Sottocosta aveva dato un'ultima occhiata al cielo la sera del 5 marzo, verso le dieci, buio profondo e stelle a dismisura, un cielo che quasi prometteva vento. Poi era andato a letto augurandosi che l'aiutante avventizio che il comune gli aveva assegnato fosse puntuale, alle otto gli aveva detto, ma ne dubitava conoscendolo: era un pistola, di buoni muscoli e di pochissime parole, strabico e col petto incavato, diciotto anni e ancora a campare di espedienti. Lo chiamavano Giuramento quasi a volerne sottolineare l'inaffidabilità. Invece il giovinastro la mattina del 6 marzo si presentò, con una faccia da sonno è vero, ma si presentò alle otto spaccate e il Sottocosta lo salutò con un semplice «Dai!» per dare avvio al lavoro.

Canti di uccelli nell'aria calma, rumore di badili che spalavano. Non altre parole se non «O issa!» quando c'era da tirar su la bara. Solo verso le dieci, quando quella del professore di matematica Anzio Minchiati poggiava già sul terreno, il Sottocosta si drizzò per dare un'occhiata al panorama.

«Fa male la schiena?» si permise di chiedere il Giuramento.

Cazzo poteva capire quella testa quadra?, pensò il seppellitore. Tempo perso cercare di fargli apprezzare in che razza di posto la fortuna l'aveva fatto nascere.

«Pensa a lavorare», gli rispose girandosi a guardarlo.

Fu allora che ne colse il gesto.

«Ma cosa fai, cos'hai fatto?» gli chiese.

Il Giuramento inasprì l'espressione del viso che ancora mostrava segni di sonno.

«Niente», fece.

Niente?

L'aveva visto invece eseguire quel movimento rapido,

furtivo, infilarsi la mano in una tasca dei pantaloni e poi ritirarla altrettanto di fretta.

«Cos'hai fatto?» ripeté il Sottocosta sornione, mica era tanto facile fargliela.

«Prendevo il fazzoletto», spiegò il Giuramento.

«Il fazzoletto?» indagò il seppellitore.

Glielo facesse vedere allora.

Il Giuramento chiuse gli occhi. Non aveva abbastanza cervello per inventarsi balle che tenessero.

«Non ce l'ho», bofonchiò.

«Costante Sottocosta non è fesso, anche se lo chiamano Soteramòrt», disse il seppellitore.

«E allora?» barbugliò il giovanotto.

«E allora», spiegò il Sottocosta, «adesso mi fai vedere cosa ti sei infilato in tasca.»

Il Giuramento fece per replicare ma il custode glielo impedì.

«E non rispondermi niente perché non ci credo», lo avvisò. «Dai!»

Il giovanotto chinò il capo, si infilò la mano nella tasca dei pantaloni.

«Non ho fatto apposta, pensavo che...» farfugliò allungando al Sottocosta una penna.

Stilografica, d'oro a quanto pareva. Chissà quanti voti buoni o cattivi aveva dato il professor Minchiati con quella. Forse era un regalo che gli avevano fatto quando era suonata l'ora della pensione o forse invece gliel'avevano donata i genitori quando aveva iniziato la carriera di insegnante. Comunque fosse doveva avere un significato preciso visto che l'aveva accompagnato nell'ultimo viaggio. Pensieri che il Sottocosta ben si guardò dal rivelare al suo aiutante.

«Non farlo mai più», gli disse piuttosto, agitando in aria la stilografica. Perché significava né più né meno che rubare.

«Gli oggetti preziosi vanno restituiti ai parenti dei defunti», disse. E nel caso non ci fossero andavano consegnati in municipio e conservati in un apposito scomparto della cassaforte nel caso, per quanto improbabile, che qualcuno un giorno o l'altro li reclamasse.

«Questa è la regola e vedi di ficcartela bene in testa», disse il Sottocosta.

«Non lo sapevo», mormorò il giovanotto.

«Adesso sì», concluse il custode.

E che avesse compreso, il Giuramento lo dimostrò poco dopo quando, eseguita l'esumazione di Blefara Ambalà, ultima della giornata, sotto gli occhi del Sottocosta raccolse e poi gli consegnò un paio di orecchini scovati tra le ossa completamente mineralizzate della novantenne.

Mancava poco a mezzogiorno ormai, il custode propose di fare una pausa per mangiare qualcosa, inutile forzare i tempi, tanto da lì non scappava nessuno.

Si era portato qualcosa da mangiare?, chiese al Giuramento.

«Non ho mica tanta fame», rispose quello.

«Ti abituerai», sorrise il custode intuendo il motivo di tanta inappetenza.

«Non credo che questo sia il lavoro giusto per me», rispose quello.

«Secondo me devono ancora inventarlo», osservò il Sottocosta.

«Non ho fretta», replicò il giovanotto con un guizzo.

«Be', allora sei nel posto giusto», concluse il custode.

Ma era convinto che quella zucca del suo aiutante non avesse colto il sottinteso.

II

Nessuno gli avrebbe fatto osservazione se si fosse presentato in municipio indossando la tuta da lavoro al pari dello spazzino che quando aveva bisogno di chiedere qualcosa si presentava senza fare tante cerimonie, come d'estate per esempio quando non indossava altro che canottiera, braghette e scarponi. Ma Costante Sottocosta aveva una ben precisa coscienza del ruolo che ricopriva nell'organico dell'amministrazione comunale, dipendente a tutti gli effetti, né più né meno come se fosse dattilografo, messo o addirittura un applicato di ragioneria. Per cui, quando gli toccava entrare negli uffici, si vestiva per bene, giacca e cravatta, l'abito della festa. Un completo che in verità gli dava proprio l'aria del becchino e che al segretario giunto da poco e con incarico interinale, il napoletano Vito Cascione, dava qualche brivido tant'è che dopo averlo visto la prima volta s'era portato in ufficio un cornetto ritenendo che una semplice toccatina ai paesi bassi non fosse sufficiente.

Vestito a festa appunto, il custode del cimitero Costante Sottocosta uscì da casa verso le nove del 7 marzo 1946, i due oggetti preziosi recuperati il giorno prima in una tasca della giacca, avvolti in un panno. Il viso era compunto, adatto a una cerimonia, quale il Costante riteneva in effetti essere quella che stava per compiere. Oltre al vestito buono e al viso composto al momento, salì i gradini dello scalone che portava agli uffici con passo quasi marziale. Una volta dentro, ritto davanti al bancone oltre il quale era schierato l'intero corpo impiegatizio, messo, dattilografa, addetta all'anagrafe, primo e secondo applicato, capoufficio, si rivolse all'impiegata Zita Franz, entrata in servizio nel 1932 e che per anni aveva ricopiato a mano delibere di giunte e adesso, possedendo un diploma di dattilografa, le batteva a macchina. La Zita, occupando comunque l'ultimo gradino nella scala gerarchica, aveva il compito di dirigere il traffico, nel senso che a ogni ingresso le toccava alzarsi e chiedere: «Desidera?».

Lo fece anche col Sottocosta usando il lei anziché il tu che invece si concedevano gli interni: a suo giudizio infatti il seppellitore non poteva essere considerato un dipendente parificato a lei e agli altri. Non sospettandolo, il Sottocosta invece apprezzò ritenendolo segno di rispetto. E rispettoso a sua volta: «Il signor segretario», rispose, nel cui ufficio venne ammesso dopo essere stato annunciato dalla Franz.

Dapprima una mano nascosta dalla scrivania a toccarsi là bas. Poi altrettanto rapido e nonscialante, il segretario Vito Cascione aprì il cassetto dove teneva il cornetto e, fingendo di cercarvi qualcosa, lo accarezzò. Così protetto si rivolse infine al Sottocosta, non ritenendo però necessario farlo accomodare onde ridurre al minimo il suo tempo di permanenza dentro l'ufficio.

«Cosa posso fare per voi?» chiese col riguardoso, meridionale uso del pronome.

«Consegnare questi oggetti da mettere in cassaforte», rispose il Sottocosta.

E, parlando, estrasse dalla tasca l'involto con la stilografica e gli orecchini deponendolo sulla scrivania del segretario.

Curioso, il Cascione li liberò dal panno prendendone visione. Ma non capiva.

E be'?

Che cosa ci doveva fare?

Perché li consegnava a lui?

Cos'erano?

«Che cosa sono?» infine chiese.

«Una penna stilografica d'oro e un paio di orecchini...» prese a spiegare il seppellitore.

«Questo lo vedo anch'io», interloquì il Cascione.

«...reperiti ieri», proseguì imperturbabile il Sottocosta, «durante le esumazioni eseguite e precisamente nella bara del professor Anzio Minchiati e in quella della signora Blefara Ambalà...»

Il Cascione, che aveva afferrato la stilografica per guardarsela meglio, la mollò di botto.

«Che m'ammacche?» chiese.

«Prego?» rimbalzò il Sottocosta.

«Mi state dicendo che questi oggetti sono appartenuti a dei morti?» sbottò con voce incrinata.

«Quand'erano vivi», puntualizzò il Sottocosta.

Il segretario si soffregò la mano sui pantaloni al fine di eliminare chissà che traccia di contagio. Poi, sempre protetto dalla scrivania, la lasciò al conforto dei suoi amuleti a titolo di difesa perché il Sottocosta non dava mostra di volersene andare, segno che c'era in ballo ancora qualcosa, come di fatto segnalò.

«Cosa?» chiese.

«Metterli in cassaforte», ridisse il seppellitore, secondo le disposizioni dell'amministrazione.

«In cassaforte?» si meravigliò il Cascione.

Cioè, indagò, insieme con i soldi dell'annonaria, con le carte d'identità, con l'originale del timbro del Comune e dell'altrettanto originale disegno del gonfalone, i cedolini delle ricevute, i contratti...?

«Sì, ma nello scomparto che c'è lì da sempre per queste cose», lo interruppe il Sottocosta.

«E io dovrei...» azzardò il segretario.

Il Sottocosta piegò appena la testa di lato, acquiescente. Capiva che per quel segretario solo da pochi mesi in paese e a puro titolo provvisorio quella era una procedura ignota.

«No», disse scusandosi per l'interruzione.

Lui doveva solo prendere informalmente atto dell'avvenuta consegna dei due oggetti in municipio. All'apertura della cassaforte e conseguente deposizione degli stessi nello scomparto dedicato avrebbe pensato l'impiegata Zita Franz cui competeva di conservare la chiave per aprire la cassaforte e farne uso ogniqualvolta fosse necessario prendervi o depositarvi qualcosa.

Il Cascione tolse la mano da laggiù, si deterse un filo di sudore dalla fronte quindi ricoprì stilografica e orecchini con il panno.

«E allora che ci pensi lei», disse sbrigativo.

«Provvedo subito», rispose il seppellitore uscendo poi dall'ufficio mentre il Cascione ancora non si capacitava per quell'usanza.

«Mannaggia 'o suricillo...» mormorò.

Come faceva quel proverbio che suo padre usava spesso per non ricorrere a parolacce o peggio? Non ci volle molto perché gli riaffiorasse alla memoria.

«Mannaggia 'o suricillo e 'a pezza 'nfosa!» gridò.

E non perché fosse riuscito a ricordarlo. Fu piuttosto reazione incontrollata e spontanea al grido che di lì a un paio di minuti lanciò l'impiegata Zita Franz prima di paralizzarsi, una mano alla bocca, gli occhi sgranati, l'indice teso a indicare il cassetto: nell'aprirlo, infatti, mercè il movimento, la dentiera dell'ormai defunto Federale Garibolo Briga Funicolati, lì quiescente e dimenticata in un angolo, era scivolata in avanti andando a sbattere contro il bordo ed era scattata, emettendo un secco tac!, producendosi nell'ennesimo e ultimo morso della sua carriera dopo la bellezza di sedici anni, mese più mese meno. Gli impiegati erano già tutti intorno alla Franz quando il segretario Cascione si unì al gruppo e prese a sua volta visione.

Una dentiera?

E cosa ci faceva lì?

Guardò gli impiegati uno a uno, che gli risposero con uno sguardo muto, ignorante.

Chi ormai poteva dirlo?

Non l'ex podestà Mongatti, deceduto due anni prima. Nemmeno il suo complice, segretario Menabrino, da tempo a riposo dal servizio e tornato nel suo paesino nelle Marche. Forse la Primula Rossa o la mente che l'aveva inventata, quella della baronessa Emma Orczy. Ipotesi che vagavano nell'aria degli uffici ma che nessuno fu in grado di cogliere poiché l'oblio le aveva disperse nel tempo.

Toccò a Zita Franz, il viso ancora schifato, rompere il silenzio.

«Se si tratta di uno scherzo è di pessimo gusto», disse.
«Confermo», si associò il segretario Cascione ordinando poi che qualcuno si assumesse il compito di farla sparire.

Sì, ma chi e come?

Nessuno si azzardò a farsi avanti.

«Ho capito, va'», fece allora, e con atletica mossa, usando il piede, spinse il cassetto, restituendo la protesi al mistero che la circondava.

Quindi, mentre faceva ritorno alla sua scrivania, venne colto da un pensiero. Sedette e, come poco prima, cercò di forzare la memoria.

Dentiera, dentiera...

A quale numero si associava nella smorfia napoletana?

Ma poi, c'era?

Forse sì.

«Forse trentadue», mormorò.

Forse.

Be', bastava andare al botteghino del lotto e controllare. Cosa che fece nella pausa di mezzogiorno, dopodiché giocò.

«La ruota?» si informò la bottegaia.

Era il caso di chiederlo?, sorrise il Cascione.

La bottegaia azzardò.

«Napoli?»

Il segretario Cascione confermò.

«Napoli.»

E al pronunciare il nome della sua città natale sentì gli occhi inumidirsi un poco.

I personaggi di *Sua Eccellenza perde un pezzo*

Ambalà Blefara, levatrice di Bellano, deceduta nel 1935

Ambasci Sicuretta, merciaia di Bellano, deceduta nel 1934

Anastasia, suora in servizio presso l'ospedale Umberto I di Bellano

Ancorati, macchinista della Navigazione Lariana

Arciacchi Armando, ragioniere presso la Banca del mandamento di Bellano, consultore della giunta comunale

Badalessa, barcaiolo di Bellano

Bagnarelli Miriano, detto Gnègnè, ex direttore delle Regie Poste bellanesi, promesso sposo di Fusagna Carpignati

Basso Gianolo, apprendista marmista di Bellano, deceduto nel 1935

Beola Aurelio, carabiniere scelto in servizio presso la caserma di Bellano

Berebelli Trinita, moglie del Berebelli e direttrice dei lavori della tipografia

Berebelli, detto Talpone per via della miopia, tipografo bellanese

Bigorelli Autrice in Mongatti, detta Menelik dalla perpetua Scudiscia per via del lungo collo che le ricorda quella razza di galline, moglie del podestà, avida lettrice dei romanzi della baronessa Orczy, che divora di nascosto indugiando nel letto quasi tutte le mattine

Boccoloni, segretario amministrativo della Milizia di Como

Bombazza Giulio Cesare, primario dell'ospedale Umberto I di Bellano

Bramati Cisco Nivo, panettiere di Como, partecipante alla gita organizzata dal sindacato panettieri di Como

Briga Funicolati Bellerina, moglie di Osimino e cognata del Federale Gariboldo

Briga Funicolati Climide, vedova, madre del Federale Gariboldo

Briga Funicolati Gariboldo, Federale della Milizia di Como, che ha sospeso la sezione bellanese del Partito in attesa di decidere se commissariarla, rifondarla o cancellarla una volta per tutte viste le bizzarrie degli ultimi segretari locali. Ha problemi ricorrenti con la dentiera che sembra non volerne sapere di stare al proprio posto

Briga Funicolati Osimino, fratello del Federale Gariboldo

Briga Funicolati Superato, zio del Federale Gariboldo

Calassi Brina, coetanea e amica di Venturina Garbati, ha la gamba destra più corta dell'altra

Camillo, ottenne figlio di Venturina Garbati, affezionato al nonno Elomeo fino al punto di commettere qualche imprudenza

Canfora Aido, suonatore di fisarmonica dell'orchestrina di Bellano

Carpignati Fusagna, ex responsabile dei fasci femminili di Bellano, ora promessa sposa di Miriano Bagnarelli

Cascione Vito, napoletano, segretario con incarico interinale presso il Comune di Bellano

Chierico, suonatore di trombone del corpo musicale di Bellano

Chiurchetti Armadio, detto Borsa, camionista, istruttore di boxe nel locale sotterraneo delle scuole elementari di Bellano

Ciavarini Gobetti Santa, maestra elementare di Bellano, viso piatto come tutto il resto e con un tono di voce soporifero

Ciceri Vestina, amica della moglie dell'appuntato Misfatti, volontaria presso le suore dell'asilo e presso quelle del brefotrofio di San Rocco

Circolati Gesummaria in Scaccola, moglie di Bastiano e madre di Venerando e Gualtiero, brutta da fare paura e con la vitalità di una sedia

Citrolli, suonatore di clarino del corpo musicale di Bellano

Cogoleti Ergonio, curatore della mostra retrospettiva del Fascio Littorio con documenti sulla storia del simbolo dal 110 a.C. alla fine del XIX secolo, in programma a Como per l'anniversario della fondazione di Roma

Consiglio Omario, impiegato delle Regie Poste bellanesi, un pancotto con il carattere che sembra rivestito di bambagia

Corco Bortolo, derviese, suonatore di violino dell'orchestrina di Bellano

Crispini Fiorentino, ex maestro elementare di Bellano, corrispondente del quotidiano «La Provincia-Il Gagliardetto»

Defanteschi Gerina, casalinga e vedova di guerra, consultrice della giunta comunale di Bellano

Dentici, orologiaio, azzimato marello bellanese

Donadio Viviva, casalinga di Bellano, deceduta nel 1936

Filaroli Anco, seniore della Milizia Confinaria

Filemone Aurelia, lavandaia, quarantenne, malmaritata, usa a farsi gli affari di tutto il quartiere bellanese della Pradegiana

Fischio Sisto, suonatore di clarinetto soprano dell'orchestrina di Bellano

Fizzolati Vitaliano, messo comunale di Bellano, suonatore di clarinetto piccolo o sestino dell'orchestrina locale

Fracacci Erminio, portalettere di Bellano, ambasciatore di pena suo malgrado

Franz Zita, impiegata dattilografa del Comune di Bellano

Garbati Elomeo, padre di Venturina, settantenne scassato come se di anni ne avesse cento

Garbati Venturina, venticinquenne vedova bellanese, madre di Camillo

Giuramento, soprannome dell'aiutante avventizio presso il cimitero di Bellano

Gnagnolina, edicolante di piazza Grossi a Bellano

Incensati Palomino, segretario del Federale Gariboldo Briga Funicolati

Inticchi Caronna, moglie del segretario del sindacato dei panettieri di Como Soave Inticchi

Inticchi Soave, segretario del sindacato dei panettieri di Como, fresco titolare dell'idea di una gita sociale in battello presso Bellano per onorare l'anniversario della fondazione di Roma

Logamba Modiana, amica della moglie dell'appuntato Misfatti, volontaria presso le suore dell'asilo e presso quelle del brefotrofio di San Rocco

Lungolo, battellotto di Bellano

Maccadò Ernesto, maresciallo dei carabinieri in servizio presso la caserma di Bellano

Maccadò Maristella, moglie del maresciallo Maccadò e madre di Rocco

Maccadò Rocco, figlio primogenito del maresciallo e di Maristella

Mannu, brigadiere in servizio presso la caserma di Bellano

Massamessi Aneto, ex direttore delle Regie Poste bellanesi, trasferito da tempo in quel di Belluno

Memore Arzilla, impiegata comunale di Bellano, donna dalla lingua sciolta, ma solo con chi sa comportarsi con educazione

Menabrino Cirico, segretario comunale di Bellano

Mignoletti Severo, dipendente derviese del cotonificio di Bellano

Minchiati Anzio, professore di matematica di Bellano, deceduto nel 1936

Misfatti, appuntato dei carabinieri in servizio presso la caserma di Bellano

Misfatti, signora, moglie dell'appuntato, esperta indagatrice e fonte affidabile di ogni chiacchiera di paese

Molecola Furio, comandante di lungo corso della Navigazione Lariana

Mongatti Aureliano, podestà di Bellano

Nativo Guercio, custode dell'Orrido di Bellano

Olisanti, ciabattino di Bellano

Orina, sorella di Filetta Spenaroli, sposa in pectore di Parolo Spenaroli e zia di Assioma Spenaroli

Osippo, professore ginecologo presso l'ospedale Sant'Anna di Como, ritenuto sant'uomo dalle suore di Maria Bambina che vi prestano servizio

Ostico Vario, segretario della sezione Combattenti e Reduci di Bellano, guercio di fatto, marziale, pelato

Ovi Pietro, chirurgo dentista meccanico di Como

Perdinci, pittore milanese che ha ritratto il podestà Mongatti

Parpuetti Ottavino, maestro del corpo musicale di Bellano

Pertugi Bigio, aiuto magazziniere del cotonificio di Bellano

Piazzacampo Bortolo, detto Tartina, ex segretario della sezione bellanese del Partito fascista

Piciarelli Oreste, orafo, consultore della giunta comunale di Bellano

Pisillo Geco, titolare di pasticceria a Bellano

Regolizia, battellotto di Bellano

Sarru Aeria, operaia del cotonificio di Bellano, deceduta nel 1935

Scaccola Bastiano, padrone della forneria ereditata dal padre. Per mettere al sicuro l'attività sposa una donna a caso (Gesummaria Circolati) solo per avere degli eredi cui lasciare la conduzione del forno dopo averli addestrati fin da bambini

Scaccola Gualtiero, titolare con il fratello maggiore Venerando dell'omonima forneria di Bellano ereditata dal padre Bastiano. Si lascia ammaliare dallo spettacolo della primavera che gli smuove il cuore e gli apre gli occhi su un nuovo futuro

Scaccola Venerando, titolare con il fratello minore Gualtiero dell'omonima forneria di Bellano ereditata dal padre Bastiano. Tutto casa e bottega, ma fino a un certo punto

Scafandro Caio, ex segretario politico della sezione bellanese del partito fascista

Scudiscia, perpetua del prevosto di Bellano

Servitori, neurologo, consulente del manicomio provinciale San Martino di Como

Sfezzati Carolingio, presidente della Pro loco di Bellano

Sfinito Faraona, moglie di Gesuino, partecipante alla gita organizzata dal sindacato panettieri di Como

Sfinito Gesuino, panettiere di Cantù, partecipante alla gita organizzata dal sindacato panettieri di Como

Sottocosta Costante, detto Soteramòrt, addetto del cimitero di Bellano

Spenaroli Assioma in Briga Funicolati, moglie del Federale, sulle cui mattane il marito potrebbe scrivere un romanzo

Spenaroli Balnearia in Tremito, sorella di Assioma

Spenaroli Carolo, padre segaligno di Assioma

Spenaroli Filetta, madre di Assioma, parla in chiave di do per vendicarsi del marito che le ha proibito di prendere lezioni di canto perché ritiene che il suo posto sia la casa e finita lì

Spenaroli Parolo, fratello di Carolo e zio di Assioma Spenaroli, gigolò dei bei tempi andati

Spinarola Asturia, istruttrice di dizione dei membri della filodrammatica di Bellano

Stroppa, fratelli proprietari di una libreria a Como

Termoli Damina, moglie di Gnazio

Termoli Gnazio, proprietario del caffè dell'Imbarcadero di Bellano

Tremito Franco, marito di Balnearia Spenaroli e cognato di Assioma Spenaroli

Tre Rombotuanti Davidone, disinvolto pilota di idrovolanti, concorrente della Coppa Schneider a Venezia nel 1927 ai comandi di un idrocorsa Macchi M.39

Venegatti Marberto, suonatore di fisarmonica dell'orchestrina di Bellano

Verniciati Anenia, moglie del panettiere Chiurlo, sedicente insuperabile esecutrice del ballo della mazurca

Verniciati Chiurlo, panettiere di Argegno, partecipante alla gita organizzata dal sindacato panettieri di Como

Dal catalogo
Garzanti

Andrea Vitali

OLIVE COMPRESE

Quattro ragazzi di paese, una banda di «imbecilli», stanno mettendo a soqquadro l'intera Bellano. Naturalmente finiscono subito nel mirino del maresciallo Ernesto Maccadò, che avverte le famiglie gettandole nel panico. A far da controcanto, la sorella di uno di loro: la piccola, pallida, tenera Filzina, segretaria perfetta che nel tempo libero si dedica alle opere di carità: ma anche lei, come altre eroine di Vitali, finirà per stupirci. Tutto intorno si muove come un coro l'intera cittadina: il prevosto e i carabinieri, il podestà e la sua stranita consorte, la filanda con i suoi dirigenti e gli operai. E la Luigina Piovati, meglio nota come l'Uselànda (ovvero l'ornitologa...); Eufrasia Sofistrà, in grado di leggere il destino suo e quello degli altri; e una vecchina svanita come una nuvoletta, che suona al pianoforte l'*Internazionale* mentre il Duce conquista il suo Impero africano...

Andrea Vitali

ALMENO IL CAPPELLO

Ad accogliere i viaggiatori che d'estate sbarcano sul molo di Bellano dal traghetto *Savoia*, c'è solo la scalcagnata fanfara guidata dal maestro Zaccaria Vergottini, prima cornetta e direttore. Un organico di otto elementi che fa sfigurare l'intero paese, anche se nel gruppetto svetta il virtuoso del bombardino, Lindo Nasazzi, fresco vedovo alle prese con la giovane e robusta seconda moglie Noemi.
Per dare alla città una banda come si deve ci vuole un uomo di polso, un visionario che sappia però districarsi nelle trame e nelle inerzie della politica e della burocrazia.
Un insieme di imprevedibili circostanze può forse portare verso Bellano il ragionier Onorato Geminazzi, che vive sull'altra sponda del lago, a Menaggio, e con lui la speranza di fondare finalmente il Corpo Musicale Bellanese.

Dal catalogo
Garzanti

Andrea Vitali

QUATTRO SBERLE BENEDETTE

In quel fine ottobre del 1929, a Bellano non succede nulla di che. Ma se potessero, tra le contrade volerebbero sberle, eccome. Se le sventolerebbero a vicenda il brigadiere Efisio Mannu, sardo, e l'appuntato Misfatti, siciliano, che non si possono sopportare e studiano notte e giorno il modo di rovinarsi la vita l'un l'altro. E forse c'è chi, pur col dovuto rispetto, ne mollerebbe almeno una al giovane don Sisto Secchia, il malmostoso coadiutore del parroco arrivato in paese l'anno prima e che sembra un pesce di mare aperto costretto a boccheggiare nell'acqua chiusa e insipida del lago. E poi ci sono sberle più metaforiche, ma non meno sonore, che arrivano in caserma nero su bianco. Sono quelle che qualcuno ha deciso di mettere in rima e spedire in forma anonima ai carabinieri, forse per spingerli a indagare sul fatto che a frequentare ragazze di facili costumi, in quel di Lecco, è persona che a rigore non dovrebbe. D'accordo, ma quale sarebbe il reato? E chi è l'anonimo autore delle missive? Ma, soprattutto, con chi ce l'ha?

Dal catalogo
Garzanti

Andrea Vitali

IL MAESTRO BOMBOLETTI e altre storie

Non c'è un tema altrettanto irresistibile per Andrea Vitali quanto il Natale. È sufficiente buttargli lì una parola qualsiasi agghindata di rosso e di vischio e la sua fantasia parte per la tangente: Babbo, Renne, Presepe, Befana... non lo fermi più. Ne scaturiscono storie a non finire. Se pronunci Vigilia, per esempio, sulla pagina compare un personaggio come il maestro Gaspare Bomboletti, Gasparetto, ma solo per gli amici d'infanzia, quelli più intimi. Ormai in pensione e rimasto solo, ha deciso che del Natale non gli interessa un bel niente. Non ha nemmeno fatto il presepe in corridoio. E alla messa di mezzanotte preferisce il letto. In attesa che passi. Solo che stanotte sembra che il tempo si sia fermato. In cucina appaiono personaggi venuti da dove non si sa, e l'orologio non va più avanti. O addirittura torna indietro, a ripescare storie dimenticate. Chissà perché. È lui, dunque, ad aprire le danze di questa ghiottissima giostra, che pare riportarci addirittura all'origine del mondo, all'innocenza di un tempo lontano, alle attese dell'infanzia, all'eccitazione per il futuro che ci aspetta infiocchettato ai piedi di un albero addobbato.

Dal catalogo
Garzanti

Andrea Vitali

LA GITA IN BARCHETTA

Nella Bellano di inizio 1963, Annibale Carretta sarebbe il ciabattino. Nella vita, però, ha rimediato più sganassoni che compensi per le scarpe che ha aggiustato per via della sua fama di «strusciatore di donne», uno che approfitta della calca per fare la mano morta. Ed è finito in miseria, malato e volutamente dimenticato dai più. Ma non dalla presidentessa della San Vincenzo, che sui due locali di proprietà del Carretta, ora che lui sembra più di là che di qua, ha messo gli occhi. Vorrebbe trasformarli nella sede della sua associazione. Per questo ha brigato per farlo assistere dalla giovane Rita Cereda, detta la Scionca, con il chiaro intento di ottenere l'immobile in donazione. Ma quelle due stanze del Carretta farebbero parecchio comodo anche a Rita. Vorrebbe darle alla madre per il suo laboratorio di sartoria, alleviandole il peso della vita grama che fa: vedova e col pensiero di una figlia zoppa, Rita, appunto; una malmaritata, Lirina, che non sa come liberarsi del muratore avvinazzato che ha sposato; e poi Vincenza, bella ma senza prospettive, che seduta sul legno di una barchetta vede riflesso nello specchio del lago il destino che l'attende e al quale non sa sottrarsi.

Dal catalogo
Garzanti

Andrea Vitali

COSA È MAI UNA FIRMETTA

Di stare a Bellano Augusto Prinivelli non ne può più. Sogna un'altra vita, sogna la città. Così ha cercato e trovato lavoro a Lecco presso la Bazzi Vinicio-minuterie metalliche. E non è finita. Quando l'anziana zia Tripolina, con cui vive da che è rimasto orfano, dovesse morire, venderà il caseggiato di quattro piani di cui lei è proprietaria, manderà al diavolo quei morti di fame che sono in affitto e tanti saluti. Ma l'Augusto non ha fatto i conti col destino. La mattina di mercoledì 8 febbraio 1956, infatti, irrompe sulla scena Bazzi Birce. È la figlia del titolare. Ed è colpo di fulmine. Corteggiamento, brevissimo; fidanzamento, un amen; nozze. E per il futuro? No, niente figli, piuttosto, il caseggiato… Venderlo? Un momento. Lo sa l'Augusto cosa ne verrebbe fuori sistemandolo? Lo sa lei, la Birce, imbeccata dal padre, che per certe cose ha il fiuto giusto. Però non si può aspettare che la zietta muoia. Non si potrebbe invece farle mettere una firmetta su un atto di cessione? Cosa sarà mai! Oltretutto bisognerebbe arginarla, perché morta la vicina ha già trovato una nuova affittuaria. È una giovane vedova che la notte sembra lamentarsi spesso, forse avrebbe bisogno di un dottore. Sì, ma di che tipo?

Andrea Vitali

LA SIGNORINA TECLA MANZI

Siamo negli anni Trenta, all'epoca del fascismo più placido e trionfante. Nella stazione dei Carabinieri di Bellano, sotto gli occhi del carabiniere Locatelli (bergamasco), rivaleggiano il brigadiere Mannu (sardo) e l'appuntato Misfatti (siciliano). Un'anziana signora, «piccola, vestita con un cappotto grigio color topo, una borsetta tenuta con due mani all'altezza dello stomaco», vuole a tutti i costi parlare con il maresciallo Maccadò. La donna – anzi, la signorina Tecla Manzi – è venuta a denunciare un furto improbabile: il quadretto con il Sacro Cuore di Gesù che teneva appeso sopra la testata del letto. Inizia così una strana indagine alla ricerca di un oggetto senza valore, che porta alla luce una trama di fratelli scomparsi e ricomparsi, bancari e usurai, gerarchi fascisti e belle donne, preti e contrabbandieri.

Andrea Vitali

A CANTARE FU IL CANE

La quiete della notte tra il 16 e il 17 luglio 1937 viene turbata a Bellano da un grido di donna. Trattasi di Emerita Diachini in Panicarli, che urla «Al ladro! Al ladro!» perché ha visto un'ombra sospetta muoversi tra i muri di via Manzoni. E in effetti un balordo viene poi rocambolescamente acciuffato dalla guardia notturna Romeo Giudici. È Serafino Caiazzi, noto alle cronache del paese per altri piccoli reati finiti in niente soprattutto per le sue incapacità criminali. Chiaro che il ladro è lui, chi altri? Ma al maresciallo Maccadò servono prove, mica bastano le voci di contrada e la fama scalcinata del presunto reo. Ergo, scattano le indagini. Prima cosa, interrogare l'Emerita. Già, una parola, perché la donna spesso non risponde al suono del campanello di casa, mentre invece è molto attivo il suo cane, un bastardino ringhioso e aggressivo che si attacca ai polpacci di qualunque estraneo. E il Maccadò, dei cani, ha una fifa barbina.

Andrea Vitali

CERTE FORTUNE

I casi del maresciallo Ernesto Maccadò

Alle prime ore del 5 luglio 1928, come concordato, Gustavo Morcamazza, sensale di bestiame, si presenta a casa Piattola. Il Mario e la Marinata, marito e moglie, non avrebbero scommesso un centesimo sulla sua puntualità. Invece il Morcamazza è arrivato in quel di Ombriaco, frazione di Bellano, preciso come una disgrazia, portando sull'autocarro il toro promesso. Il toro serve alla Marinata, che da qualche anno ha messo in piedi un bel giro intorno alla monta taurina: lei noleggia il toro e poi lucra sulla monta delle vacche dei vicini e sulle precedenze, perché, si sa, le prime della lista sfruttano il meglio del seme. Ma con un toro così non ci sarebbero problemi di sorta. Se non lo si ferma a bastonate è capace di ingravidare anche i muri della stalla. Almeno così lo spaccia il Morcamazza, che ha gioco facile, perché la bestia è imponente. Ma attenzione: se un animale del genere dovesse scappare, ce ne sarebbe per terrorizzare l'intero paese, chiamare i carabinieri, o solleticare il protagonismo del capo locale del Partito, tale Tartina, che certe occasioni per dimostrare di saper governare l'ordine pubblico meglio della benemerita le fiuta come un cane da tartufo.
E infatti…

Andrea Vitali

UN UOMO IN MUTANDE

I casi del maresciallo Ernesto Maccadò

12 aprile 1929. È la volta buona. Capita di rado, ma quando è il momento l'appuntato Misfatti si fa trovare sempre pronto. Dipende dall'uzzolo della moglie, che stasera va per il verso giusto. E così, nel piatto del carabiniere cala una porzione abbondante di frittata di cipolle. Poi un'altra, e una fetta ancora, e della frittata resta solo l'odore. Che non è buona cosa, soprattutto perché ha impregnato la divisa, e chi ci va adesso a fare rapporto al maresciallo Ernesto Maccadò? Per dirgli cosa poi?, che durante la notte appena trascorsa è stato trovato il povero Salvatore Chitantolo mentre vagava per le contrade mezzo sanguinante e intontito, dicendo di aver visto un uomo in mutande correre via per di là? Sì, va be', un'altra delle sue fantasie. In ogni caso la divisa ha bisogno di una ripulita. Come quella di cui avrebbero bisogno certe malelingue, che non perderebbero l'occasione di infierire sullo sfortunato Salvatore ventilando l'idea di rinchiuderlo in un manicomio. Ma, un momento, che ci faceva esattamente un uomo in mutande, in piena notte, per le vie del paese? E perché correva?

Questo libro è stampato col sole

Azienda carbon-free

Finito di stampare
nel dicembre 2023 presso
Grafica Veneta – via Malcanton 2, Trebaseleghe (PD)